古典文獻研究輯刊

十 二 編

曾 永 義 主編

第 20 冊

中國古代圍棋藝文研究（上）

姜 明 翰 著

國家圖書館出版品預行編目資料

中國古代圍棋藝文研究（上）／姜明翰 著 -- 初版 -- 新北市：
花木蘭文化出版社，2015〔民 104〕
目 6+184 面；19×26 公分
（古典文學研究輯刊 十二編；第 20 冊）
ISBN 978-986-404-418-4（精裝）
1. 圍棋
820.8   104014990

ISBN-978-986-404-418-4

古典文學研究輯刊
十二編　第二十冊　　　　　　　ISBN：978-986-404-418-4

中國古代圍棋藝文研究（上）

作　　者　姜明翰
主　　編　曾永義
總 編 輯　杜潔祥
副總編輯　楊嘉樂
編　　輯　許郁翎
出　　版　花木蘭文化出版社
社　　長　高小娟
聯絡地址　235 新北市中和區中安街七二號十三樓
　　　　　電話：02-2923-1455／傳眞：02-2923-1452
網　　址　http://www.huamulan.tw 信箱 hml 810518@gmail.com
印　　刷　普羅文化出版廣告事業
初　　版　2015 年 9 月
全書字數　301519 字
定　　價　十二編 26 冊（精裝）新台幣 48,000 元

中國古代圍棋藝文研究（上）

姜明翰　著

作者簡介

姜明翰，東吳大學中國文學碩士、世新大學中文研究所博士候選人。曾為廣告創意人、電腦公司商品企畫、育達教育文化事業創辦人祕書，現任育達商業科技大學華文傳播與創意系助理教授。書法曾獲一九九七「迎香港回歸」書畫展一等獎；入選第三十六、三十七屆全省美展、第十屆臺北市美展、八十六年國語文競賽第一名。圍棋棋力達業餘四段，目前從事圍棋文化之相關研究。著有《中唐贈序文研究》及學術論文二十餘篇。

提　　要

　　圍棋是中國古老而奇特的發明，數千年來，伴隨華夏文明演變，成為盛行東亞的一門高深技藝。如今圍棋朝世界化發展，被歸類為體育競賽項目，學者多以爭勝為務，卻忽略了它涵藏著博大精深的思想文化淵源及韻致高妙的文學、美學意境。在歷經各代文人雅士的創造和發明下，形成強調藝術性、趣味性及娛樂性的特殊美學型態，即「文人棋」的傳統。然而當前學術界有關圍棋的研究，多偏重在自然和社會學科領域；相較之下，文史學界在此方面的研究，則顯得貧乏許多。

　　本研究多方蒐羅中國古代圍棋相關之文獻、史料，就其文字載述部分窮原竟委、鉤玄纂要，從圍棋之溯源、本質、功用、演變、思想、流別、風尚、文學等方面，進行縱橫兼及、主從有別的全面性研究。復鑑於以往學者在中國古代圍棋思想內涵及文學技巧兩方面探討之不足，本研究於此著力尤多，透過文本的深入詮析，輔以實戰驗證，抉闡其精義蘊奧所在，而有以補苴罅漏，見其豐富多彩之一斑。

目

次

第一章　緒　論

第一節　研究動機與目的

　　圍棋，一個華夏文明誕生的謎樣玩意兒。它那玄之又玄、詭變莫測的世界，令人似熟悉卻陌生、既喜愛又害怕。怎謂似熟悉卻陌生？古往今來，擅弈之士眾多，卻從無一人能將之完全摸透。大國手吳清源曾云：「圍棋即使已被人類思考了約五千年，我們對它的瞭解還遠未達到它整體的十分之一，這難道不可怕嗎？愈研究愈出現不懂的東西。總想把它弄清楚，就連我吳清源，也每日都要面對著棋盤研究。」〔註1〕年近百歲的棋聖且如是說，那就遑論一般的愛好者了。何云既喜愛又害怕？大凡真正領略圍棋樂趣者，很難抵擋「木野狐」〔註2〕的蠱惑魅力，一不小心即著魔沈迷，如染上毒癮般，想戒除談何容易！對一個不懂圍棋的人來說，世上沒有圍棋，也不妨礙其生活樂趣；但就熱愛圍棋之人而言，世上沒有圍棋，不啻是人類文明的莫大遺憾。倘若生活中抽撤了圍棋，那麼人生又剩下多少樂趣呢？

〔註1〕 吳清源：《二十一世紀圍棋戰術大公開》（臺北：漢湘文化事業股份有限公司，2003年10月），頁182。

〔註2〕 元代元懷《拊掌錄》云：「葉濤好弈棋，王介甫作詩切責之，終不肯已。弈者多廢事，不以貴賤，嗜之率皆失業，故人目棋枰爲木野狐，言其媚惑人如狐也。」收錄於歷代學人：《筆記小說大觀》（臺北：新興書局，1975年2月），6編，頁2495，冊5。葉濤，字致遠，處州龍泉人。熙寧進士，官至中書舍人、給事中。王安石兄安國女婿，嘗從安石學文辭，尤嗜圍棋，詳見《宋史·葉濤傳》。（元）脫脫等撰：《宋史》（北京：中華書局，1990年12月），卷355，頁11182～11183。

所以，具有長久歷史淵源和文化積澱、作爲中國傳統奇特技藝的圍棋，當然極爲值得研究，而且不僅是一般性的研究，必須作全面性的學術研究。猶記三十年前開始接觸圍棋，便一頭栽進黑白方圓的玄妙世界裏，鎮日流連棋社，局應不暇，幾致失學廢業、親朋疏離。其後負笈中文系，攻讀研究所，因興趣使然和治學之便，陸續蒐羅、爬梳當代國內外重要之圍棋著作，以及中國古代圍棋文學與文化史相關文獻資料。發現數十年來，臺灣有關圍棋的探討，多偏重在自然和社會學科領域；文史學界在此方面的研究，幾乎是荒蕪一片，相關論著寥若晨星。又會棋同好，多爲理工背景出身，欲訪覓同領域之學伴、棋友，竟連一位都不可得。不由慨歎：古代文人於琴棋書畫，多能兼通；現代中文學人，多半只會作研究而已。

相較於臺灣在古代圍棋文化研究的貧乏，對岸則明顯豐富熱絡得多。不過大陸學者多致力於古譜蒐集、文獻彙整及圍棋史建構之工作，或是趣聞、掌故的解讀和介紹；對於大量與圍棋有關的文、詩、詞、曲、賦作品，欠缺深入的探索和分析。當地各大學中文系所每年量產的眾多學位著作中，迄今也只有何云波的博士論文《弈境——圍棋與中國文藝精神》一部而已，可見仍有相當多值得探討和開發的空間。爲何兩岸從事該領域研究的工作者如此稀少？成果亦不豐碩？究其原因，主要在於此乃跨領域之研究，研究者本身的條件限制頗嚴：除須具備文史方面的學術專業能力外，棋藝素養也有一定程度的要求，至少得擁有業餘高段的實力方能勝任，兩者缺一不可。圍棋畢竟是專門技藝，易學而難精，非經長久的實戰試煉不爲功。就人口比例而言，解弈者本已不多，善弈者更是少之又少，學者多爲繁重的研究工作所縛，還有閑情能懂棋而善弈者，則甚爲罕見。筆者粗具文史研究的經驗，棋力差近業餘四段，當仁不讓，勉力而爲，希冀爲臺灣的圍棋文史墾植工作略盡棉薄。

圍棋約自東漢至南北朝時期傳入東瀛以後，〔註3〕深爲日人貴重，奉之爲國技。其織豐時代建立之本因坊世襲制度，〔註4〕五百年來，名手輩出，達致

〔註3〕詳見本論文第肆章第四節〈唐代圍棋的遠揚與雅化〉。

〔註4〕安土桃山時代（Azuchi-Momoyama period），又稱織豐時代（Shokuho period），自1574年織田信長推翻室町幕府後，至1598年豐臣秀吉死爲止。期間有一位在京都寂光寺出家的僧人日海（後更名算砂，1559～1623），在方丈院的一坊（即本因坊）內修行，棋力高強，歷仕織田信長、豐臣秀吉、德川家康三代將軍，得到最高僧地位，織田賜與「名人」稱號。1588年在豐臣秀吉支持之下，創立「名人棋所」，成爲一世本因坊。此棋所日後掌管天覽局（天皇看的比賽）、將軍圍棋指導、外賓對局安排、棋手選拔晉升等工作。由於有優渥

高度的水平〔註5〕；反觀中國自清代康乾以後，國勢日衰，棋界後繼乏人，實力遠遜於日本。儘管民國以來，有大國手吳清源、林海峰橫掃日本棋壇在先，王立誠、王銘琬及張栩崛起稱雄於後，相繼奪取日本各式棋戰頭銜，但總是「師夷之長技以制夷」，除吳大國手外，難免爲日本傳統所囿。近年來，圍棋朝世界化發展，被歸類爲體育競賽項目，〔註6〕大陸、韓國實力已追平甚而超越日本，臺灣亦趨上這股熱潮，腳步緊跟其後，學棋風氣日盛，圍棋人口不斷增加。可惜在大多數教育工作者和學習者的認知中，圍棋只是鍛鍊腦力的遊戲，學弈的目的總不脫離功利的思考，或爲啓發智慧，或爲培養課外才藝以輔助升學；若能出類拔萃，走上職業之路，則必遵循日韓遺規，重視勝負，工於算計，爲爭奪頭銜和獎金，頂著不可輸的沈重壓力。日前新聞報導新北市一年僅十七歲的圍棋女國手，由於家人對其職業生涯懷有高度期待，爲了讓她專心鑽研棋藝，迫使她休學並放棄生活中其它的興趣和娛樂。少女受不了壓力，逃家後尋求社會局的協助。〔註7〕當弈棋成爲生活的夢魘和壓力的來源，還有何樂趣可言？難道這就是學圍棋的唯一目標和終極意義所在？

　　由上引案例，可略窺當今世界圍棋發展潮流之所趨。競賽爭勝，只是圍棋多重面向之一，一味執著它，必然招致不良的後遺症。當吾人甩開功利的包袱，重新審視圍棋，則將發現在它殘酷勝負世界的背後，涵藏著博大精深的思想文化淵源和韻致高妙的文學、美學意境。在歷經各代文人雅士的點染和揮灑之下，綻放出絢爛華麗的璀璨之光，形成強調藝術性、趣味性及娛樂性的特殊美學型態，也就是「文人棋」的傳統。〔註8〕此傳統爲中國所獨有之文化瑰寶，實非日、韓等國所能比擬企及。但放眼現代棋壇，莫不以日、韓爲宗，坊間陳列的圍棋書刊，率多日、韓棋士所著。國人習弈，從定式到官子，莫不步軌日韓，有樣學樣，卻不知自家的寶庫何在。有識之士目及此景，豈能不憂心忡忡？又豈能坐視不理？

　　　　俸給，又象徵棋界最高榮譽，棋所遂成爲各派棋士拼死爭逐的寶座。可參考
　　　　李敬訓：《從座子到御城棋》（臺北：鳴祝出版社，2011年11月），頁26～31。
〔註5〕日本四大門派（本因坊、井上、安井、林）中，以本因坊一門最爲興盛，先後
　　　　有道策、丈和、秀策三聖執掌棋所，創下無數輝煌紀錄。同上註，頁34～37。
〔註6〕相關探討，參考本論文第參章第三節〈遊戲與體育之別〉。
〔註7〕見東森新聞：〈棋慢下淚輕流〉（2014年3月），
　　　　www.ettoday.net/news/20140303/330612.htm（「東森新聞雲」網站）
〔註8〕相關探討，參考本論文第肆章第四節〈唐代圍棋的遠揚與雅化〉、第五節〈宋
　　　　元士弈隆盛與弈論發皇〉。

　　基於以上原因，本論文撰作之目的，除了補苴國內此領域相關學術研究之不足，試爲後繼者探路，以收拋磚引玉之效；另一方面，也盼喚醒沈睡已久的中國文人棋傳統，賦予新的生命活力，並致力於宣導和推廣，俾吾國未來圍棋教育內容更加全面和豐富，展現出世界潮流之外的獨特風貌，並爲盲從、躁進、處處以勝負功利爲考量的現代棋壇，帶來重新省思的契機。

第二節　研究概況與成果

　　中、日、韓、臺都是盛行圍棋的國家，各種內容的圍棋書籍交互流傳，然就所佔比例而言，以近、現代棋手的實戰譜爲大宗。相較之下，探討中國古代圍棋文學及文化史的學術專著，則顯得稀少。在過往的數十年中，幸賴兩岸幾位先進的努力耕耘，使這片荒蕪的土地有了初步的成果，也爲日後的研究奠立優良的基礎。他們的論著按內容型態，可分爲圍棋史、圍棋思想文化、圍棋文學、圍棋理論校注、古譜及文獻彙編等五類，以下分就各類代表著作略予評述。

一、圍棋史專著

（一）朱銘源《中國圍棋史話》及《中國棋藝》〔註9〕

　　臺灣朱銘源爲建構中國圍棋史的先驅者，所著《中國圍棋史話》從類書、古譜、筆記小說、詩話、文集及方志中，搜羅歷代棋人弈事之記載，按朝代先後次第徵引介紹。《中國棋藝》則屬青少年叢書系列。可補前作之不足，亦有重覆之處，但整體內容稍感簡略。兩作皆以人物傳記及重要弈論著作之呈現爲主，較乏圍棋思想文化演變因果和脈絡的論述；其優點是以通俗的筆法寫成，忠實保留原典文字並註明出處，使讀者易於理解並掌握史料來源。對於日後中國圍棋信史的增善，具有開山立基的指引之功。

（二）張如安《中國圍棋史》〔註10〕

　　作者耗費多年心力，從浩如煙海又散見極廣的棋史資料中，予以搜尋、整理、辨正、詮釋、評析，將圍棋之發展演變分爲〈肇興時期〉、〈崛起時期〉、

〔註 9〕朱銘源：《中國圍棋史話》（臺北：中央日報社，1980 年 6 月）、《中國棋藝》（臺北：正中書局，1991 年 9 月）。
〔註10〕張如安：《中國圍棋史》（北京：團結出版社，1998 年 8 月）。

〈拓展時期〉、〈深化時期〉、〈高峰時期〉等五編，是目前所見中國圍棋史群作中分期最細密、史料最豐富、考證最詳備、持論最肯切的典範之作，且有不少獨創性之見解，實乃治古代圍棋史者的最佳讀本。

（三）劉善承《中國圍棋史》〔註11〕

本書由已故中國圍棋協會副主席劉善承率領趙之云、鄭懷德、邵福棠、蔡中民及汪凱等撰作團隊合力完成。全書分為〈中國古代圍棋〉、〈中國近代圍棋〉、〈中國當代圍棋〉三編，於近代、當代部分記載詳實，佔全書一半以上篇幅；而古代部分則掃除枝葉，敘述流暢，然其內容未若張如安《中國圍棋史》來得紮實細緻。兩作各有側重，欲治近、現代圍棋史者，則以此書較為合適。

二、圍棋思想文化專著

（一）何云波《圍棋與中國文化》〔註12〕

作者從圍棋的本質、圍棋的源流、中外圍棋交流、弈具、弈制，以及圍棋與東西方文化、中國哲學、宗教、民族心理之關聯等方面，試圖在中國文化的宏觀視野中，從物質和精神兩方面對圍棋進行較為全面的探討，展現出精心的籌畫和宏遠的識度。其體例是以史述為縱軸，頗能掌握圍棋在各朝代顯現的文化特色，並勾勒其嬗變之軌跡，而於重要之棋人弈事、重要著作，皆刪繁舉要；橫向則兼顧圍棋和歷代政教、思潮、文學間之緊密關係。不僅深具學術參考價值，亦可作為優良的通俗讀本。

（二）何云波《弈境──圍棋與中國文藝精神》〔註13〕

作者為中國第一位圍棋文化博士，此書乃據其博士論文修訂，採比較文學跨學科之研究方式，內容以〈弈與藝〉、〈弈與道〉、〈弈與文〉、〈思與言〉、〈遊戲精神與藝術精神〉諸章為架構，以清理中國古代圍棋及其理論所包含的豐富美學遺產，探討圍棋及棋論與中國傳統「藝」、「文」之關係。不僅如此，同時將西方知識譜系中關於文學和藝術的認知意義作為參照，以解讀圍

〔註11〕劉善承編：《中國圍棋史》（成都：成都時代出版社，2007年12月）。
〔註12〕何云波：《圍棋與中國文化》（北京：人民出版社，2001年11月）。
〔註13〕何云波：《弈境──圍棋與中國文藝精神》（北京：北京大學出版社，2006年7月）。

棋從古至今定位之升降與演變。另於圍棋與中國文藝理論中的共有概念，如道、技、藝、氣、韻、形、象、意、玄、妙、神、陰陽、仁義、虛實、奇正、體用等，進行比較、探討，而有會通和創新的識見，此爲以往圍棋論著所欠缺不足者。

三、圍棋文學專著

（一）蔡中民《圍棋文化詩詞選》〔註14〕

鑑於圍棋歷來被視爲小道，與之有關的詩詞作品不受重視，一直未有專門的選本和注本。注者遍檢《四部叢刊》和《四部備要》中各家詩文別集、歷代詩文總集、重要選集及其他詩家別集，得有關詩詞約五、六百首，然後從中選出自東漢至清末一百三十八家的二百六十餘首作品。每首作品下分別有作者簡介、注釋及小析。其優點是針對作品中典故史實涉及圍棋和圍棋文化者，闡釋力求詳盡；又結合詩詞的創作背景，簡析其藝術技巧兼談棋事棋理。由於注者甚具詩學素養，闡論每多精到之處，可惜所選析的作品略少。

（二）張昭焚《歷代棋聲詩韻選集》〔註15〕

編者爲臺灣知名企業家，擔任中國圍棋會會長，兼擅圍棋與詩詞創作。因興趣與職責所在，乃大力蒐集與圍棋有關之詩、詞、曲、聯約三千兩百首，該書按朝代規劃爲〈唐朝篇〉、〈北宋篇〉、〈南宋篇〉、〈金元篇〉、〈明代篇〉、〈清朝篇〉等六大冊，自2008至2010年期間，陸續出版問世。此一編纂規模龐大，遠超過蔡中民《圍棋文化詩詞選》，其中收錄許多罕見之作。作品前有作者簡介，原文後多附有簡略的注釋和賞析，爲日後相關研究提供豐富的資料和索檢的便利。

四、圍棋理論校注專著

（一）成恩元《敦煌碁經箋證》〔註16〕

敦煌《碁經》是藏於甘肅敦煌石窟中的手寫卷子，是中國最早的棋經。

〔註14〕蔡中民選注：《圍棋文化詩詞選》（成都：蜀蓉棋藝出版社，1989年10月）。
〔註15〕張昭焚編注：《歷代棋聲詩韻選集》（臺中：因材施教文教事業有限公司，2008年9月）。
〔註16〕成恩元箋證：《敦煌碁經箋證》（成都：蜀蓉棋藝出版社，1990年4月）。

〔註 17〕成恩元詳考其成書年代，旁引歷代正史、書目、弈論、筆記、小說、類書，逐篇箋注論證，博贍精覈，源流清晰；另就敦煌《碁經》與張靖《棋經十三篇》進行全面性之比較研究，發現其理論相左，並證明兩者無傳承關係。由於成氏的努力，使該作漸受棋界矚目和重視，可謂卓有貢獻。

（二）李毓珍《棋經十三篇校注》〔註 18〕

《棋經十三篇》是一部理論系統最完整的棋藝經典之作，在中國圍棋史上佔有重要的地位。李氏鑑於清代鄧元鏸注本參引不足，乃在其基礎上，參考更多版本，對其中引文、成語、典故的出處詳加考釋，並糾訂錯謬，實為研究該經不可或缺之重要參考。茲作的另一項貢獻，乃李氏於注前詳考該經作者非張擬而是張靖，舉證歷歷，難以翻駁，此說目前已普為學界所認同。

五、古譜及文獻彙編專著

（一）中國國家圖書館分館編《中國歷代圍棋棋譜》〔註 19〕

該書為大套叢書，共三十巨冊。內容彙集中國古代圍棋書籍六十六部，其中有關圍棋理論與史話者有九部，歷代棋譜者有五十七部。不僅收有《兼山堂弈譜》、《棋經十三篇》這類廣為人知的圍棋名著；更有多部鮮為人知的圍棋佳作，如《八大家受子弈譜》、《海昌二妙集》、《石室仙機》、《餐菊齋棋評》等。每一部均為中國國家圖書館所精擇的善本，除了值得珍藏外，對於從事古譜研究者，提供了寶貴的資料，可減省許多人力和時間的耗費。

（二）黃俊《弈人傳》〔註 20〕

黃俊為清末民初人士，本書原係其未刊之手稿本，一九八五年排印出版。作者薈萃群籍，旁徵博引，取材豐富，起自唐堯，迄於清末，著錄歷代弈家五百餘人。其文章雅潔，於吾國圍棋起源、發展及流變，頗陳梗概；至於歷

〔註 17〕敦煌《碁經》是藏於甘肅敦煌石窟中的手寫卷子，西元 1899 年由道士王圓籙發現，後來落入英人斯坦因（Marc Aurel Stein, 1862～1943）之手，流落大英博物館。直至 1960 年，中國社科院才取得其顯微膠片。據成氏的研究，證明該作的年代為北周，是中國最早的棋經。詳參成恩元〈敦煌寫本《碁經》初探──圍棋經典著作的新發現〉。同上註，頁 8～28。

〔註 18〕李毓珍校注：《棋經十三篇校注》（成都：蜀蓉棋藝出版社，1988 年 4 月）。

〔註 19〕國家圖書館分館編：《中國歷代圍棋棋譜》（北京：北京圖書館出版社，2004 年 8 月）。

〔註 20〕黃俊：《弈人傳》（長沙：嶽麓書社，1985 年 5 月）。

代棋藝著述，則采錄詳備，其中名篇要論，輒引錄全文；且於歷代棋譜、棋論作者、版本源流及內容，多所考證。該書以人物紀傳，可視爲圍棋專史，亦可作爲一圍棋著述目錄指南。

以上臚列幾部與中國古代圍棋文化有關的重要專著，嚴格而論，除何云波兩作較能就圍棋與中國思想、文學、藝術之關係進行全面而深入的探討外，其餘殆以資料的考證、彙整爲主。在學位論文方面，除上述何云波的博士論文《弈境──圍棋與中國文藝精神》之外，尚有臺灣南華大學文學系張倬瑞的碩士論文《中國圍棋思想之文化研究》。〔註21〕張氏以勞思光「基源問題研究法」爲架構，論述圍棋與中國文化之關係，以彰顯圍棋文化的本體精神。〔註22〕此作意圖宏大，欲對圍棋文化進行全面性之梳理。或爲篇幅所限，雖於技法、弈制之論述明達體要，然其思想、文藝方面之探討，則稍感簡略單薄。至於何云波的二部著作，體大思精，面面俱到，發爲通論，確屬難能可貴；不過對於原典文本的處理，多係引述旁證而已，未能抉微闡幽，略爲美中不足。

職是之故，中國古代圍棋文藝及與各家思想的關係，實有更深入研究的必要。本論文在撰寫之前，已陸續發表〈中國傳統文人之弈趣〉、〔註23〕〈永恆的失落──爛柯故事的時空迷失〉、〔註24〕〈中國文學作品中之「人生如棋」喻義抉微〉、〔註25〕〈入神造極，逸思爭流──論魏晉玄學對弈境之開拓〉、〔註26〕〈吳清源「棋神」形象探析〉〔註27〕及〈朱元璋弈事瑣考〉〔註28〕等

〔註21〕張倬瑞：《中國圍棋思想之文化研究》（嘉義：南華大學文學系研究所碩士論文，2009年）。

〔註22〕同上註，頁2。

〔註23〕姜明翰：〈中國傳統文人之弈趣〉，《2004年海峽兩岸文學與應用文學學術研討會論文選》（苗栗：育達商業技術學院，2004年12月），頁341～380。

〔註24〕姜明翰：〈爛柯故事的時空迷失〉，《中國語文月刊》，第569期（2004年11月），頁88～97。

〔註25〕姜明翰：〈中國文學作品中之「人生如棋」喻義抉微〉，《文化創意學術研討會論文選》（苗栗：育達商業技術學院，2006年12月），頁84～95。

〔註26〕姜明翰：〈入神造極，逸思爭流──論魏晉玄學對弈境之開拓〉，《2010文化創意學術研討會論文選》（苗栗：育達商業科技大學，2010年12月），頁155～174。

〔註27〕姜明翰：〈吳清源「棋神」形象探析〉，《語言・文化・創意──2011語言應用國際學術研討會論文集》（苗栗：育達商業科技大學，2012年5月），頁39～59。

〔註28〕〈朱元璋弈事瑣考〉一文，2012年8月24日發表於北京故宮博物院「明代宮廷生活史學術研討會」。

六篇單篇論文，對有關中國圍棋文學及文化方面的命題略作探究。是以本論文之撰作，期盼在諸先進努力打造的堅實基礎上，融會個人覃思多年所得，而有更進一層的發揮。另外，也針對圍棋起源、本質等歷來紛紜糾雜的異說，希求一徹底明白之釐清。

第三節　研究範疇與方法

　　本論文題名爲「中國古代圍棋藝文研究」，就其範疇意義而論，凡自中國遠古以來迄於清末所有與圍棋有關的實物與文字載述，皆應列爲研究的對象。古代和近代，在學術上有年限劃分之規定。按大陸治中國近代史之通例，1840 年鴉片戰爭爲古代和近代之分水嶺。1840 年以前爲古代，1840年至 1919 年五四運動這段期間爲近代。〔註 29〕本論文爲求史料之完整和延續性，不宜遵從上述規範，而將民國以前統定爲中國古代。實物部分，主要是弈具、雕刻、書法、繪畫；文字部分，則包括棋人弈事的史傳雜說、棋譜以及各種體裁的文學作品。有關弈具之源流演變問題，譬如棋枰多少線道和製作的材質，已有多位大陸圍棋史專家就出土實物一一考辨，〔註 30〕目前仍有疑難和爭論，不宜冷飯重炒；至於與圍棋有關的雕刻、書法、繪畫，其主要表現之藝術形式並非圍棋。原則上，除非有特殊必要，實物部分不在本論文探討之列。

　　古代與圍棋有關的文字載述部分，才是本論文所欲關注研究的重點。其數量浩繁，散見於各類典籍，經由前人的努力蒐尋和整理，目前所累積掌握的資料已相當可觀。如前所述：黃俊《弈人傳》著錄五百餘位棋家傳略、《中國歷代圍棋棋譜》彙集中國古代圍棋書籍六十六部（理論與史話九部、棋譜五十七部）；又蔡中民《圍棋文化詩詞選》收錄詩、詞、曲、聯二百六十餘首，張昭焚《歷代棋聲詩韻選集》則收集約三千兩百餘首。蔡、張二作去其重覆，得圍棋文學作品約三千首。再者，歷代類書中多有「博弈典」或「弈棋部」，搜羅不少相關文史資料，分門別類，列成條目，以便查索，如《白孔六帖》、

〔註 29〕李喜所、李來容：《中國近代史 —— 告別帝制》（臺北：三民書局，2008 年
　　　　10 月），頁 1。

〔註 30〕可參考李松福：〈最古的圍棋盤〉，《圍棋史話》（北京：人民體育出版社，1990
　　　　年 9 月），頁 4～6。或如張如安〈兩漢圍棋的形制與起手著法的程式化〉，見
　　　　所著《中國圍棋史》。同註 10，頁 40～44。

〔註31〕《太平御覽》、〔註32〕《冊府元龜》、〔註33〕《事物紀原集類》、〔註34〕
《錦繡萬花谷》、〔註35〕《記纂淵海》、〔註36〕《古今合璧事類備要》、〔註37〕
《永樂大典》、〔註38〕《稗史彙編》、〔註39〕《喻林》、〔註40〕《天中記》、〔註
41〕《山堂肆考》、〔註42〕《廣博物志》、〔註43〕《古今圖書集成》、〔註44〕《淵
鑑類函》、〔註45〕《駢字類編》、〔註46〕《分類字錦》、〔註47〕《子史精華》、

〔註31〕 （唐）白居易撰：《白孔六帖》（臺北：新興書局，1969 年 5 月，明嘉靖年間
覆宋刻本），卷 33，頁 17～b21a，總頁 485～487，冊上。

〔註32〕 （北宋）李昉等奉敕撰：《太平御覽》（臺北：大化書局，1977 年 5 月，宋蜀
本），卷 753，頁 1a～5b，總頁 3341～3343，冊 4。

〔註33〕 （北宋）王欽若、楊億等奉敕撰：《冊府元龜》（臺北：清華書局，1967 年 3
月，明崇禎 15 年李嗣京刻本影印），卷 869，頁 14a～22b，總頁 10314～10318，
冊 18。

〔註34〕 （北宋）高承撰：《事物紀原集類》（臺北：新興書局，1969 年 11 月，明正統
12 年刻本），卷 9，頁 11a～11b，總頁 647～648。

〔註35〕 （北宋）不著撰人：《錦繡萬花谷》（臺北：新興書局，1969 年 12 月），後集，
卷 35，頁 6a～7a，總頁 2101～2103，冊 4。

〔註36〕 （南宋）潘自牧撰：《記纂淵海》（臺北：新興書局，1972 年 1 月，明萬曆己
卯刻本），卷 88，頁 5b～8b，總頁 5702～5708，冊 10。

〔註37〕 （南宋）謝維新撰：《古今合璧事類備要》（臺北：新興書局，1971 年 3 月，
明嘉靖丙辰摹宋刻本），卷 57，頁 8b～15a，總頁 440～443，冊 1。

〔註38〕 （明）姚廣孝等奉敕修：《永樂大典》（臺北：世界書局，1962 年 2 月，嘉隆
副本之影本影印），卷 19782，頁 1a～3a，冊 92。

〔註39〕 （明）王圻撰：《稗史彙編》（臺北：新興書局，1969 年 2 月，明萬曆 38 年刻
本），卷 55，頁 1a～7b，總頁 860～863，冊 2。

〔註40〕 （明）徐元太撰：《喻林》（臺北：新興書局，1972 年 1 月，明萬曆 43 年刻本），
卷 43，頁 10a，總頁 2113，冊 4。

〔註41〕 （明）陳文燭撰：《天中記》（臺北：文源書局，1964 年 8 月，隆慶己巳本影
印），卷 41，頁 51a～60b，總頁 1348～1352，冊 3。

〔註42〕 （明）彭大翼撰：《山堂肆考》（臺北：藝文印書館，1977 年，梅墅石渠閣藏
版影印），徵集，卷 24，頁 12a～22a，冊 18。

〔註43〕 （明）董斯張撰：《廣博物志》（臺北：新興書局，1972 年 2 月，明萬曆丁未
刻本），卷 22，頁 47b～50b，總頁 1888～1894，冊 3。

〔註44〕 （清）陳夢雷撰：《古今圖書集成》（臺北：鼎文書局，1985 年 4 月），藝術典，
卷 798，頁 8358～8389，冊 48。

〔註45〕 （清）清聖祖敕撰：《淵鑑類函》（臺北：新興書局，1971 年 10 月，清康熙
49 年刻本），卷 329，頁 1a～33a，總頁 5766～5782，冊 9。

〔註46〕 （清）清聖祖敕撰：《駢字類編》（臺北：臺灣學生書局，1963 年 10 月，清雍
正 5 年刊本），卷 153，頁 9a～10b，冊 6。

〔註47〕 （清）何焯等纂：《分類字錦》（臺北：文海出版社，1984 年 6 月，清康熙內
府刊本），卷 44，頁 50a～59a，總頁 7085～7103，冊 12。

〔註48〕《格致鏡原》、〔註49〕《讀書紀數略》、〔註50〕《事物異名錄》、〔註51〕《角山樓增補類腋》、〔註52〕《小知錄》、〔註53〕《增補事類統編》等，〔註54〕然不免多有重覆，其中以清代《古今圖書集成》載錄尤爲豐富，可作爲文獻來源大宗。此外，隨著數位化時代的來臨，香港中華基督教燕京書院圍棋學會（http://go.yenching.edu.hk/go_doc.htm）致力於圍棋文獻的蒐集，線上共列三百六十七條之多，並詳明時代、作者、出處、簡義，在查閱和徵引上較類書更爲清晰、便捷。以上所列圍棋文獻加總之量，即爲本論文所參引和探討的範圍。昔班固撰《漢書・藝文志》，著錄西漢時期國家所收藏的各類圖書；本論文題爲「藝文研究」，蓋因所蒐羅之文獻資料，亦來自各類圖書，故襲取其「藝文」之名以涵蓋之。

　　另關於「圍棋藝文」之義界問題，可簡分爲「圍棋之藝」與「圍棋之文」。文的意義較明白，指的是文學、文化，凡與圍棋有關而形諸文字者皆屬之。藝在圍棋而言，有技藝和雅藝之別，地位則前者賤而後者貴。隨朝代之不同，圍棋或被視爲雅藝，或被充作技藝，地位有升有降、或高或低。〔註55〕技藝可泛指「棋手棋」，雅藝則指向「文人棋」，此兩種型態的藝既殊途又同歸。棋手之弈藝可造其極，卻無法稱其境；文人之弈藝難達其極，其手筆卻可闡其境。前者留下名局弈譜，後者則留下詩文吟詠。古代國手的名局弈譜，傳世頗多，欲究其技藝極境，有賴職業棋士解說，非本論文所能承荷，除非爲闡論棋理，偶援例以證之；古代文人的詠棋之作，傳世亦夥，其中所述的棋

〔註48〕（清）允祿撰：《子史精華》（臺北：新興書局，1974 年 2 月，清雍正丁未刻本），卷 122，頁 1a～3b，總頁 1409～1414，冊 3。

〔註49〕（清）陳元龍撰：《格致鏡原》（臺北：新興書局，1971 年 6 月，清雍正 13 年刻本），卷 59，頁 1a～6a，總頁 2651～2661，冊 4。

〔註50〕（清）宮夢仁撰：《讀書紀數略》（臺北：新興書局，1971 年 10 月，清康熙 46 年刻本），卷 32 人部，頁 23a～23b，總頁 1177～1178，冊 2。

〔註51〕（清）厲荃撰：《事物異名錄》（臺北：新興書局，1969 年 10 月，清乾隆戊申年粵東刊本影印），卷 26，頁 1a～2a，總頁 1051～1053，冊 2。

〔註52〕（清）姚培謙纂輯：《角山樓增補類腋》（臺北：德志出版社，1962 年 11 月），人部卷 13，頁 7a～7b。

〔註53〕（清）陸鳳藻撰：《小知錄》（臺北：新興書局，1969 年 12 月，清同治癸酉刻本），卷 7，頁 26a，總頁 441。

〔註54〕（清）黃葆眞撰：《增補事類統編》（臺北：新文豐出版公司，1976 年 4 月），卷 62，頁 39b～40b，冊下。

〔註55〕可參考本論文第參章第三節〈遊戲與體育之別〉及第肆章第四節〈唐代圍棋的遠揚與雅化〉。

人、棋事、棋理、棋用、棋境，乃至由弈棋引發文人生命感悟之歡、世事遽變之哀，則爲本論文所欲申達而發明者。

面對中國古代圍棋既浩繁又散見各家的典籍資料，須運用適當的研究方法，俾能綱舉目張，脈絡清晰。本論文之作，將採行下列研究步驟：

一、蒐羅爬梳，鉤稽整理。依據研究主題，全面索檢中國古代圍棋的相關資料，並予鉤玄纂要，彙整綜理。

二、精讀原典，析文探義。欲了解中國古代圍棋的源流演變、思想內涵及其文藝美學造境，則必熟讀原典，藉以明其要義，務求融會貫通。

三、擘肌分理，以類相從。在研讀資料時，將各類相關資料分別蒐集抄錄，按其性質內容，分門別類，擬定綱目，使其條分縷析，以防凌亂失次之弊。

四、旁徵博搜，開拓新路。精讀原典之外，尚須稽考眾說，廣參博證，以定是非高下。並交通眾說，以開拓視野，啓沃新思，庶免閉門造車之失。

五、窮原竟委，貫串脈絡。從事學術研究，須考鏡源流，明其本末。中國古代圍棋的起源、本質、哲理、文藝，皆前有所承，後有所啓，當詳加探究，以貫串其脈絡。

六、參伍比勘，會通異同。將與主題相關的直接及間接資料，詳加分析、比勘、歸納、整理，提綱挈領，得其環中。並別其異同，使論述臻於允當，從中發爲創說。

要之，本論文主要嘗試運用「歷史批評法」，一則縱觀時代變遷對圍棋文化思潮及文學風格的影響；二則藉由知人論文，理解作者的時代背景、出身、經歷及性情，更深層透析其作品的深意。〔註 56〕其次，有涉及詩歌作品評析者，兼採「賦比興鑑定法」，探究其作法及風格，進而品賞意境，鑑定高下。〔註 57〕此外，由於本研究屬於跨領域模式，單就文本詮釋難免隔靴搔癢，須以圍棋的實戰驗證方能圓合、精確，茲特名之爲「棋文互證法」。本論文即依行上述的步驟與方法，共分爲九章，其各章要旨，略述如下：

第壹章〈緒論〉：說明本論文之研究動機與目的、研究概況與成果、研究

〔註56〕張健著：《中國文學批評》（臺北：五南圖書出版公司，1984 年 9 月），頁 20 ～22。

〔註57〕同上註，頁 16～17。

範疇與方法。

　　第貳章〈圍棋起源考索〉：糾合古今多家有關圍棋起源之說，詳加比覈、考釋，去其妄誣，別其異同，而匯歸為「八卦占卜說」及「軍事圍獵說」兩派。再就兩派爭駁論點一一評述，擇善而從，並推測圍棋起源之約略年代。

　　第參章〈圍棋本質及功用探論〉：分從數學、科學、藝術、遊戲、體育、教育等方面切入探究，列論古今各派主張，較其優劣得失，俾圍棋的本質、定位及功能，獲得重新的認識與釐清。

　　第肆章〈中國古代圍棋文化發展史論〉：綜理我國古代圍棋文化發展史，分為先秦、兩漢三國、六朝、唐代、宋元、明清等六個時期。其中論及與圍棋文化關涉之政治力量、經濟條件、文藝思潮、社會風尚、名家創造等內外緣複雜因素，則汰繁就簡，去蕪存菁，以掌握各期的重要內容與特色，呈現一清晰縱向演變之軌跡。

　　第伍章〈中國古代圍棋的思想內涵〉：探討圍棋與中國古代哲學的關係，闡釋並掌握《周易》、儒家、道家、兵家及重要弈論的思想要義；輔以「棋文互證法」，透過實戰解析驗證之，彰顯圍棋藝境的玄妙幽深。

　　第陸章〈中國古代圍棋弈者的形象與流別〉：將古代圍棋弈者分為宮廷貴族、禪門僧侶、民間國手、閨閣女子四類，透過相關史料的記載和文學作品的分析，呈現圍棋文化多重而精采的樣貌。

　　第柒章〈中國古代圍棋文苑風尚〉：從與圍棋有關的文獻資料及詩詞吟詠中，考察古代文人賦予圍棋的神異色彩、弈棋的閑雅逸趣、觀弈的感悟超脫，勾畫其所形成的獨特生活美學風尚。

　　第捌章〈中國古代圍棋文學的藝術技巧〉：從各類體裁的中國古代圍棋文學作品中，擇選佳篇，由义境描寫、人物刻畫、修辭技巧、曲意微旨等方面進行探析，以評定其藝術成就。

　　第玖章〈結論〉：總結各章探討的重點和心得，針對前人研究的舛誤與未逮之處，提出修正補充，並發為創說。

第二章　圍棋起源考索

第一節　圍棋起源諸說

圍棋乃中國古老而奇特的發明，數千年來，伴隨華夏文明演變，成爲盛行東亞的一門高深技藝。明代謝肇淛云：「古今之戲，流傳最久遠者，莫如圍棋。」〔註1〕此一內蘊博大富厚的智慧遊戲，究竟產生於何時？由誰所創？最早的形制和功用又是如何？一連串關於圍棋起源的問題，由於文獻闕如，曠古難稽，以致歷來眾說紛紜，聚訟未休，至今仍有許多未解之謎尚待釐清。根據古代典籍的記載和學者的推測，圍棋的起源主要有「堯舜教子說」、「烏曹創始說」、「戰國縱橫家發明說」、「作於神仙說」、「源於兵法說」、「出於春秋太史說」、「陵川棋子山說」及「華夏焚獵說」等，以下分別探討之。

一、堯舜教子說

有關圍棋的起源，民間最古老、流傳最廣的說法，它是堯或舜爲教子而發明的。《世本・作篇》云：

> 堯造圍棋，丹朱善之。〔註2〕

〔註1〕語見所著《五雜組》。收錄於歷代學人：《筆記小說大觀》（臺北：新興書局，1975年9月，輯明萬曆、清光緒及民國11年刊本），卷6，頁19a，總頁3629，8編，冊6。

〔註2〕（東漢）宋衷注：《世本》（臺北：新文豐出版公司，1986年2月，叢書集成新編），卷1，頁257，冊110。

《藝文類聚》引張華《博物志》佚文則云：

> 堯造圍棋，丹朱善棋。〔註3〕

又《資治通鑑・晉紀三胡三省注》云：

> 《博物志》曰：「堯造圍碁。」以教子丹朱。或曰舜以子商均愚，故
> 作圍碁以教之，其法非智莫能及也。〔註4〕

又南宋羅泌《路史・後紀十》云：

> 帝初取富宜氏，曰皇，生朱。鷔很媢克。兄弟爲閱嚻訟，嫚游而朋
> 淫，帝悲之，爲制弈棋，以閑其情。〔註5〕

堯造圍棋之說，首見於戰國史官所著之《世本》，其後張華、胡三省、羅泌大
致據其意而闡發。《資治通鑑・晉紀胡三省注》順帶提及圍棋亦可能是舜所發
明，《路史》則進一步談堯創造圍棋之緣由。以上四說均將圍棋的發明權歸屬
於古代聖王，因爲生子頑愚不肖，乃藉圍棋來陶冶其性情。此說若屬實，則
圍棋可能有四千多年的歷史。《大英百科全書》記載圍棋於西元前二千三百五
十六年由中國發明，應是據此而來。〔註6〕然而堯舜之年代難以確定，又多神
話傳說，且歷來就有將事物發明權歸於古聖先賢的傳統，故不可盡信。

二、烏曹創始說

圍棋起源的另一說法，是由夏朝末年的烏曹所創。烏曹相傳是夏桀的臣
子，《世本・作篇》有「烏曹作博」的記載。〔註7〕博即六博，是一種擲彩行
棋角勝的局戲，有六箸十二棋，棋子黑白各六枚。兩人相博，擲瓊（骰子的

〔註3〕（唐）歐陽詢編：《藝文類聚》（臺北：文光出版社，1974 年 8 月），卷 74，
　　　頁 1271。

〔註4〕（北宋）司馬光：《資治通鑑》（臺北：藝文印書館，1955 年 6 月，影印胡三
　　　省音註本），卷 80，頁 1237。此處所引《博物志》內容與《藝文類聚》所引
　　　佚文云：「堯造圍棋，丹朱善棋。」略有出入，應以年代較早之《藝文類聚》
　　　爲準。「舜以子商均愚」等語，疑出於胡三省，而非《博物志》。學者多信爲
　　　張華《博物志》所言，例如張如安：《中國圍棋史》（北京：團結出版社，1998
　　　年 8 月），頁 4。又如何云波：《圍棋與中國文化》（北京：人民出版社，2001
　　　年 11 月），頁 76。

〔註5〕（南宋）羅泌：《路史》（臺北：臺灣中華書局，1966 年 3 月，四部備要本），
　　　頁 12。

〔註6〕中華書局編譯：《大英百科全書》（臺北：臺灣中華書局，1988 年 3 月，簡明
　　　中文版），頁 241，冊 8。

〔註7〕同註2。

前身）行棋〔註 8〕。它與圍棋並存流行，古籍中兩者常合稱「博弈」，卻非同一事。〔註9〕然而博在不同地域有不同稱呼，據西漢揚雄所言，秦晉一代稱簙（即博），而吳楚之間或謂之棋；〔註 10〕又《孟子・告子章句上》云：「今夫弈之爲數，小數也。不專心致志，則不得也。」東漢趙岐注云：「弈，博也，或曰圍棊。」〔註 11〕弈可稱博，博又曰圍棋，容易使外行者造成混淆，如明代董斯張《廣博物志》云：

> 桀臣烏曹作賭博圍棋。〔註 12〕

清代陸鳳藻《小知錄》〔註 13〕和張英等人所撰《淵鑒類函》亦有相同的說法，〔註 14〕可見明清學者誤「博」爲「弈」，應是受稱謂互通的困擾，導致以訛傳訛，遂有烏曹發明圍棋之說，實則非也。

三、戰國縱橫家發明說

按前引羅泌所云，堯發明圍棋，是因兒子丹朱頑劣粗暴，「嫚游而朋淫」，於是藉之「以閑其情」，陶冶其性靈，並凸顯圍棋怡情養性的教化功能。晚唐

〔註 8〕關於博戲的內容和發展，可參考史良昭《博弈遊戲人生》（臺北：臺灣商務印書館，1992 年 3 月），頁 20～25。

〔註 9〕史良昭云：「『博弈』一詞中，博指六博，弈指圍棋，一仗機運，一憑智力，性質本不相同。古人將博弈並列在一起，是因爲兩者都是在「局」或「枰」上進行的娛樂遊戲。……但隨著遊戲的開展，娛樂性漸朝兩個不同的方向轉化，一是鍛鍊思維、陶冶情性的教育性；一是貪求物慾、爭勝牟利的功利性。博與弈性質不同，自然是趨向各異，清涇濁渭，高下立判。博戲與弈戲分途，是古代博弈文化的基本特徵。」同上註，頁 6。

〔註 10〕揚雄《方言・第五》云：「簙謂之蔽，或謂之箘，秦晉之間謂之簙，吳楚之間或謂之蔽，或謂之箭裏，或謂之簙毒……或謂之棊。所以投簙謂之枰，或謂之廣平。所以行棊謂之局，或謂之曲道。圍棊謂之弈，自關而東、齊魯之間皆謂之弈。」（臺北：臺灣商務印書館，1979 年 11 月，四部叢刊正編），頁 21。

〔註 11〕《十三經注疏》（臺北：藍燈文化事業，影印嘉慶二十年重刊宋本十三經注疏本），孟疏卷 11 下，頁 3a，冊 8。

〔註 12〕（明）董斯張撰：《廣博物志》（臺北：新興書局，1972 年 2 月，明萬曆丁未刻本），卷 22，頁 1888，冊 3。

〔註 13〕《小知錄・藝術》云：「桀臣烏曹作賭博圍棋。」（臺北：新興書局，1969 年 12 月，清同治癸西刻本），卷 7，頁 26a，總頁 441。

〔註 14〕《淵鑒類函・巧藝部圍棋二》引《潛確類書》文云：「烏曹作賭博圍棋。」（清）清聖祖敕撰：《淵鑑類函》（臺北：新興書局，1971 年 10 月，清康熙 49 年刻本），卷 329，頁 5767，冊 9。

皮日休則強調圍棋的鬥爭性，作〈原弈〉反駁堯舜教子之說，其文云：

> 問弈之原於或人，或人曰：「堯教丹朱征，丹朱之爲是，信固有其道焉。」皮子曰：「夫弈之爲藝也，彼謀既失，我謀先之；我智既虧，彼智乘之，害也。欲利其內，必先攻外，欲取其遠，必先攻近，詐也。勝之勢，不城池而金湯焉；負之勢，不兵甲而奔北焉。勝不讓負，負不讓勝，爭也。存此免彼，得彼失此，如蘇秦之合從、陳軫之游說，偽也。若然者，不害則敗，不詐則亡，不爭則失，不偽則亂，是弈之必然也。雖弈秋荐出，必用吾言焉。嘗試論之，夫堯之有仁義禮智信，性也，如生者必能用手足、任耳目者矣。豈區區出纖謀小智，以著其術用爭勝負哉？堯之世，三苗不服……。堯不忍加兵而以命舜，舜不忍加伐而敷之文德，然後有苗格焉。以有苗之慢，尚不加兵，豈能以害詐之心、爭偽之智用於戰法，教其子以伐國哉？則弈之始作，必起自戰國，有害詐爭偽之道，當從橫者流之作矣，豈曰堯哉！豈曰堯哉！」〔註15〕

皮氏認爲圍棋不過是「纖謀小智」之術，在競技的過程中，爲能克敵制勝，不免有「害詐之心」、「爭偽之智」，如蘇秦之合縱、陳軫之游說。堯具有仁、義、禮、智、信之性，以文德化成天下，對於作亂的三苗，〔註16〕尚且不忍加兵，當然不會用害詐爭偽之道教其子以伐國，所以圍棋非儒家聖王所爲，而是戰國縱橫家所發明。此說站在儒家仁德教化的立場，根據圍棋的謀略特性而妄加推斷，帶有貶抑之意。其實圍棋早在春秋時期即流行於世，孔子有「不有博弈者乎？爲之猶賢乎已」〔註17〕之語可爲明證，作者一筆將圍棋在戰國以前的史實全然抹煞，其謬誤是顯而易見的。

四、作於神仙說

　　圍棋玄之又玄，含無窮之變，容易使人產生仙異的遐想，遂有起於神仙之說。清代陳元龍《格致鏡原》引《梨軒曼衍》佚文云：

> 圍棋初非人間之事，其始出於巴邛之橘、周穆王之墓，繼出於石室，

〔註15〕（唐）皮日休：《皮子文藪》（臺北：臺灣商務印書館，1979年，影印四部叢刊本），卷3，頁20。

〔註16〕事見《史記·五帝本紀》。瀧川龜太郎：《史記會注考證》（臺北：洪氏出版社，1986年9月），卷1，頁33。

〔註17〕同註11，論語疏卷17，頁10a～10b，冊8。

又見於商山，乃仙家養性樂道之具。〔註18〕

「巴邛之橘」典出唐代牛僧孺《玄怪錄》，所指是象棋而非圍棋，〔註19〕應是作者未察而誤植。此說將圍棋視爲仙家發明的養性樂道之具，然仙界虛無縹緲，仙人如何以之樂道養性，只能憑空想像了。

（一）作於容成說

明代林應龍認爲圍棋是容成公所創，其《適情錄》云：

> 圍碁作於容成公，其黑白輸贏之幾，即陰陽消長之道，蓋因歷法而錯綜之耳。〔註20〕

容成公是古代的神仙家，精於房中採補之術，相傳是黃帝的臣子。《列仙傳》載云：「容成公者，自稱黃帝師，見於周穆王。能善補導之事，取精於玄牝。其要，谷神不死，守生養氣者也。髮白更黑，齒落更生，事與老子同。亦云，老子師也。」〔註21〕東晉葛洪《神仙傳》則謂之「行玄素之道，年二百歲」。〔註22〕典籍中未記載他與圍棋有何關係，林氏此說是據《史記‧歷書》所載：「黃帝考定星歷，建立五行，起消息，正閏餘，於是有天地神祇物類之官，是謂五官。」〔註23〕司馬貞《史記‧索隱》云：「黃帝使羲和占日、常儀占月、臾區占星氣、伶倫造律呂、大撓作甲子、隸首作算數，容成綜此六術而著《調歷》也。」〔註24〕林應龍以爲圍棋是古代觀測天文之具，「因歷法而錯綜之」，而容成公適掌其職，故圍棋乃其所創。

（二）蒲伊授堯說

圍棋成於仙人的例子，尙有明代徐道、程毓奇提出的「蒲伊授堯」的故

〔註18〕（清）陳元龍：《格致鏡原》（臺北：新興書局，1971 年影印清雍正十三年刻本），卷 59，頁 2651。

〔註19〕牛僧孺《玄怪錄‧巴邛人》云：「有巴邛人，不知姓名，家有橘園。因霜後，諸橘盡收，餘有兩大橘，如三四斗盎。巴人異之，即令攀摘，輕重亦如常橘。剖開，每橘有二老叟，鬢眉皤然，肌體紅潤，皆相對象戲，身僅尺餘。談笑自若，剖開後亦不驚怖，但與決賭。」（北京：中華書局，2006 年 8 月），卷 8，頁 74。

〔註20〕（明）林應龍：《適情錄》（明嘉靖四十年澄心堂刊本），卷 20，頁 9b。

〔註21〕王叔岷：《列仙傳校箋》（臺北：中央研究院中國文哲研究所，1995 年 4 月），頁 14。

〔註22〕（東晉）葛洪：《神仙傳》（臺北：廣文書局，1989 年 12 月），卷 7，頁 5。

〔註23〕同註 16，卷 26，頁 458。

〔註24〕同註 16，卷 26，頁 458。

事。此說是據前述的「堯舜教子」踵事增華而成,其《歷代神仙通鑑》云:

> (帝堯)命駕至伊水,往覓蒲伊。至汾水之濱,見二人對坐蒼檜下,
> 畫沙為道,以黑白小石子行列如陣圖。右一人戴箬笠,左一人披蒲
> 衣,坦腹露臂,毛長數寸,兩目更方,帝知即是。……問全丹朱之
> 術,蒲伊曰:「特易耳!丹朱善爭而愚,當投其所好,以閑其情。前
> 翠檜下沙道石子,是謂弈秤,廢興存亡,於此可見。……子歸以教
> 丹朱,彼必專心致志,何暇爭奪天下哉?……帝獨步回,群臣齊集
> 檜下,看所聚石子,不解其義。……帝端思詳察,越旦,盡得其妙,
> 命左右撿石子於囊,畫棋局於簡,收拾回程。〔註25〕

原來圍棋並非帝堯首創,而是他訪遇仙人蒲伊求教子之術,得到蒲伊的傳授。
堯、舜的事蹟原已綿邈難考,此又導入神仙迷霧,真相益發暗昧難明。以上
所引三例圍棋起於神仙之說,當然不足徵信,聊作茶餘趣談可也。

五、源於兵法說

　　古代戰爭的最終目的是為了攻城掠地,擴張領土,佔有敵方的資源。圍
棋是黑白兩方對壘,棋局為戰場,棋子是供驅策的士兵,彼此相互圍勦攻殺,
最後以佔地的多寡決勝。棋手布局落子猶如將軍指揮軍隊作戰,所運用的戰
術包含兵法中攻防進退的辯證原理,一局棋可謂一場小型的戰鬥。所以圍棋
與軍事活動有著密不可分的關係,也使得古今許多學者在探討圍棋的起源
時,很容易和兵法、戰爭聯繫在一起,此乃理勢之所當。

(一)堯舜軍事部署說

　　自東漢以來,以兵法詮釋圍棋者代有人出,如桓譚云:「世有圍棊之戲,
或言是兵法之類也。」〔註26〕稍晚的馬融作〈圍棋賦〉云:「略觀圍棊兮,法
于用兵。三尺之局兮,為戰鬥場。」〔註27〕建安七子之一的應瑒〈弈勢〉則
論云:「蓋棊奕之制,所由來尚矣,有像軍戎戰陣之紀。」〔註28〕或如明代謝

〔註25〕（明）徐道、程毓奇:《歷代神仙通鑑》（臺北:臺灣學生書局,1989 年 11
　　　　月）卷 3,頁 560～564。
〔註26〕語見《桓子新論上·言體第四》。（清）嚴可均輯:《全上古三代秦漢三國六朝
　　　　文》（北京:中華書局,1991 年 10 月）,卷 13,頁 7b,總頁 540,冊 1《全後
　　　　漢文》。
〔註27〕同上註,卷 18,頁 4a,總頁 566,冊 1《全後漢文》。
〔註28〕同註 26,卷 42,頁 6a,總頁 701,冊 1《全後漢文》。

肇淛所言：「觀其開闔操縱、進退取舍、奇正互用、虛實交施；或以予爲奪，或因敗爲攻，或求先而反後，或自保而勝人。幻化萬端，機會卒變，信兵法之上乘、韜鈴之祕軌也。」〔註29〕以上四家皆云圍棋與兵法相類，卻未明言圍棋是起源於兵法，然而隨著時間的推移，方今許多學者力主此說。如李松福《圍棋史話》云：

> 在堯、舜、禹時代，每逢交戰的時候，必須舉行部落會議。部落長
> 老和軍事首領都是會議的參加者，共同商討對敵戰爭事宜，各人提
> 出自己的意見。在討論中，每個人爲了更形象地表達自己的意見，
> 很可能就地畫圖，用小石子等東西代替兵卒，設想軍事部署。這恐
> 怕就是圍棋的萌芽。這種軍事部署圖，後來可能逐漸演變成爲軍事
> 遊戲的組成部分，或爲貴族們教育子弟軍事常識的一種方法。〔註30〕

馬諍是這一派說法的代表，其觀點與李松福近似，論析則更加細密。他認爲在原始社會中，人們爲了生存必須進行勞動和戰爭，尤其戰爭是爲了抵禦外族、保衛家園以及開疆拓土，甚至比勞動更爲重要。遠從黃帝時期開始，掠奪性的戰爭和殺伐從未中止，「阪泉之戰」、「涿鹿之戰」都是大規模的戰爭；〔註31〕到了堯、舜時期，征服「三苗」也是長期的軍事行動。皮日休雖云「堯教丹朱征」，卻以圍棋的害詐爭僞之性爲由，認定其出於戰國縱橫者流；馬諍則據此而論，以爲堯發明圍棋以教丹朱，乃是基於征戰的需求。其〈圍棋起源於兵法〉云：

> 原始社會的戰爭與兵法，爲圍棋的發明提供了堅實的基礎與良好的
> 契機。現在我們再來看「堯造圍棋，以教子丹朱。或云舜以子商均
> 愚，故作圍棋以教之」一類的記載，就覺得這實在是瓜熟蒂落、自
> 然而然的事了。對於丹朱、商均這樣的「貴族子弟」，他們不僅是天
> 生的戰士，也是未來軍事首領和部落統治的最佳人選。堯和舜教給
> 他們一些戰爭經驗和軍事知識，不是很正常的事情嗎？何況部落當
> 時正在進行征服三苗的軍事行動，現實也需要他們掌握一些軍事技
> 能，參加軍事行動以建功立業。爲什麼圍棋一開始表現出的是教育

〔註29〕語見所著《五雜組》。同註1，卷6，頁19a～19b，總頁3629～3630，8編，冊6。

〔註30〕李松福：《圍棋史話》（北京：人民體育出版社，1990年9月），頁4。

〔註31〕「阪泉」與「涿鹿」二役，詳見《史記‧五帝本紀》。同註16，卷1，頁24～25。

功能，而不是其它？就在於圍棋一開始即是教習兵法知識的「工具」。據某些史書記載，原始社會的部落酋長，在指揮戰爭時，往往在地上畫一些簡單的軍事形勢圖，並用石子表示雙方兵力部署、商量作戰及取勝的方法。某些典型的軍事形勢圖，如阪泉之戰、涿鹿之戰，有可能逐漸凝固為一種軍事遊戲，用以向貴族子弟傳習兵法知識，而這種軍事遊戲或許就是圍棋的萌芽形式。〔註32〕

同樣主張圍棋起於「堯舜教子說」，胡三省強調啟智之功，羅泌道閑情之用，徐道、程毓奇假託仙人傳授；馬諍則據桓譚、馬融、應瑒、謝肇淛諸家之說立論，藉由對原始部族指揮戰爭的想像，試圖還原圍棋最初的形制，確實較為圓合而有說服力。但當提到「原始社會的部落酋長，在指揮戰爭時，往往在地上畫一些簡單的軍事形勢圖」，對圍棋之形制創作而言，仍是一片朦朧。

（二）源於氏族棋說

周泗宗亦認為圍棋產生於中國原始社會，展示戰爭的基本型態，不過他的論述較為具體，提出圍棋是由「氏族棋」變革而來。其〈圍棋萌發的歷史邏輯和證據〉云：

> 發明圍棋的最初靈感來自何方？我認為來自仍然在我國大江南北、大河上下、農民們喜歡玩的一種棋，我現在把它叫「氏族棋」，意思是，它在我國原始社會初期便存在了。「氏族棋」是圍棋、五子棋、中國象棋的老祖宗，三種棋由它複雜化、深化、變化而來。大城市的年輕人可能不知道「氏族棋」，我在這裡介紹一下。它的棋盤，各地略有不同，有4×4道、4×5道和5×5道的，棋盤用木棍或石片直接畫在坦平的地面上或石面上，棋子是隨手拾到的小石子、土疙瘩或枯枝折斷的短木節，對弈雙方各4子、5子、6子或7子，棋子是游動的，兩個吃一個。玩「氏族棋」時，你似乎看到幾個原始人之間的打鬥場面。〔註33〕

周泗宗回憶童年時玩「氏族棋」，覺得套路太少，變化不多，索然無味。後來突發奇想把棋盤放大，原本無味的遊戲遂變得混亂。後來見到圍棋時，方領

〔註32〕馬諍：〈圍棋源於兵法〉，《圍棋天地》，第1期（2001年1月），頁39。
〔註33〕周泗宗：〈圍棋萌發的歷史邏輯和證據〉，《圍棋天地》，第10期（2000年10月），頁35。

悟出兩者之間的關連以及圍棋從十一道演進到十九道的原因。〔註34〕氏族棋是否就是圍棋的前身，作者言之鑿鑿，煞有介事，固然有其可能，不過仍缺乏有力佐證，可備一說，難成定論。

六、出於春秋太史說

　　自魏晉以來，《世本》、〔註35〕《博物志》、《資治通鑑》及《路史》四書或云堯造圍棋，或云舜造圍棋，由於文獻稀少，後人可能據之而衍爲「戰國縱橫家發明說」、「作於神仙說」、「源於兵法說」。然而有關堯、舜的事蹟，屢見於先秦兩漢典籍所保存的神話傳聞，其中卻無一字言及圍棋。張華以前專門研究圍棋者如桓譚、班固、馬融、應瑒等，皆博聞強記之碩學鴻儒，亦都未在其圍棋著作中提及堯或舜，頗啓人疑竇。

　　章必功發表〈圍棋的哲學內涵〉一文，不贊同圍棋是原始社會的產物，也非堯或舜所發明。他根據目前所見最早的圍棋文獻出於《左傳·襄公二十五年》（西元前 548 年），〔註36〕推測圍棋大約產生於東周（西元前 770 年至西元前 221 年）的最初二百年，即春秋（西元前 770 年至西元前 476 年）初年至春秋中葉。〔註37〕他認爲圍棋的特色，與春秋時代的社會、文藝背景相諧應，分別以天時、地利、人和三方面闡論之：春秋是土地戰爭最頻繁且激烈的時代，是謂天時；西周至春秋世代實施井田制，是謂地利；春秋時期思想解放，人才輩出，社會科學和自然科學成果震聾發聵──天道自然觀、樸素辯證法打破了宗教神學的牢籠，是謂人和。〔註38〕在此三方的基礎上，進而推論云：

　　　　非常遺憾，我們現在無法知道春秋時代的圍棋發明家。但是，可以
　　　　料定，這一位或這一些圍棋發明家一定是學識淵博、聰明絕頂的人，

〔註34〕 詳見其〈圍棋萌發的歷史邏輯和證據〉一文。同上註。
〔註35〕 《世本》原爲先秦史官所修撰，至南宋亡佚。現存《世本》乃清代王謨、張澍、雷學淇、秦嘉謨、孫馮翼、陳其榮、茆泮林、王梓材等人所輯，可信度難免打些折扣。
〔註36〕 《左傳·襄公二十五年》云：「衛獻公自夷儀使與甯喜言，甯喜許之。大叔文子聞之曰：『烏呼！詩所謂「我躬不說，皇恤我後」者，甯子可謂不恤其後矣……今甯子視君不如弈棋，其何以免乎？弈者舉棋不定，不勝其耦，而況置君而弗定乎？』」同註 11，春秋疏卷 36，頁 17a〜17b，冊 6。
〔註37〕 章必功：〈圍棋的哲學內涵〉，《圍棋天地》，第 5 期（2000 年 5 月），頁 34。
〔註38〕 同上註。

一定是既懂哲學，又懂數學；既懂天文，又懂地理；既懂政治，又懂軍事的通才。這類通才，按當時在官府的文化環境，很可能就是宮廷中的那些兼通自然科學與社會科學的太史者流。太史者流創作圍棋的目的，《博物志》「堯造圍棋，以教子丹朱」的那一個「教」字可資參考。圍棋最初的功用，疑是周代王府培養少兒寓教於樂的教學工具。教官以它的趣味性、形象性，吸引學生，講授天文、地理、兵法、數學和哲學的基本知識。其後，由於圍棋公平鬥智，變化莫測，助人為樂，引人入勝，遂使這一類教學工具逐漸成為一般公卿大夫愛不釋手的娛樂工具。〔註39〕

章氏不信「堯舜教子說」，從圍棋的哲學內涵著眼，一舉將其起源年代降至春秋時期，發明權則歸屬於太史者流，其主要理據在於商周之交天道自然觀和樸素辯證法已露端倪，如《周易》卦爻辭的觀物取象、預言禍福、陰陽之變，皆為發明、發展圍棋的理論基礎。值得商榷者，商周以前，中國古人的天道自然觀早已存在，為何圍棋不能在那時創造，而非得等到春秋以後？另一方面，任何事物的誕生，必然經歷由簡入繁、由粗轉精的演化過程，很難想像圍棋在春秋太史發明之初，即已形制完備，涵括天文、地理、兵法、數學、哲學等基本知識，而成為周王府少兒的教學工具。若按歷史發展的邏輯規律觀之，其說法很難站得住腳。

七、陵川棋子山說

（一）吳清源占卜天象說

圍棋起源於八卦占卜，是近年來盛行的說法，最先由圍棋巨擘吳清源提出。吳氏以為在帝堯時代，圍棋不是定勝負的遊戲，而是占卜天文易理的工具，和農業有很大的關係。帝王利用棋盤占卜天象，預知並教導不懂曆法者何時下雨、播種。在文字發明以前，研究天象無法查書或留下紀錄，只有使用棋盤，在盤面畫線，藉白子和黑子來測知陰陽之動。棋盤上的格數和古代曆法相合，是由《周易》衍生而來。堯把作為占卜工具的圍棋傳授丹朱，是讓他主持祭政。〔註40〕

〔註39〕同註37，頁34。
〔註40〕詳見吳清源、田川五郎：《天才的棋譜》（臺北：故鄉出版社，1987年4月），頁33～38。

（二）吳極推卦演易說

吳清源仍是圍繞著「堯舜教子」之義而立說，只是教的內容是占卜，不過當他被問到如何用圍棋來占卜時，卻無法回答。〔註41〕吳極也認為「弈」是源於古人的推卦演易，其說可補充吳清源之不足：

> 符號記事時代的特徵，其中最重要的一項活動就是「推卦演易」，即
> 劃地為盤，折枝為子，反覆擺放比劃。……後來的演易則發展成為
> 一種狹隘的占卜活動，即按照一定的程序在地上擺放著草、竹簽或
> 小樹枝、小石塊等，並根據它們顯示的卦象預測凶吉禍福。不管作
> 何種理解，都可以肯定「推卦演易」是早期人類非常頻繁的活動，
> 後來逐漸從推卦演易中分化出一種劃地為盤，折枝為子，兩人輪流
> 下子以決定勝負的遊戲，即原始狀態的「弈」。〔註42〕

在沒有文字的符號記事時代，吳極所說的「畫地為盤，折枝為子」，或許是可能的占卜方式，只是它不像龜甲、獸骨可以留下實物或記錄供後世察考。這種說法雖為合理的推測，卻無從驗證。

（三）楊曉國旋式正棋說

一九九三年初，山西省社會科學院楊曉國發表〈論陵川棋子山與圍棋起源〉一文，引發媒體和學術界關注。其研究的簡要結論如下：一、圍棋當起源於殷末周初。二、圍棋當起源於太行之極與淇水之源的山西陵川縣棋子山。三、圍棋起源的過程中所依據的基本原理，當出自商周先民通過「其卜」活動所獲之樸素天象觀和原始自然觀。四、箕子其人，是殷末周初的著名卜筮學家及「其卜」宗師，他所從事的有關活動和思想，為《周易》和圍棋的起源，奠定了最初的基礎。〔註43〕

楊氏提及民間的一種古老的棋戲，遍及漢民族居住省區，名為「占方」，是圍棋的雛型。其文云：

> 有一古老棋類，過去一直不知其起源於何時，至今仍流行於我國民
> 間，幾乎遍及所有漢民族居住省區。河北人稱它「掉茅坑」，四川
> 人叫其為「褲襠棋」，在山西省東南部（包括陵川縣在內）則名曰

〔註41〕同上註，頁37。
〔註42〕吳極：《棋史弈理與無極象棋》（四川：蜀蓉棋藝出版社，1999年9月），頁7。
〔註43〕楊曉國：〈論陵川棋子山與圍棋起源〉，《體育文史》，第3期（1993年5月），頁17～22。

「占方」或「走方」。這種古「占方」即圍棋的雛型，它已具備了「天元」、「四時」、「九星」等後世圍棋最基本的布局方位。……這種「占方」的棋枰圖案，其形狀與甲骨文中的「其」字字形竟如出一轍。（如圖表一）確切地說，古「占方」棋枰圖案所反映的內容應該正是甲骨卜辭中「其」字的本質，亦即原始「其卜」的本質。此圖案的精華所在，在於它清楚明白的透露了原始時期的「太極」、「五行」、「陰陽」以及「四方」、「四時」觀念，而這些觀念正是通過原始「其卜」（包括立竿測的影、占星、卜雨、卜風等）所獲得的。〔註44〕

圖表一　古「占方」棋枰圖案與商周古文字比較

古「占方」棋枰圖案	甲骨文、金文字形
 「其」型古「占方」	 甲骨文「其」字
 「其」型古「占方」變異	 金文「期」字

資料來源：同註43，頁19。

「占方」導致了「旋式正棊」的誕生。《史記・日者列傳》云：「今夫卜者，必法天地，象四時，順於仁義，分策定卦，旋式正棊，然後言天地之利害、事之成敗。」〔註45〕司馬貞《史記・索隱》云：「按式，即栻也。旋，轉也。栻之形上圓象天，下方法地，用之則轉天綱加地之辰，故云式。棊者，筮之狀。正棊，蓋謂卜以作卦也。」〔註46〕楊文續云：

> 「旋式正棊」之術誕生之時，應在先民確立「四時」觀念之後，而「八卦」將成未成之際。「旋式正棊」誕生直接促使了「八卦」的最後形成。另，後世圍棋之「棊」當最早本自「旋式正棊」之「棊」。而在「旋式正棊」之術中，「棊」字則是專指旋式式盤中「下方法地」

〔註44〕同上註，頁19。
〔註45〕同註16，卷127，頁1335。
〔註46〕同註16，卷127，頁1335。

之物。《史記‧索隱》中司馬貞所謂「下方法地」之物，無疑也就是那種古「占方」的棋枰，亦即「旋式正棊」之「棊」；而所謂「上圓象天」之物當是指那種產生很早的「太極四卦」之圖。……什麼是「天綱加地之辰」呢？我以爲就是把「棊」（即古「占方」棋枰）置於下，而將「太極四卦」置於上，兩物相疊，上下互補，圓者上面「象天」，方者下面「法地」。「天地」互補的結果，就是《史記‧日者列傳》中所說之「旋式正棊」，也就是《史記‧索隱》中所謂「正棊，蓋謂卜以作卦也」。〔註47〕

圍棋起源於「陵川棋子山說」，是楊曉國考察山西省陵川縣，從地緣證明乃商末貴族箕子的封地，發現許多天然棋石；其次推究人名和地名中「棋」、「箕」、「淇」的母本字「其」，爲原始卜筮的工具，其形即古占方的棋枰；古占方導致《史記‧日者列傳》所載「旋式正棊」的誕生；再據司馬貞所言旋式正棊「天圓地方」的卜以作卦，證成其爲圍棋最初的形態。此一結合歷史、地理和文字三方考古的發現，或許是探索圍棋起源真相的契機。

八、焚獵說

　　遠古時期，社會生產力低下，人類爲求存活發展，利用簡陋的工具，與大自然進行艱苦的搏鬥，一切事物的創造，都先從實用的角度考量，帶有功利的目的。圍棋的發明也不例外，其初始的作用，必然基於生活與勞動的需求。除了前述的戰爭與占卜之外，另一種可能是爲了「獵獸而食」，即王健所提出的「圍棋起源於焚獵」之說。〔註48〕

　　先民爲了獲取食物和安全的生存空間，不得不與野獸搏鬥，驅趕並圍捕之。狩獵的方法很多，但規模最大、最能體現原始部族的團結和智慧者就是「圍獵」。在野獸出沒之地，判斷牠們受驚嚇後的逃跑的方向，成群結隊的原始部落男子，手持木棍、投槍、弓箭、石塊、火把，或隱蔽，或引誘，圍堵奔逃的野獸；老人、婦女及兒童則站在包圍圈口的高處，呼喊助威。最終，野獸被獵殺，人人得而食之，部落得以繁衍壯大。此一生活方式，與圍棋中、

〔註47〕同註43，頁20。
〔註48〕王健：〈略論圍棋的起源〉，《南京高師學報》，第12卷第1期（1996年3月），頁56～58。

爭地、圍攻、吃子等著法相似，〔註49〕有可能是圍棋最早的縮影。

（一）井田象弈說

隨著文明的演進，原始部族狩獵爲主的生活方式逐漸爲農耕所取代。先民圍獵野獸，目的不僅是爲了食用，也爲保護農作物不被踐踏。此種圍獵活動，稱爲「田獵」。田獵往往採取「焚」的形式，即焚林而田，〔註50〕如《孟子‧滕文公章句上》載云：

> 當堯之時，天下猶未平，洪水橫流，氾濫於天下。草木暢茂，禽獸繁殖，五穀不登，禽獸偪人，獸蹄鳥迹之道交於中國。堯獨憂之，舉舜而敷治焉。舜使益掌火，益烈山澤而焚之，禽獸逃匿。
>
> 〔註51〕

在洪水橫流、草木暢茂、禽獸逼人的原始自然環境下，要大量開發土地，墾植農田，單憑木、石所製的粗陋工具十分艱難，也不可能形成大面積。所以舜使益「烈山澤而焚之」，如此才能燒出大片空曠土地，同時可驅逐和捕獲禽獸。焚燒後的草木灰是一種高效的有機肥，有利於新壤的播種。及至商代，先民透過焚獵開闢許多新的農田，促進農業的發展，從甲骨文中大量記載有關田獵的卜辭即可爲證。〔註52〕甲骨文中的田字，象井字形的方塊田，如同圍棋棋盤的雛形，明代陳繼儒《狂夫之言‧井田兵法之祖》云：

> 井田者，兵法之祖也。蓋其事與田獵相表裏，從論井田而不兼論田獵，則井田之精神不備，……蓋嘗譬之，井田，弈局也。田獵之圍闢縱橫、屈伸進退，其變迄于不可勝記，皆所以按其局而布

〔註49〕 張偉瑞《中國圍棋思想之文化研究》云：「對弈雙方，各執一方棋子，雙方輪流交替下子，運用四面包圍、吃子、做活、圍地等技法，最後以獲得地盤（空、子數）多的一方爲勝者。」（嘉義：南華大學文學系研究所碩士論文，2009年），頁15。

〔註50〕 《韓非子‧難一》云：「焚林而田，偷取多獸，後必無獸。」（清）王先愼：《韓非子集解》（北京：中華書局，1998年7月），卷15，頁347。《淮南子‧本經》云：「鑽燧取火，構木爲臺；焚林而田，竭澤而漁。」（西漢）劉安：《淮南子》（臺北：臺灣古籍出版有限公司，2005年12月），卷8，頁465。

〔註51〕 同註11，孟疏卷5下，頁2b～3a，冊8。

〔註52〕 孟世凱云：「近年來商代甲骨文不斷有新的發現並公諸於世，據筆者就目前所見資料的統計，商代甲骨文中占卜田獵的卜辭和有關田獵的記事刻辭，約占全部甲骨文九分之一強。」詳參〈殷商時代田獵活動的性質與作用〉，《歷史研究》，第4期（1990年），頁96。

之爲勢也。〔註53〕

此以弈局、棋勢比喻井田和田獵，即顯示圍棋的起源可能與之有關。原始人類爲了生存，不得不與野獸鬥爭；當部族興起，彼此之間利害衝突時，則演變爲人與人之間的戰爭，田獵也隨之帶有軍事性質，成爲訓練軍隊、演習作戰陣式和提升士氣的手段。〔註54〕

（二）田獵演為軍事說

圍棋有出於兵法之說，若由戰爭的對象再往上溯，與獸爭鬥的田獵活動則是它更早的源頭。王健云：

> 人類爲生存和生活與野獸鬥爭，爭奪生存空間；原始農業出現後，發明了焚獵，開墾出一塊塊農田；戰爭發生後，田獵又具有濃厚的軍事意義；奴隸制時代，田獵還是帝王的遊樂活動。圍棋正是在這一漫長時期孕育。一旦田獵逐步具備生存求活、圍殲野獸、開墾田地、軍事活動和遊樂多種意義，並濃縮於一種遊戲之中：圍獵式之簡單著法、井田式的方格棋盤、敵我雙方（棋子）的佈陣對壘、娛樂性的遊戲活動，圍棋終於產生了。〔註55〕

王氏將圍棋的起源，透過原始田獵發展爲軍事、遊樂活動的事實，勾勒出由勞動到遊戲的演化過程，賦予合宜的解釋，相較於「源於兵法說」的固著單向，不僅在歷史發展的敘述上更爲豐富清晰，且更具超越之意義。

第二節　圍棋起源諸說平議

以上列論八種有關圍棋起源之說，雖各持不同的理據與想像，亦各具疑點和破綻。「烏曹創始說」混同博、弈之稱，誤將發明六博的烏曹當成圍棋的創始者，自不可信；「作於神仙說」假託神仙，迷離惝怳，難以驗證；「戰國縱橫家發明說」抹煞圍棋流行於戰國以前的史實，錯謬明顯。此三說幾乎不具可能性，當排除在外。其餘諸說則頗多爭議，相互駁難，如主張「源於兵法說」者，不相信圍棋出於太史者流和八卦占卜之說。因爲史

〔註53〕收錄於四庫全書存目叢書編纂委員會：《四庫全書存目叢書》（臺南：莊嚴文化事業有限公司，1995年9月），子部94，頁438～440。

〔註54〕相關論述，可參考孟世凱〈殷商時代田獵活動的性質與作用〉。同註52，頁101～104。

〔註55〕見王健〈略論圍棋的起源〉。同註48，頁58。

料和出土文物中不見圍棋起源和天文、八卦有關的證據，又東漢班固〈弈旨〉和北宋張靖《棋經》所述，〔註56〕僅顯示圍棋與天文、八卦在哲理上有某些相通之處，並未涉及起源的問題。而今人卻充分發揮想像力，生拉硬套將圍棋的起源與天文、八卦牽扯在一起。從伏羲八卦推演至六十四卦，基本上是沿著預測學的方向發展，充滿神祕的色彩。它與以兵法為基礎的圍棋，分屬不同的系統，從內容到形式都有很大的差別，看不出由八卦「異化」為圍棋的理由。〔註57〕

一、馬諍質疑「陵川棋子山說」之評

職是之故，持「源於兵法說」者，對「陵川棋子山說」更加不以為然。馬諍質疑主要有兩點：其一是中國有天然黑白棋石之地有多處，何以獨謂陵川棋子山為圍棋的發祥地？又中國圍棋在早期使用的棋子是木製而非石製，用石製棋子是春秋以後之事。如從工藝的角度考量，原始社會到春秋以前，工藝製作水平較低，以木製棋子自然比用石製棋子來得容易。若非如此，難道當時下棋的人，還得到陵川棋子山去「批發」棋子嗎？其二是箕子是否隱居於陵川棋子山？隱居了多久？都成問題。即使箕子曾隱居於該處，也很難將圍棋與他聯繫在一起。因為圍棋的發明首先不是抽象思維的結果，而只能是實際生活的需要。箕子隱居在荒山野嶺之中，若無人送飯，就得像野人一樣生活，哪有閑情逸致發明既不能吃、又不能用的圍棋呢？〔註58〕

馬諍的諸多質疑，有強詞奪理之嫌，未必都正確。首先，只須證成「陵川棋子山產天然黑白棋石，為圍棋發祥地」之命題即可，它處是否產有天然

〔註56〕 班固〈弈旨〉云：「局必方正，象地則也；道必正直，神明德也；棊有黑白，陰陽分也；駢羅列布，效天文也。」同註26，卷26，頁8b，總頁615，冊1《全後漢文》。張靖《棋經十三篇·論局》云：「夫萬物之數，從一而起；局之路，三百六十有一。一者，生數之主，據其極而運四方也。三百六十以象周天之數，分而為四，以象四時；隅各九十路，以象其日；外周七十二路，以象其候。夫棊三百六十，白黑相半，以濟陰陽。」收錄於國家圖書館分館編：《中國歷代圍棋棋譜》（北京：北京圖書館出版社，2004年8月），頁13，冊1。

〔註57〕 相關論述，見馬諍：〈圍棋源於兵法〉，《圍棋天地》，第21期（2000年12月），頁41～42。

〔註58〕 相關論述，見馬諍〈圍棋源於兵法〉。同上註，頁42。

棋石，無礙於該命題之成立。中國圍棋早期使用的棋子是木製，而非石製。馬氏以棊、棋、棋三字爲例，引東漢許愼《說文解字》僅載「棊」，〔註59〕說明棊是本字，棋、棋則是後出的異體字。揚雄《法言‧吾子》云：「斷木爲棊。」〔註60〕三國東吳韋昭〈博弈論〉云：「夫一木之枰，孰與方國之封？枯棊三百，孰與萬人之將？」〔註61〕顯示三國時期仍有木製棋子的存在。但問題關鍵在於楊曉國討論的是甲骨和金文中的「其」字，認爲它是原始卜筮的工具，其形即古占方的棋枰。馬諍只根據漢代以後的說法，就一口咬定早期的棋子是木製，不免犯了以今非古的毛病。何況在箕子時期，若圍棋僅是粗具形制的占卜工具，而爲極少的人操作，又何必運用馬氏所強調「較低的工藝水平」大量以木製造，供大家下棋？

其次，箕子是否曾隱居於陵川棋子山，不易論斷。假設楊曉國之說無誤，以箕子殷宗室貴冑的身份，絕不致流落荒山野嶺的山洞中，無人送飯，就得過著野人的生活。而且圍棋如作爲占卜之用，又怎能說它只是抽象思維，而無實際生活之所需呢？所以馬諍對「陵川棋子山說」的批駁漏洞頗多，實難令人信服。

至於馬諍認爲八卦推演爲六十四卦，朝預測學的方向發展，與兵法分屬不同的系統，在形式和內容上有很大的差別，看不出八卦「異化」爲圍棋的理由。若謂兩者的形式和內容完全相異，無絲毫牽連，那麼可以確定它們分屬不同的系統。然而實情並非如此，「陰陽」二元觀念是中國古老的思想，不僅周易八卦本之於它；兵法所論強弱、動靜、虛實、進退、奇正等對立的辯證法則，又何嘗不本之於它？擴而言之，儒家不講陰陽嗎？道家不講陰陽嗎？諸子百家不講陰陽者幾何？所以中國許多思想在個別不同程度上，都可謂由陰陽之說「異化」而來。既然共有相同的元素，就不能說八卦與兵法分屬不同的系統；也不能論斷圍棋因性質與兵法相近，就不可能由八卦「異化」而來。

〔註59〕　《說文解字》云：「棊，簙棊。從木，其聲。」段注云：「簙，局戲也，六箸十二棊。」「棊」此處指的是六博之棋，而非圍棋，可見馬諍引例失當。（清）段玉裁注：《說文解字注》（臺北：天工書局，1992年11月），6篇上，頁53a，總頁264。

〔註60〕　（西漢）揚雄：《法言》（北京：中華書局，1992年12月），頁34。

〔註61〕　同註26，卷71，頁8a～8b，總頁1438，冊2《全三國文》。

二、「陵川棋子山說」之評

「陵川棋子山說」固然令人耳目一新，而其內容疑點頗多，有待釐清，尚難成為定論。首先，甲骨文和金文中的「其」字，按許慎《說文解字》釋云：「所以簸者也。」〔註62〕即簸箕，為揚米去糠的農具，楊曉國卻認為它是原始占卜的工具，其形即古「占方」的棋枰，實是出於個人的想像與推測。其次，楊氏認為「旋式正棋」產生於殷商末亡之時，並未提出確切的證據。張如安對此提出質疑，認為式盤的創始年代不早於西元前六世紀。而另一要素「棋」，張氏認為並非如楊氏所謂式盤中「下方法地」之物，即古「占方」的棋枰，而是六博的博籌，用以卜筮中的布算。六博的發明遠早於式盤的誕生，它們淵源同一思維方式。〔註63〕要之，張氏主張旋式正棋屬於六博系統，六博才是甲骨文「其」字的物化和延續，而旋式正棋應是秦漢間盛行的卜筮活動。〔註64〕張說大抵較楊說可信，但是他認為六博是甲骨文「其」字的物化和延續，則仍屬主觀的臆斷。楊曉國若不能進一步提出有力的反證，深化旋式正棋與古占方、圍棋的演變關係，則其說發生根本的動搖。

前述已將圍棋起源八說中之「烏曹創始說」、「作於神仙說」及「戰國縱橫家發明說」三者排除，最早的「堯舜教子說」先置而不論，可發現所剩之「出於春秋太史說」和「陵川棋子山說」合為一派，「源於兵法說」與「焚獵說」合為另一派。此兩派涇渭分明，難有交集，各持理據，前者強調圍棋本於天文、占卦之用，後者堅信圍棋出於田獵、軍事所需，形成圍棋起源說之兩大主流。再就兩派分而細論之，「出於春秋太史說」將圍棋起源年代降至春

〔註62〕同註59，5篇上，頁21a，總頁199。

〔註63〕張如安〈楊曉國圍棋起源新說之商榷〉云：「『旋式正棋』的命名可以分析為式和棋兩項要素。據統計，現已出土的古式有8件，時代最早的是安徽阜陽雙古堆西漢初汝陽侯夏侯灶墓中出土的式盤，迄今尚未發現先秦式盤實物。但從文獻記載看，式盤作為實際存在的工具至少在戰國時代就已出現。宋會群先生從西漢夏侯灶墓中出土古式盤中的古宿度，經過嚴格的科學計算，考明式盤的創始年代 不會早於公元前6世紀，這是可信的。至於『旋式正棋』的另一要素『棋』，司馬貞釋云：『棋者，筮之狀。正棋，蓋謂卜以作卦也。』依此解釋，『棋』實與六博的博籌無別，用以卜筮中的布算。我們知道，『棋』字在先秦可作為博棋的專稱，博棋在殷帝武乙時期已經出現，……可以看作是真正因襲承借了甲骨文『其』字的根本質，是『其』的物化和延續。從時間上看，六博的發明遠早於式盤的誕生，但由於它們同出一胞，淵源於同一思維方式。」《體育文史》，第6期（2000年），頁29。

〔註64〕同上註，頁29～30。

秋時期，比「陵川棋子山說」至少晚了五、六百年，顯然是過於保守的估計。況且任何事物的誕生，必然經歷由簡入繁、由粗轉精的演化過程，很難想像圍棋在春秋太史發明之初，即已形制完備，涵容天文、地理、兵法、數學、哲學等基本知識，而成為周王府少兒的教學工具。其說只出於假設，欠缺證據，無法指明太史為何人。「陵川棋子山說」則經學者考證，具體道出人、事、時、地、物，但由於多出於臆測，其真實性仍令人懷疑。

三、「源於兵法說」與「焚獵說」之評

　　「源於兵法說」之流以圍棋與兵法性質相近為憑，力斥圍棋出於八卦占卜，卻忽略兵法與八卦系出同源，皆與陰陽二元思想有關。現存最早的兵法，乃春秋晚期之作，〔註65〕其中原始樸素辯證法之運用已臻成熟，若謂圍棋的創造是受其啟迪的結果，則可能性極低；但若推至堯舜原始部落時期的兵法，如何將圍棋與前述「指揮戰爭時，往往在地上畫一些簡單的軍事形勢圖」的關係連結起來，則又蒙昧不明、困難重重。原始部族之間為了競爭生存而戰，戰爭的對象是人，首領藉兵法指揮作戰；然而更早以前，同樣是為競爭生存而戰，戰爭的對象卻是野獸，學者據此而作圍棋起源於「焚獵說」。此說在歷史發展現象的敘述上較「源於兵法說」的更為清晰、全面，也更能體現原始人類的本能需求和反應。藉由田獵行動，不僅可獵捕野獸、擴大耕地，且有助於軍事戰陣演練，最後轉變為一益智遊戲。可惜此說與「源於兵法說」面臨類似的困局：即最早象井田的弈局，是如何將田獵之闔闢縱橫、屈伸進退，「按其局而布之為勢」？至今無法獲得解答。

四、「堯舜教子說」之評

　　「堯舜教子說」是民間流傳最廣且年代最久者，若圍棋真為其所發明，則有四千年以上的歷史。《世本・作篇》云：「堯造圍棋，丹朱善之。」《世本》

〔註65〕《四庫全書總目提要・子部兵家類總序》云：「其（兵法）最古者，當以《孫子》、《吳子》、《司馬法》為本。」（清）永瑢等撰：《合印四庫全書總目提要及四庫未收書目禁燬書目》（臺北：臺灣商務印書館，1985 年 5 月），頁 2034，冊 3。以《孫子兵法》而言，該書是孫武與吳王闔閭初次見面贈送的見面禮，約成於西元前 515 至西元前 512 年，為春秋晚期。《史記・孫子吳起列傳》云：「孫子武者，齊人也，以兵法見於吳王闔閭。闔閭曰：『子之十三篇，吾盡觀之矣。』」同註 16，卷 65，頁 864。

原爲春秋戰國史官所修撰，至南宋亡佚。現存《世本》乃清人所輯，可信度難免打些折扣。況且「圍棋」二字爲秦、漢後起的稱謂，不見於先秦文獻，[註66] 又《藝文類聚》引西晉張華《博物志》佚文云：「堯造圍棋，丹朱善棋。」卻不引《世本》之文，故懷疑《世本》原無此說，可能是清人由類書所輯入，[註67] 而「堯造圍棋」之說應始於張華。南宋胡三省、羅泌或據之而衍爲「堯舜教子說」，後之論者如「作於神仙說」、「源於兵法說」、「八卦占卜說」，亦皆與之有關。古代常有將事物發明權「假託」聖人的例子，目的在建立權威，獲得存在的依據，卻可能遠離事實。尤其《博物志》爲西晉晚出之作，又多神怪傳聞，可信度本就不高，故堯造圍棋之說，實不必當眞。

五、何云波「軍事占卜兩可說」之評

那麼圍棋究竟是源於占卜之用？還是源於人類生存鬥爭的模擬？何云波認爲兩者仁智互見，任何批駁一方，欲「獨此一家」的嘗試，都不免帶來新的偏頗。嘗云：

> 這個畫在地上或竹片編成的有著縱橫格子的棋盤，常人可以用作攻防遊戲，部落首領可在上面演練陣勢，似乎也可以折枝放置其上，作結繩記事的符號，或用作占卜，預測禍福吉凶。在沒有更多證據之前，我們也沒必要一定要將圍棋劃定在某一固定功用中，作繭自縛。況且，原始時代的不少東西，本來就可作許多用途，而藝術與生活，也是混融的。[註68]

在各唱各調的情況下，在缺乏明確證據之前，以「多用途」、「混融藝術與生活」作結，不失爲理性持平、兩全其美的說法。但是圍棋的起源，應與其基本元素陰陽思想有關。按何云波的分析，棋類遊戲大致有兩類：有兵種遊戲和無兵種遊戲。前者如博棋、塞戲、彈棋、象棋、軍棋等，各兵種皆有等級

〔註66〕相關考論，可參考張如安：《中國圍棋史》（北京：團結出版社，1998 年 8 月），頁 8～9。

〔註67〕張如安《中國圍棋史》云：「《世本》產生於春秋戰國之際，非一人一時之作，各篇成書時間不一。……《世本》在流傳過程中，曾經秦漢儒者改易整理。今細檢《叢書集成》，漢宋衷注《世本》無『堯造圍棋』一條；茆泮林將『堯造圍棋』輯入《世本·作篇補遺》，資料來源於明學者王世貞的《藝苑巵言》；張澍輯本有『堯造圍棋，丹朱善之』一條，引自唐虞世南纂輯的《北堂書鈔》。」同上註，頁 8～9。

〔註68〕何云波：《圍棋與中國文化》（北京：人民出版社，2001 年 11 月），頁 92。

貴賤之分，貴欺賤、大凌小、強吃弱，顯然是階級社會的產物。圍棋則爲無兵種遊戲，體現平等的精神。棋枰中的土地是公有的，只憑落子的先後定其歸屬；每一個棋子都是平等的，沒有高低貴賤之分。〔註69〕由平等的觀點而論，原始圍獵活動，人和野獸在智慧、數量及勢力方面，是不對等的對抗；相對而言，卜測陰陽之變，則如棋之黑白相捋，無所偏私。所以圍棋的起源與占卜之關係應較田獵更爲接近，袁曦〈淺談圍棋的起源、發展與定型〉言之甚諦，或可提供思考線索，其文云：

> 公元前十一世紀，進入周朝以後，卜課的內容更加深奧，八卦占卜代替了龜甲；複雜的天文觀測和對自然界的深入研究，導致了陰陽五行說的萌芽。從此，被稱作「周易」的易筮發展了起來。周易通過八卦形式，……推測自然和社會的變化，認爲陰陽兩種勢力的相互作用是產生萬物的根源，提出了「剛柔相推，變在其中矣」等富有樸素辯證法的觀點。所以說易筮是以陰陽思想爲基礎。……圍棋可以說是周易的孿生兄弟，他們倆都是從陰陽思想這一個基礎上生發出來的。〔註70〕

袁氏謂進入周朝後，八卦占卜代替了龜甲。關於此點，從歷史記載及考古發現的材料都證明，周代以前的占卜，未有使用《易》經六十四卦者，以《易》卜筮當始於商末周文王。〔註71〕其後，「推卦演易」的流行，陰陽之道的敷衍，使占卜進入嶄新的階段，圍棋正孕育其時而生。故袁曦說圍棋誕生於西周，是由巫師（掌卜之官）所發明，〔註72〕是合宜的推斷。按此估計圍棋起源的年代，可追溯至殷末周初時期，大約在西元前十一世紀，距今至少有三千一百年以上的歷史。

圍棋起源之謎，耐人尋味，費人疑猜，充滿各式各樣的神祕色彩。以上諸家所論，雖各有立場和見解，卻仍是假設者多、根據者少，吾人只能透過分析比較，找出最貼近事實真相的說法。不過隨著圍棋史研究的深入和考古工作的進展，此樁千古懸案或許有破解的一天。

〔註69〕同上註，頁 87。
〔註70〕袁曦：〈淺談圍棋的起源、發展與定型〉，《體育文化導刊》，第 1 期（1987 年），頁 56。
〔註71〕《史記·周本紀》云：「西伯蓋即位五十年，其囚羑里，蓋益《易》之八卦爲六十四卦。」同註16，卷4，頁67。相關說法，亦可參考屈萬里：〈易卦源於龜卜考〉，《歷史語言研究所集刊》，第 27 本（1956 年 4 月），頁 132。
〔註72〕同註70，頁 58。

第三章　圍棋本質及功用探論

在哲學中，「本質」（essence）是某事物藉之形成自己，而因之與其它事物相區別。換言之，本質乃某事物之所以為該物、而非其它種類事物的根本要素與原理。如按此義推論，則圍棋的本質就是它的基本遊戲規則：黑白雙方一人一手輪流下子、具有兩眼或兩眼以上者活、只具獨眼或無眼者死、長氣吃短氣、打劫隔手。此的確是獨絕於其它事物的根本屬性，只要稍諳弈理者皆能領會。然而對於圍棋如此玄妙深奧的事物，若只持這樣的理解，未免太過草率和簡略。前章探討圍棋的起源，由其形制推知它或與天文、八卦、兵法有關，其中的玄奧莫測、變化無窮，令人難以捉摸，至今未有定案。若從廣義的面向觀察，則其本質與功用究竟為何？從古代的傳統觀念到現代的知識譜系，它如何被世人定位和看待？以下分為「二元無量變化之數」、「科學與藝術之辨」、「遊戲與體育之別」、「多元智慧之綜合體」等四節析論之。

第一節　二元無量變化之數

由圍棋諸多起源說法觀之，或謂出於軍事圍獵之需，抑或天文占測之用，皆始自陰陽二元之排列推演變化，以至於無窮無盡之數。孟子以為弈是「小數」，其言差矣！此數不論從技藝或算術的角度而言，都未免太過低估，足見他不解圍棋的深奧。這縱橫十九路的短小棋盤，切莫等閒視之，其間所蘊涵的變化實難以推估，遠超過一般想像。

一、沈括的計算

圍棋究竟有多少變化？古人曾嘗試計算過，北宋沈括《夢溪筆談》云：

> 今略舉大數，凡方二路，用四子，可變八千十一局。方三路，用九子，可變一萬九千六百八十三局。方四路，用十六子，可變四千三百四萬六千七百二十一局。方五路，用二十五子，可變八千四百七十二億八千八百六十萬九千四百四十三局。……方六路，用三十六子，可變十五兆九十四萬六千三百五十二億八千二百三萬一千九百二十六局。方七路以上，數多無名可紀。盡三百六十一路，大約連書萬字五十二，即是局之大數。……其法初一路可變三局，自後不以橫直，但增一子，即三因之。凡三百六十一增，皆三因之，即是都局數。〔註1〕

棋盤縱橫十九道，十九乘十九，交叉出正方形格子共三百六十一個著點。「凡三百六十一增，皆三因之」，沈括認為每一個著點都有三種變化：下黑子、下白子及空著。三百六十一個交叉點，就有 3 的 361 次方那麼多可能的變化，換成整數來說就是 10 的 172 次方，〔註2〕此乃今人據其所言而作的推算。但沈氏又謂「盡三百六十一路，大約連書萬字五十二，即是局之大數」，連書萬字五十二意即在 1 的後面加上 208（52×4）個 0，為 10 的 208 次方，這已是天文數字。

以上所計算的只是棋盤上可能出現的局面，然而一局棋是由許多不同局面組合而成，於是產生了另一種計算方法：在下第一步棋時，有三百六十一種選擇；下第二步棋時，有三百六十種選擇；下第三步棋時，有三百五十九種選擇；……。按照乘法原理，共有 361×360×359×358×……×2×1 種可能的變化，結果就是 361 的乘階，換算成整數即 10 的 768 次方。〔註3〕如此

〔註1〕（北宋）沈括：《夢溪筆談》（臺北：臺灣商務印書館，1983 年 6 月），卷18，頁 115～116。

〔註2〕3^361=1740896506590319279071882380705643679466027249502635411948281187068010516761846498411627928898871493861209698881632078061375498718135509312951480336966057289307546818059760 3≈1.74*10^172。參考彭翁成：〈圍棋有多少變化？〉（2011 年 4 月），http:blog. sina. com.cn/s/blog_602。

〔註3〕361!=143792325888489065483236251149986335475490753864475587612728276529922779553438961885684190800314119607141379443489058596838396823330432160771380883705655787966919248618270978003589902110057945010733305079262777172275041226808677528136885057526541812043502150623466302643442673632627092764643302557772269559534323394220430182 5

所得的數目，又遠比 10 的 208 次方大得多。

　　10 的 768 次方是什麼概念呢？佛經中的「恆河沙數」，〔註 4〕約爲 10 的 52 次方；宇宙中所有粒子的總數，約爲 10 的 80 次方；〔註 5〕西洋棋的可能變化，約爲 10 的 120 次方。〔註 6〕相較之下，圍棋高達 10 的 768 次方之複雜程度，遠遠超過前三者，其變化無盡無窮，無疑是全世界所有棋類之冠。

　　10 的 768 次方變化之數已夠驚人了，但還只是保守的估計，它所顯示的不過是結局的數量，或者說是一個靜態值而已，卻忽略了在對弈過程中的動態變數，也就是經常會出現打劫而造成雙方互相提子的情形。此一動態變數，必然導致即便是同一結局，也可能擁有無數種完全不同的過程。何況發生劫爭時，往往不是一手就能結束，若是延續至二手、三手、……眞不知在 10 的 768 次方後面還要加多少個 0？理論上，圍棋的變化應是有窮的數值，然而產生這些有窮結局的過程卻是無窮的，實際上無法計算出來。

二、電腦對局理論的應用

　　現代科技的發達，提供人們探索圍棋複雜變化一個嶄新的視角 —— 即電腦對局理論的應用。電腦對局理論發源於 1950 年代，屬於人工智慧領域中重要的一環。它原先是運用在西洋棋的程式設計上，使之與人腦對抗，經

54814378511222218683448796987126719420560953330641393571063519720072147337873382698030853510431742036536737798872175655134500412910616505061544962655811028242414284066270548855623101563752892899924857388316647687165212001536218913733713768261861456295440900774337589490771443991729993713368072845900003449642033706644085333700128428641265439449505077395456000000000000000000000000000000000000000000000000000000000000000000000000000000000000000000000≈1.43*10^768。參考彭翁成〈圍棋有多少變化？〉，同前註。或參考 D.J. H.Brown and Dowsey.S. "The challenge of Go." "New Scientist", 1981, pages 303～305.

〔註 4〕《金剛經・無爲福勝分第十一》云：「須菩提，如恆河中所有沙數，如是沙等恆河，於意云何？是諸恆河沙，寧爲多不？」南懷瑾：《金剛經說什麼》（臺北：老古文化事業公司，1998 年 4 月），頁 207。

〔註 5〕可參考艾薩克・阿西莫夫（Isaac Asimov）：〈宇宙中到底有多少粒子〉（1984 年），http://www.xys.org/xys/ebooks/others/science/Asimov/100～009.txt（「新語絲電子文庫」網站）

〔註 6〕A. Newwell A., J.C.Shaw, and H.A. Simon. "Chess playing programs and the problem of complexty. " "IBM Journal of Reasearch and Development", Vol. 4, No. 2. 1958, pages 320～335.

過數十年的努力，陸續有高水準的系統被開發出來。1997 年 5 月，著名的 IBM 「深藍」（Deep Blue）程式，擊敗世界西洋棋冠軍卡斯帕洛夫（Garry Kasparov）而轟動全球，寫下歷史新頁。〔註7〕儘管電腦對局理論在西洋棋方面已取得豐碩成果，但是用於圍棋方面，卻始終進展緩慢，原因即在於圍棋的複雜度實在太高。電腦圍棋程式自 1960 年代演變至今，〔註8〕總算在近年有了突破性的進展。2012 年，日本所開發的「天頂圍棋」（Zen）程式，在被授四子的條件下，贏了職業九段棋手武宮正樹；〔註9〕同年底，臺灣職業九段棋士周俊勳也在讓四子的局面下與 Zen 對弈，結果獲勝。不過賽後他表示，以 Zen 現在的棋力，在讓四子的情況下，職業棋士若用正規的下法要贏稍有難度，必須使用騙招才有機會，未來 Zen 應可挑戰職業棋士讓三子的情況。〔註10〕由於 Zen 的發明，專家預測隨著科技的進步，電腦圍棋程式終有戰勝人腦的一天，但就當前兩者的差距來看，未免言之過早，仍有相當長遠的路要走。然而它的棋力將愈來愈強，則是不爭的事實。

第二節　科學與藝術之辨

圍棋是所有棋類中變化最豐富者，由其形制觀之，縱橫不過十九路枰線，交叉出三百六十一個著點，由黑白兩方輪流在著點上落子，互相絞攻而衍生不同的棋形。若以一秒鐘數一種棋形變幻，不知要多少億年的時間才能數完。圍棋的變化雖多到無法數計，但較之於大千世界刹那中億計眾生和事物間之因果互動關係，恐怕仍顯得微不足道，難以窮形盡態。不過就兩者同具無量變化一點而論，圍棋頗能從萬端的「殊相」中抽繹出「共相」，由現象回歸本體，所以它可以在一定程度上顯示人生意義。

〔註7〕　見佛蘭克（Karen A.Frenkel）：〈電腦進軍圍棋界〉，《科學人》，第 65 期（2007 年 7 月），頁 24。或郭弈宏：《電腦圍棋的經驗法則研究》（臺北：國立臺灣工業技術學院電機工程技術研究所碩士論文，1997 年），頁 1。

〔註8〕　同上註，頁 1～2。

〔註9〕　見古婁：〈最強圍棋軟件 Zen 的開發歷程〉（2013 年 1 月），http://bbs.weiqi.tom. com/forum. php?mod =viewthread&tid=153&page=1&authorid=13（「Tom 對弈」網站）

〔註10〕　見國立臺南大學：〈人工智慧加持，電腦圍棋棋力再突破——周俊勳：19 路讓 4 子，電腦圍棋近最佳化〉（2012 年 11 月），http://www.cna.com.tw/postwrite/ detail/116411.aspx（「中央通訊社」網站）

一、張北海邏輯駁古說

　　大凡略通弈理且稍具實戰經驗者就可感知，一局棋好似人生過程的縮影，著著弔詭，步步玄機，看不清也摸不透，結果往往出乎意料。因此，古人總將圍棋與人生各種課題連繫起來，從個人修齊到國家治平，其理一以貫之。如西漢桓譚《桓子新論》云：

> 世有圍棊之戲，或言是兵法之類也。及為之，上者遠棊疏張，置以會圍，因而伐之，成多得道之勝；中者則務相絕遮要，以爭便求利，故勝負狐疑，須計數而定；下者則守邊隅，趨作罘目，以自生于小地……上計云，取吳楚，并齊魯及燕趙者，此廣地道之謂也；其中計云，取吳楚，并韓魏，塞成皋，據敖倉，此趨遮要爭利者也；下計云，取吳下蔡，據長沙以臨越，此守邊隅趨作罘目者也。更始帝將相不能防衛，而令罘中死棊皆生也。〔註11〕

或如北宋歐陽修《新五代史・周臣傳》云：

> 作器者，無良材而有良匠；治國者，無能臣而有能君。蓋材待匠而成，臣待君而用。故曰：「治國譬之於弈，知其用而置得其處者勝，不知其用而置非其處者敗。敗者臨棊注目，終日而勞心；使善弈者視焉，為之易置其處則勝矣。勝者所用，敗者之棋也；興國所用，亡國之臣也。」〔註12〕

又如《宋史・潘愼修傳》云：

> 愼修善弈棋，太宗屢召對弈，因作〈棋說〉以獻。大抵謂：「棋之道在乎恬默，而取舍為急。仁則能全，義則能守，禮則能變，智則能兼，信則能克。君子知斯五者，庶幾可以言棋矣。」因舉十要以明其義，太宗覽而稱善。〔註13〕

以上三則，分別以弈理推衍兵法之要、儒家五德及治國之道，說得玄遠抽象，似有浮夸之嫌，明代王穉登就有此論，〔註14〕卻未進一步解釋。民國以後，

〔註11〕（清）嚴可均輯：《全上古三代秦漢三國六朝文》（北京：中華書局，1991年10月），卷13，頁7b，冊1《全後漢文》。

〔註12〕收錄於《二十五史》（臺北：臺灣開明書店，1969年2月），卷31，頁4425。

〔註13〕（元）脫脫等撰：《宋史》（北京：中華書局，1990年12月），卷296，頁9875。

〔註14〕王穉登《弈史》云：「彼王中郎之坐隱、支道人之手談，雅語也；尹文子之喻音、劉中壘之兵法，正語也；杜夫子之禪聖教，班蘭臺之象地則、效天文、

張北海〈枰邊瑣語——談圍棋和類比推理〉一文運用邏輯學中類比推理的
法則加以批判澄清，其文云：

> 桓譚《新論》把圍棋比之於用兵，比之於爭天下，表面看來，似
> 乎頗有道理。因爲用兵和下棋的主要目的都在爭取勝利，於是軍
> 事學上的種種術語，也有意無意的移植到圍棋舉措上：如「據點」、
> 「包圍」、「反包圍」、「以退爲進」、「以攻爲守」、「中央突破」、「聲
> 東擊西」、「爭取主動」、「避實擊虛」、「鉗形攻勢」、「殲滅主力」
> 之類。其它如「權衡緩急」、「捨重就輕」等成語，目前下棋的人
> 都一概把它們附會上去。……其實圍棋的鬥智，除了爭取勝利這
> 一點和戰爭相同之外，其餘一切的一切都和戰爭兩樣的。它不獨
> 和現代的戰爭毫不相干，就和沒火器的古代戰爭也完全不同。以
> 圍棋的方法或理論來研究戰爭，或以戰爭的方法或理論來研究圍
> 棋，都同樣是毫無結果的妄想。
>
> 王朴論治國把圍棋比之於用人，〔註15〕用得其當則國治，用不得
> 當則亂亡，這好像是不錯的。但是國家治亂的因素異常複雜，絕
> 不能以用棋子的道理來解釋國家的用人；並且人和棋子究竟不
> 同，不能視爲超善惡的機械工具。……因爲任何個人都有用人和
> 被人用與否的意志和選擇權，這不是完全被動的棋子可以相提並
> 論的。
>
> 《禮記》認爲玉有五德，即仁義禮智信；而潘慎修的棋說認爲圍
> 棋致勝之道也有相同的五德。這完全是出於無中生有的幻覺，把
> 主觀的要求，捕風捉影的貫以倫理的意義，和「大禪聖教」的見
> 解一樣浮夸。圍棋是一種遊戲，是一種娛樂，通常所謂「棋品」
> 祇是弈者在行棋過程中表現的風度；至於這種遊戲的本質，既非
> 「不道德」的，也談不上甚麼「道德」的。〔註16〕

類比推理是一個邏輯上的名詞，指的是由某一已知事例，依據相似的條件，
來推斷另一尚未了解的事例。它有三項必須遵守的規律：（一）兩事例相似

通王道，夸語也。」收錄於國家圖書館分館編：《中國歷代圍棋棋譜》（北京：
　　北京圖書館出版社，2004年8月），頁73，冊1。
〔註15〕此應爲歐陽修於〈周臣傳〉後之贊論，非王朴所言，張北海引據有誤。
〔註16〕《圍棋》，第9期（1956年9月），卷1，頁8。

之點均爲主要屬性。（二）兩事例的性質和關係均屬同一範疇。（三）被推斷出來的屬性不能與事例原有的屬性相衝突。簡而言之，即思維中沒有先從若干個別事例抽取共同主要屬性以建立概括觀念的一層步驟，而逕由個別事例來推斷個別事例。持此衡量圍棋與修身、治國及兵法之間關係，即發現其中理論不合邏輯。張氏否定舊說，力批古人，認爲他們妄加論斷，不符合類比推理的方法，所得的見解完全不可靠。

　　張氏此文寫得理直氣壯，擲地有聲，旁人似無置喙之餘地。接著他又發表〈枰邊瑣語 —— 談圍棋的本質問題〉一文，更進一層剖析云：

> 我們在自然現象和社會現象當中，無從覓取和圍棋本質相類似的事物；因此產生於自然現象和社會現象的各種原理或法則，也無從控制或解釋圍棋的疑難和過程。同樣的理由，我們在圍棋上所得的經驗和近似慣例，當然也沒有控制或解釋任何自然現象和社會現象的可能性。自古至今，多少人以爲圍棋的道理可以貫通人事或學術，於是不顧相互間本質的懸殊，而妄下論斷。主要原因，在於他們不了解圍棋是自異於自然現象和社會現象的事物；也可說，圍棋是在各種現象之外一個孤立無靠的現象，就和其它棋類也根本不同，是不可能和任何人事或學術相比擬的。……可見圍棋：既不是雕蟲小技，又無關用兵技能，而是超越於科學和藝術領域之外，自成一種巍然獨立的遊戲。〔註17〕

張氏認爲圍棋的本質獨絕於一切自然和社會現象，既不具科學的「重現」，〔註18〕也無藝術所表現的印象和情感衝動，所以它成爲一超越科學和藝術之上的純理性活動。此說清晰簡明，固然突顯了圍棋的獨特性，而欲避開棋枰之外的一切問題，但仍不得不謂之爲一隅之解，值得商榷之處頗多。

二、邏輯駁古說之失

　　首先，張氏純以西方簡單的邏輯法則就想割裂圍棋與人生之間的種種聯想關係，此乃犯了以今非古之病。相傳圍棋是根據宇宙生成之理而發明，

〔註17〕《圍棋》，第 10 期（1956 年 10 月），卷 1，頁 12。

〔註18〕科學上有重現的要求（demand for repetition），是指物與物間關係的重現，譬如以石擊普通玻璃，玻璃必碎，一次試驗如此，千萬次試驗亦復如此。重現可能，歸納法的概括程序才有可能；概括程序可能，然後才能產生科學上的定律。

〔註 19〕空枰開局代表生成之初的混元一氣，沒有任何形體。這一氣之中卻有陰陽兩性之分，一如圍棋之子分黑白。然後陰陽相激盪而產生各種形狀，或大或小，或方或圓，好似進入中盤的情形。到最後黑白雙方壁壘分明，沒有任何空域可爭時，棋局就結束，此時收取棋子表示一切毀滅，回到混元之初。棋盤縱橫各十九條線，相乘後得三百六十一個交叉點。中央的一點為「天元」，即所謂太極，象徵宇宙之根源。剩餘三百六十之目約如舊曆一年的日數，將此一分為四，四隅代表春夏秋冬。可知圍棋是縮小的宇宙，一局棋，如同宇宙的演進，由生而滅，由滅復生，這就不難理解為何它還未成為爭勝負的遊戲之前，有學者認為先民將它作為占卜之用。先民是如何用圍棋「卜以決疑」，不得而知，但是至少證明了它的玄深古奧，足以究天人之際，通古今之變，環環包扣著中國人的思想習性與行為模式。中國人一向認為宇宙及人非由宇宙之外的的力量或終極原理所創造，而視宇宙為一自足、自生的活動歷程，宇宙各個組成部分也互相作用成一個和諧有機的整體。圍棋的本質，恰好顯示了中國這種獨特的宇宙觀。圍棋獨立為遊戲的觀念是後起，亦不失為一進步的思考，但不宜斷然割裂其原始的意義和創作時的思維。凡是受過吾國文化洗禮的弈者，不會輕易苟同張氏之說，認為圍棋不過就是為幾個規則所限制的一種勝負遊戲，而無關乎修身、治國及兵法等人的問題。

其次，如果古人所論不符類比推理之法成立的話，那麼張氏自己也犯了同樣的錯誤。因為西方邏輯知識和中國哲學藝術分屬不同範疇，其內涵和外延皆異，缺乏相同屬性，故以類比推理之法推斷圍棋為何時，總不免處處扞格矛盾而無法成立。這好比學者運用西方的文學理論準之於中國的小說戲劇，其評價結果自然低落，而硬要大家接受這樣的結果，當然難以令人信服。

再者，張氏以科學上重現的要求（demand for repetition）和簡單的要求（demand for simplicity），並引義大利藝評家梵脫利（Lionello Venturi）的藝術質素說，論斷圍棋既非科學也非藝術，而是超越於科學和藝術領域之外，自

〔註19〕《棋經十三篇‧論局》云：「夫萬物之數，從一而起；局之路，三百六十有一。一者，生數之主，據其極而運四方也。三百六十以象周天之數，分而為四，以象四時；隅各九十路，以象其日；外周七十二路，以象其候。夫幕三百六十，白黑相半，以濃陰陽。」收錄於《中國歷代圍棋棋譜》。同註 14，頁 16，冊 1。

成一種巍然獨立的遊戲。〔註20〕經他這麼一說，向來在中國被視爲小道的圍棋，究竟變成了什麼樣超凡絕俗的東西？它是如何超越科學和藝術的？張氏並未詳論，只續云：

> （圍棋）是擺脫色聲香味之類短暫的感官刺激，而於恬澹寂寞裡別具一番深長滋味的娛樂；是點線面二度空間的幾何感覺中智慧的比賽；也可說是兩千多年以來東方人精神上一個「浩浩乎平沙無垠」的古戰場。〔註21〕

語意暗昧，眞教人似懂非懂、愈發糊塗起來。實則圍棋既是科學，也是藝術；既超越科學，也超越藝術。克羅齊在《美學原理》中開宗明義言及知識有兩種形式，一種是邏輯的知識，一種是直覺的知識。〔註22〕前者通過理智與概念的運作，形成普遍的或有關事物之關係的知識內容；後者通過想像與意象的運作，產生個別的或直接的知識內容。前者類似佛家所謂的「比量」，〔註23〕後者則類似「現量」。〔註24〕前者開啓了科學的領域，後者卻通往藝術之宮。圍棋的知識中，兼含邏輯和直覺兩個部分。陳長榮〈論圍棋文化與中國智慧〉云：

> 從圍棋的思維特點來說，它既是科學性的思維活動（邏輯思維），又是藝術性的思維活動（形象思維），這兩者的特點它兼而有之。說它是一種科學的思維，是由於棋家需要高度的計算能力，尤其是在中盤的戰鬥中，其計算的複雜性往往異乎尋常，高明的弈家其算路之精確與深遠常令人嘆爲觀止。他們能算清楚幾十步之外的變化，否則，往往是「一著不愼」即導致「滿盤皆輸」，漏算一步而鑄成敗局，所以，其對於計算精確之要求是相當苛刻的。邏輯推理亦是圍棋中時時使用的方式，有時在盤面十分複雜的情況下，弈者運用推理形式成功地將棋局予以簡化，從而求得正確的著法。總之，沒有科學的思維寓於其中的著法是不可想像的。〔註25〕

〔註20〕同註17，頁9。
〔註21〕同註17，頁12。
〔註22〕克羅齊（Benedetto Croce）：《美學原理》（臺北：正中書局，1989年4月），頁1。
〔註23〕佛家語，推比度量之意，以一定的理由爲媒介，從已知經驗推到未知事物的方法，即推理。如見此山有煙，就斷定此山有火。
〔註24〕佛家語，現實量知之意，即對於當前之境毫無分別推求之念的一種直覺。
〔註25〕《蘇州大學學報（哲學社會科學版）》，第2期（1990年），頁11。

著子愈少，棋局愈廣，變化愈多，計算範圍也就愈大，當然不符合科學上簡單和重現的要求；但若將棋局縮小，則不論創作詰棋或實戰局部角隅的攻殺，〔註26〕循由一定之手順，是死，是活，是劫活，還是雙活，都可以被計算清楚，成爲決定版。張北海認定圍棋不具科學上重現的要求，是因爲自古及今從無相同之局；但他忽略許多變化簡明的定式和中盤局部的棋形，經常在不同的對戰中重覆出現。這些重覆出現的定式和棋形，可按照邏輯法則推衍而形成規律的系統，此理凡通弈者皆能明瞭，再無疑義，故張氏所言只屬一偏之解。圍棋當然是科學，只是純粹運用科學知識去解決圍棋的一切問題，勢將大失所望。關鍵在於科學本身有其限制，吾人不論如何提高細算能力，或作更精密深入的邏輯分析，所得恐寥寥無幾。昔日繼大國手林海峰之後稱霸日本棋壇的石田芳夫，〔註27〕綽號「人間電腦」，官子計算能力一時無兩，可惜光華一閃，當他其它弱點爲對手所悉，迅速就被取代而消聲沈寂。又電腦圍棋對戰軟體開發至今已數十年，其棋力欲與職業棋手抗衡，仍有相當遙遠的距離。由上述兩例可知，圍棋絕非純理性的活動，不能只被建立在科學計算的基礎上來詮釋一切，而自有其超越之意義。

三、圍棋超越科學與藝術

此一超越科學之意義，即顯現在一局棋進入中盤時大場的選擇，難以判斷那一手最善。這時既看不清也算不盡，要戰要和，弈者只能憑著直覺和「趣向」去落子。〔註28〕直覺根植於想像的運作，趣向有賴於才性的發揮，兩者都脫離了理智的思辨，而成爲感性的藝術表現。旅日棋士王銘琬〈人生如棋〉文云：

> 一般人看來，會覺得研究棋理是理路整然，黑白分明，沒有曖昧混淆的餘地。可是實際上，人的推理，有其極限，大部分的局面好壞

〔註26〕詰棋即圍棋的基本死活題，爲入門之基本功夫，多由職業棋士創造發明。下詰棋是訓練棋力的一種方法，其中包含了許多罕見的棋形，需要特別巧思和手法，有助於細算時注意各種可能的變化，才不至於有漏算的情形。

〔註27〕石田芳夫，一九四八年生，爲木谷門弟子，以細算能力精細著稱。二十二歲擊敗林海峰獲得本因坊頭銜後展開霸業，惜三十歲後陷入低迷，頭銜相繼被奪。

〔註28〕圍棋術語，即棋手在序盤佈局階段按個人喜好所選擇不同的下法，有脫離常軌之意。

都很難立斷黑白，可以說圍棋大部分還是混沌的灰色的空間。在這
個空間裏，人能依靠的，就是自己的直觀與個性，有時執迷不悟，
迷失方向；可是有時也會得到按部就班的推理所無法得到的飛躍與
昇華，這也是圍棋最迷人的地方。〔註29〕

混沌不明的局面，惟有透過直觀與個性運作，主體精神才得以發揮，而能
飛躍昇華。反觀電腦圍棋軟體，就因缺少屬於人的感性部分，以致在實戰
中超出其計算範圍而需直覺判斷時，它便立顯錯亂，破綻百出，輕易為高
手擊敗。

　　張北海斷定圍棋不是藝術，其〈枰邊瑣語——談圍棋的本質問題〉一文
續云：

最後，講個性。普通的感覺，以為某人的作風是大刀闊斧，某人的
作風卻輕靈細膩。假使細加考察，就會發現這種感覺是未必可靠的。
因為圍棋的進行，每著都受對方的干涉和影響，正缺乏藝術上基本
的精神條件，換言之，即無自由創作的可能。所謂作風，是完全出
於第三者主觀的安排，無中生有的幻覺，絕非客觀存在的事實，更
非弈者本人所能意識得到的。弈者祇知審察當前的情勢，隨機應變，
而局局不同。有時高瞻遠矚，頭頭是道；有時銷聲匿跡，步步為營。
善弈者絕不死守繩墨，他可以戰，可以守，可以大刀闊斧，也可以
輕靈細膩；我們細心體會，在棋枰上是不可能發現他個人一貫的作
風和固定的個性的。〔註30〕

其所持的理由在於圍棋是由黑白雙方輪流落子，所下每一步的意圖，都必受
到對手下一步的牽制與破壞，只能隨機而動，所以弈者無從彰顯一貫的個性
和作風。既乏一貫的個性和作風，就無法把握住真實獨立的對象，呈現具體
而普遍的藝術性。按照張氏的論點，學棋只需懂得規則即可，根本不必觀摩
名家棋譜，因為所有的名家都一樣，無個性風格可言，所以學了等於白學。
如此，則棋壇上為大眾熟知如神龍百變的棋聖道策、〔註31〕華麗快速的吳清

〔註29〕 劉黎兒：《棋神物語》（臺北：商周出版，2005 年 7 月），頁 6。
〔註30〕 同註 17，頁 11。
〔註31〕 道策（1645～1702），四世本因坊，日本圍棋史上尊為「棋聖」，被譽為「古
　　　　今無雙」，具十三段棋力。御城棋戰績十四勝二負，所負兩局皆授二子，負一
　　　　目。行局自由自在，不拘一格，重視全局之均衡。著手富現代感，當今日本
　　　　第一流職業棋士皆佩服不已。

源、〔註32〕剃刀坂田榮男、〔註33〕二枚腰林海峰、〔註34〕宇宙流武宮正樹、〔註35〕實利派小林光一、〔註36〕……等名手，他們棋力高超，只在於臨局反應快、計算能力強；賦予他們個性風格的綽號，是出於第三者主觀的安排，是無中生有的幻覺，絕非客觀存在的事實。試問這樣荒謬偏狹的說法，可以圓得了、行得通否？其答案自然不言而喻。

任何藝術必然有主客體之間矛盾對立的問題。一般而言，主體是表現者的情感、思想、直覺、意趣；客體則隨藝術性質的不同而有差異。如何將主體淋漓發揮而臻於美善之境，端視表現者如何努力淬鍊，克服客體上的種種限制，而後期於有成。譬如書法，其客體除了筆、墨、紙、硯等工具之外，甚至氣候、環境都可包括在內。書家只要將之調整在一最佳狀態下進行主體的活動，往往能寫出絕妙的作品，王羲之的〈蘭亭集敘〉就是如此誕生的。〔註37〕圍棋的客體則是對手，透過和對手間的心智角力而顯示主體的意義，此意義並不僅限於勝負的結果，而體現在對弈的過程中，如何將主客體雙方的矛盾衝突轉化為和諧圓滿，此已超越藝術而近乎道的追求了。

〔註32〕吳清源，一九一四年生於福建，十四歲赴日入瀨越憲作門下。一九三三年與本因坊秀哉名人所弈一局中，以三三、星位、天元之破天荒開局轟動棋壇。其後與木谷實共創新佈局，並於十局升降賽中，擊敗所有敵手，稱霸二十世紀之前半棋界。棋風華麗迅速，奔放自由，永留棋史的新手不勝枚舉。

〔註33〕坂田榮男（1920～2010），棋風刁鑽，攻守全面，為日本昭和年代繼吳清源後戰績最輝煌之棋士，曾於一九六四年創「七冠王」之空前紀錄。八十歲引退，一生共獲六十四個頭銜。

〔註34〕林海峰，一九四二年生於上海。十歲獲大國手吳清源賞識，赴日學棋。二十三歲擊敗如日中天的坂田榮男，成為史上最年輕的名人。此後發光發熱，與木谷門七雄分庭抗禮。1990年獲富士通盃世界冠軍，為棋壇長青樹。

〔註35〕武宮正樹，一九五一年生，為木谷門徒，與加藤正夫、石田芳夫並稱「三羽鳥」，曾獲本因坊頭銜。棋風厚實奔放，重視中央模樣，有「宇宙流」之封號。

〔註36〕小林光一，1952年生，為木谷門徒。棋風重視實利，1980年代中期以後，稱霸日本棋壇，獲棋聖、名人、天元、十段等頭銜。

〔註37〕唐代何延之〈蘭亭記〉云：「蘭亭者，晉右將軍會稽內史瑯琊王羲之字逸少所書之詩序也。右軍蟬聯美冑，蕭散名賢，雅好山水，尤善草隸。以晉穆帝永和九年，暮春三月三日，宦遊山陰……修祓禊之禮，揮毫製序，興樂而書，用蠶繭紙、鼠鬚筆。遒媚勁健，絕代更無……其時迺有神助，及醒後，他日更書數十百本，無如祓禊所書之者。右軍亦自珍愛寶重此書。」收錄於（唐）張彥遠撰，楊家駱編：《法書要錄》，《唐人書學論著》（臺北：世界書局，1988年5月），卷3，頁66。

第三節　遊戲與體育之別

　　圍棋的本質，由抽象義涵而論，它既是科學，也是藝術；如從實際的功能、作用方面檢視，則它不僅是遊戲而已，甚至是一項體育運動。

一、雜藝之流不入正史

　　先就遊戲方面言之，有謂圍棋是堯發明以爲教子之用，其說雖不可盡信，但至少在春秋時代，它已成爲一種競技遊戲，供人們消閑怡情，此殆無疑議。在中國古代數千年的歷史文化中，圍棋常被視爲小道、小技、小戲，又和賭博掛鉤，其地位低落不受重視，可想而知。儘管在魏晉、隋唐時期，或受玄學刺激，或爲帝王提倡，圍棋擺脫了「戲」的身份，而被納入「藝」的範疇。〔註38〕但是長期以來，它始終只算是「技藝」或「雜藝」，無法與詩文、音樂、書法及繪畫等「雅藝」相比，這種傳統刻板的印象根深柢固，相沿至今。何云波云：

> 如果說「藝術」中的「術」偏重於實用性的「技」，「藝」具有較多的精神性因素，琴棋書畫被列爲「四藝」，應該偏於後者，所以逐漸被納入「文」的體系中。但「弈」作爲一種競技性遊戲，在「四藝」中其名似乎最爲不正。棋手作爲「藝人」，也就基本上不入官方正史，人們只好在各類野史、筆記中去追索他們的行跡了。〔註39〕

中國古代的「藝」，與現代意義上的藝術頗有差異。它有「道藝」與「技藝」之別，道藝重德性修養，層次較高：技藝則重技術才能，層次甚低。在中國傳統「重道輕藝」和「經世致用」觀念的驅使下，官修二十五史中，甚少設列「藝術傳」，即便設之，入傳者也多爲方技、術數之人；對精於於四藝之士，往往只是附帶地列入「文苑傳」或「文藝傳」中，且必須是「文藝兼通」才行。而圍棋在諸技藝中被視爲戲，論技最爲無用，論雅又比不上琴、書、畫，更遑論詩、文了。如北宋徐鉉撰有《圍棋義例詮釋》，是我國最早解釋圍棋基本術語的重要文獻，《宋史·文苑傳》卻隻字不提，僅稱其「精小學，好李斯小篆，臻其妙，隸書亦工」。〔註40〕又如明代王世貞撰有〈弈旨〉、〈弈

〔註38〕相關探討，請參考本論文第肆章〈中國古代圍棋文化發展史論〉第一至四節。
〔註39〕何云波：《弈境──圍棋與中國文藝精神》（北京：北京大學出版社，2006年1月），頁39。
〔註40〕同註13，卷441，頁13046。

問〉、王穉登撰有〈弈史〉，亦皆疏理中國圍棋起源與發展的重要之作，《明史・文苑傳》於二人記述均無一字及之，足見圍棋不受史家重視之一斑。至於地位較文人更低的民間棋手，當然不入於正史的記載，即便如清代棋聖黃龍士及「海昌二妙」范西屏、施襄夏等弈壇巨擘，也只能從方志或稗官野史中略窺其生平梗概。〔註41〕

二、遊戲與藝術分途

圍棋始終是一種遊戲，若以現代思維衡量，它當然也是藝術，遊戲與藝術之間，有著密不可分的關係。早在十八世紀，即有學者認為藝術起源於遊戲，德國哲學家康德（Immanuel Kant, 1724～1804）在其理性批判哲學中，主張無利害說（Intereselogic），將美的觀念從道德和功利中獨立出來；〔註42〕又主張脫實感說（Disin-terestedness），認為美是從遊戲的本能中產生，與現實生活全無關係。〔註43〕德國另一位哲學家席勒（Johann Friedrich Von Schiller, 1759～1805），則以為遊戲是藝術起源的內在動力。人對於美的追求，來自於「感性衝動」和「形式衝動」，前者把人自身以內的必然東西轉化為現實，後者使人自身外在的東西服從內在的理性規律。在兩者之外，還有一種「遊戲衝動」，也是審美的、藝術的衝動。在這種衝動中，統合了感性和形式兩種衝動，同時滿足情感和理智的要求；既不存在物質欲念的壓迫，也沒有社會道德的壓力，因而使人性至臻完美和諧。〔註43〕

結合康德與席勒的說法，遊戲是「無所為而為」、不沾染功利現實色彩的，它源於人們內在理性和感性的自然衝動，而藝術不外乎是這種遊戲衝動的表現。芬蘭美學家赫恩（Yrjo Hirn, 1870～1952）則補充二家之不足，進一步分析藝術與遊戲之間的關係和差異。他認為藝術是超越遊戲的東西，遊戲的目的，在活力過剩消耗完畢或其本能中止時即已達成；但是藝術的機能，無論

〔註41〕有關圍棋在中國古代社會地位的升沉，何云波於所著《弈境——圍棋與中國文藝精神》中，分別由歷來官修史書和目錄對棋人、棋書兩方面進行探索，以上所論參考其說。同註39，頁33～40。

〔註42〕參考（德）康德著，宗白華譯：《判斷力批判》（北京：商務印書館，1987年2月），頁40～41。

〔註43〕同上註，頁178～179。

〔註43〕（德）J.C.F. Schiller 著，徐恒醇譯：《美育書簡》（臺北：丹青圖書有限公司，1987年2月），頁93～116。

是用什麼表現形式，總是創造某些東西，這些東西即使在它的形式消失後仍然可以存留下去。〔註45〕就此意義而論，若謂藝術是一種遊戲，相對於一般的遊戲，也必然是嚴謹的、重視創造、境界較高的遊戲。它和遊戲一樣，都必須將意念客觀化，暫時忘卻物我之分，無直接的實用目的。不同處則在於遊戲只表現意念，藝術卻需要傳達；遊戲只專注於象徵，藝術則追求象徵意義與形式的完美結合，且較遊戲具有社會功能與價值。

圍棋不論作為遊戲或藝術，其本身都是競技的活動，而技藝的高下，往往決定勝負的結果。既然有勝負，就難免使弈者有功利的目的。所以在對弈的過程中，愈不看重勝負、愈能以遊戲的心態面對者，愈能得到精神上的愉悅與滿足；反之，愈看重勝負、愈把它當成比賽而拼搏者，所得到的樂趣也愈發減少。前者不計較得失，「勝固欣然，敗亦可喜」，不以智巧角勝，開展出中國獨特的士弈（文人棋）文化；後者得失縈懷，錙銖必較，務求勝利，發展出民間弈藝（棋手棋）的繁榮。文人棋和棋手棋，代表中國古代圍棋文化兩種不同的面貌與路數。然而進入二十世紀以後，中國的文人棋傳統已趨式微，其精神餘緒只見於史傳記載和古人詩文之中；而棋手棋因應世界發展潮流，普遍被視為體育運動。

三、圍棋是否為體育之辯

圍棋早年被稱為「新體育」、「頭腦體操」或「腦力運動」，〔註46〕自從它被列為 2010 年廣州亞運會正式競賽項目後，〔註47〕漸受政府及相關領域人士的注目。至於它到底是不是體育運動？一直是爭論的議題，贊成和反對的意見都有。

（一）反對派之「人的自然化」說

反對者如王若光、孫慶祝，認為圍棋不宜列入體育項目，其〈純化體育——對我國體育運動項目管理的批判與梳理〉云：

> 體育的哲學意義在於「人的自然化」，是人類理性高度發展後對人類

〔註45〕 張健：《文學概論》（臺北：五南圖書出版公司，1984 年 9 月），頁 14。
〔註46〕 〈教育部推動各級學校圍棋運動實施計畫〉（2007 年 11 月），
　　　　 http://192.83.181.111/~ape/gogo/teacherrule.doc
〔註47〕 王重興：〈圍棋正式列入 2010 年廣州亞運會比賽項目〉（2007 年 4 月），
　　　　 http://tnews.cc/03/newscon1_51233.htm （「桃園新聞網」）

壓抑的反抗。的確，體育是促進人的全面發展必要的手段，它的主
要責任在於完善人的自然屬性，……對具體的體育項目來說，也不
應該脫離這種「人的自然化」的哲學意義，其實這也是我們判斷某
一娛樂活動或競技運動是否屬於體育的最深層標準。……對棋牌類
項目本體特徵的分析得出，它的整個活動過程在於人類高度發達的
理性，其本質在於展示人類思維能力之間的差異。其哲學意義恰恰
與「人的自然化」相反，是人理性高度發展的一種遊戲性展示，……
體操、田徑、球類、游泳等體育項目展示的是人類的本能，也可以
說是動物的本能，是人類對業已失去的動物力度的追求嚮往的具體
實踐活動。而圍棋、象棋、國際象棋、橋牌甚至麻將等棋牌類活動
沒有一點能顯現出發展人類的動物性特徵。〔註48〕

王、孫二人把體育的意義限定在「人的自然化」，也就是人類在運動競賽時必
須脫離理性的作用，而發揮動物性本能。如按其所謂的「深層標準」來定奪，
則一切運動都只能是身體機能的比試和力量的展現，完全不須運用智慧。事
實上，大部分的運動競技項目不僅需要體能，也要求高超的技巧和臨場的應
變能力，絕對需要動腦鬥智，故其「純化」之說，稍嫌嚴苛和偏頗。不過，
二人所論亦非全無道理，圍棋的確屬於一智性活動，在競技的過程中，看不
到棋手動物性的體能爆發，硬將它歸類為體育項目，實在牽強而難有說服力。
一般不懂圍棋的人，也大多持這樣的觀點。

（二）贊成派之體能鍛鍊說

但是反對派忽略了一點，即下圍棋雖不需要體能的爆發力，卻需要體能
的耐久力。王藝武認為圍棋具有體育鍛鍊的價值，一盤高質量的棋耗費的體
力絕不比一場足球比賽少。〔註49〕徐偉庭則力主圍棋屬於體育項目，乃綜引
諸家之說為證，其文云：

在對弈過程或培養選手的階段，「體能」為一關鍵要素。……體能左
右著棋手的專注力與思考能力，對棋局結果的影響尤其明顯。尤以
國際重要棋賽一局棋通常耗時八小時至兩天，選手必須長時間的集
中精神、全神貫注，若無充足體能便得面對失敗。許饒和認為一流

〔註48〕《武漢體育學院學報》，第 41 卷第 10 期（2007 年 10 月），頁 7。
〔註49〕王藝武：〈圍棋納入高校研究生體育課的可行性分析〉，《齊齊哈爾大學學報》，
第 3 期（2002 年 5 月），頁 31。

選手光是技藝還不夠，還需要心、體、技的全方位提昇；鄭壽炫亦
曾點出，韓國圍棋競技水平位居世界頂尖，關鍵便在於韓國選手過
人的意志力與體能。顯見體能訓練對圍棋選手而言實為不可或缺的
訓練菜單。〔註50〕

為了在密集且長時間的賽事中保持充沛的體能，許多棋手都養成固定運動的
習慣來鍛鍊體力。日本棋手最常透過打高爾夫球維持身體的活動感，中國大
陸棋手通常以足球或羽球運動訓練體能。活躍於日本棋壇的韓國棋手趙治
勳，暇餘喜歡打棒球；臺灣的「紅面棋王」周俊勳，則從事慢跑運動以維持
體能。〔註 51〕足見體能訓練對圍棋選手而言，實為必要之舉，以免在重大賽
事因體力下滑導致掉子、連續提劫或在收官階段弈出敗著而輸棋。

四、圍棋歸屬體育乃世界潮流

　　儘管有學者質疑圍棋隸屬體育運動的合理性，卻無法改變既成的事實。
1959 年，中國大陸便已視之為體育運動的一環，並列入全運會正式項目。後
經中國奧會與中國國家棋院多年的努力，圍棋列入 2010 年廣州亞運會正式
競賽項目，並設立三項金牌。此外，俄羅斯、烏克蘭、捷克等國均已將圍棋
納入體育領域，韓國圍棋協會不僅已加入大韓體育總會成為團體會員，首爾
明知大學體育學院亦設立圍棋系。目前國際圍棋聯盟（IGF）已成為國際單
項運動協會聯合會（GAISF）之正式會員，並致力圍棋繼西洋棋之後為國際
奧會（IOC）認可的運動項目。2008 年，國際圍棋聯盟舉辦之世界業餘圍棋
錦標賽，參賽國家涵蓋五大洲共六十九個；隨後中國奧會亦舉辦第一屆世界
智力運動會，圍棋項目共有六十二國參賽，足見圍棋屬於體育運動的概念已
廣為世界各國所認同。〔註 52〕

　　正值全世界掀起圍棋熱潮之際，臺灣亦未缺席，2007 年第十一屆 LG 盃
世界棋王賽，九段棋手周俊勳表現優異，勇奪冠軍。〔註 53〕此舉不僅引發國

〔註50〕徐偉庭：《圍棋運動參與者多元智慧發展之研究》（桃園：國立體育大學體育
　　　　研究所碩士論文，2010 年），頁 17。

〔註51〕同上註。

〔註52〕以上有關圍棋視為體育運動發展概況，參考徐偉庭《圍棋運動參與者多元智
　　　　慧發展之研究》，同註 50，頁 13～14。

〔註53〕《棋道圍棋月刊》第 143 期（2007 年 5 月），頁 25。

人關注，也促使政府當局開始重視圍棋教育。教育部於 2008 年起推行之校園圍棋運動實施計畫共有三大主軸：分別為「鼓勵各級學校成立圍棋運動社團」、「強化圍棋運動師資」及「舉辦全國各級學校圍棋錦標賽」。﹝註 54﹞隨即全省進行圍棋師資培訓工作、編列圍棋社團獎勵金，且讓國內優秀圍棋選手，可依「中等以上學校運動成績優良學生升學輔導辦法」之規定，申請運動績優生甄審甄試資格。一系列的政策執行，無非是希望將圍棋推廣至基層校園，拓展圍棋運動人口。

再者，教育部體育司（現改為教育部體育署）已將圍棋視為輔導項目，並納入組織職掌之業務範圍。另如國立體育大學正積極申請設立圍棋運動學系，以暢通圍棋績優生升學管道。﹝註 55﹞至於民間組織的中華民國圍棋協會，則在全國各縣市體育總會或體育會陸續成立圍棋委員會後，具備成為中華民國體育運動總會團體會員的資格。﹝註 56﹞

五、圍棋體育化的後遺症

以上綜合國內外圍棋的發展現況，可知它歸屬於體育運動領域已成難以改變的事實。但也惟有如此，其競技意識方能凸顯而引發大眾的興趣，並透過各種賽事的舉辦登上國際舞臺，達成普及全世界的終極目標，而不再只是流行於東亞一代的古老神祕遊戲而已。不過凡事過猶不及，一味強調競技，為當代棋壇帶來不良的後遺症，馬諍〈從吳清源到李昌鎬──百年圍棋簡史〉即概云：

> 現在的比賽幾乎全帶有商業性質，商業比賽突出的是金錢效應，藝術追求反而淡薄了，這也助長了保守主義的泛濫。一來比賽用時少，棋手來不及深思熟慮，蘿蔔快了不洗泥，棋的質量下降。二來巨額獎金也束縛了棋手的手腳，不敢試用新手，寧願走自己熟悉的東西。布局多愛模仿，中盤平平淡淡，最後比比誰的官子少犯錯誤。目的只有一個，先把獎金贏到手再說。﹝註 57﹞

﹝註 54﹞ 以上三大主軸，俱見〈教育部推動各級學校圍棋運動實施計畫〉。同註 46。
﹝註 55﹞ 相關論述，見陳文長：〈國立臺灣體育大學申請設立「圍棋運動學系」之理由〉，《棋道》，（2008 年 10 月），頁 50～51。
﹝註 56﹞ 詳情可參考徐偉庭《圍棋運動參與者多元智慧發展之研究》。同註 50，頁 15～16。
﹝註 57﹞ 馬諍編著：《百年圍棋經典名局》（北京：人民體育出版社，2009 年 4 月），頁 4。

誠如所言，各種國際棋賽或頭銜賽長期以高額獎金爲餌，使得現在的選手爲了爭名奪利，弈棋唯一的目的就是獲勝，臨局自不免患得患失、綁手綁腳，著子循守舊規，但求平穩，不敢大膽創新；或僅保個人不犯錯，等待對手失誤再趁機擊潰之。這種充滿利欲鬥進的弈棋心態，在你死我活的殘酷勝負世界中原也無可厚非，可是卻喪失圍棋作爲遊戲那種怡情適性的樂趣和求道的藝術精神，此點實在值得當今世界棋壇共同警惕與省思。

第四節　多元智慧之綜合體

如前所論，圍棋的變化極爲複雜、道理極爲玄妙，絕非單憑智性或感性的作用就能一窺堂奧。其殊勝和迷人之處，在於行棋過程中需仰賴弈者運用各種複雜的智慧能力。因此，圍棋的智慧運作方式與教育功能，都是值得研究探討的重要議題。鑒於以往國內有關圍棋的學術研究多以資訊工程領域爲主，社會科學方面的研究則相對較少，近年來學者跳脫傳統智力範疇之框架，借用西方「多元智慧理論」（Multiple Intelligences）的觀點，剖析圍棋的智慧運作方式，使其間之複雜脈絡得以釐清，研究成果斐然。

一、圍棋八大智慧之分析

多元智慧理論的運用，除了揭示圍棋全面而重大的教育意義，亦有助於圍棋本質更深層的探索和了解。該理論係由美國心理學家加德納（Howard Gardner）所提出，他將智慧分爲語文智慧（Linguistic Intelligence）、邏輯數學智慧（Logical ～mathematical Intelligence）、空間智慧（Spatial Intelligence）、肢體動覺智慧（Bodily Intelligence）、音樂智慧（Musical Intelligence）、人際智慧（Interpersonal lligence）、內省智慧（Intrapersonal Intelligence）、自然觀察智慧（Naturalist Intelligence）共八種。〔註 58〕徐偉庭綜合多家詮釋觀點，將之整理如圖表二。

徐氏接著將圍棋的智慧效益，根據上述八種類別套入分析，所得結論如下：

一、在語文智慧方面，弈者可由棋書、棋譜或對弈場合中的棋諺、術語之內涵意境，隨棋力精進產生不同的體認，進而提升閱讀與寫作組織能力，

〔註 58〕Gardner, Howard.（1999）."Intelligence reframed." "New York: Basic Books."

刺激語文認知與理解程度的進步。

二、在邏輯數學智慧方面，弈者在對局中，必須評估棋形厚薄，計算實空與虛空的目數、詰棋死活問題、官子和劫材數量，可以刺激邏輯思考能力之發展，有助於決策力和創造力的培養。

三、在空間智慧方面，行棋之方向、戰略、見合選擇與平衡感，〔註 59〕有助於弈者大局觀的培養，進而擁有較突出的圖象感知能力和視覺心象。

四、在肢體動覺智慧方面，弈者光具備技藝仍不足，尚須有過人的體力。對弈過程中姿勢、專注力、耐力的維持，都有賴於充沛的體能。

五、人際智慧方面，弈者針對對手的特性與習性提出局前因應之策，並在對局中觀察對手的表情、棋風、用時及落子狀況，以臆測對手的動向和意圖，此為高度注意力與敏銳觀察力的表現，將有助於人際互動和人格健全之發展。

六、在內省智慧方面，弈者透過局後的覆盤，可訓練個人自我覺察與反省能力。棋局中變化萬端，一著之失輒攻防易位、優劣逆轉，弈者便須透過自我認知調整及情緒調節以穩定心理狀態，挫折耐受力與抗壓性也由此提升。

七、在音樂智慧方面，弈棋與節奏的確具有關聯性，棋局中的進退伸縮、若往若來，即為動態的節奏之美，此為個人音樂智慧對棋力、棋風之影響；反之，

圖表二　八大智慧效益分析表

智慧	智慧內容	智慧要素	應用職業
語文智慧	有效運用口語表達與文字書寫。	文法運用、語言結構、語音語彙等。	演說家、政治家、作家、記者。
邏輯數學智慧	有效運用數字及推理能力。	分類、推論、概括、計算、假設、證明等。	數學家、科學家、精算師、電腦工程師。
空間智慧	準確判斷視覺空間，可精確辨識距離或方位。	色彩、線條、形狀、空間。	建築師、藝術家、發明家。
肢體動覺智慧	控制身體動作及靈巧處理事物，善於運用身體。	協調、平衡、敏捷、力量、彈性和速度等。	運動員、舞者、雕塑家、外科醫生、工匠。

〔註 59〕「見合」是圍棋術語，是指佈局階段下出一步棋之後，留下兩方面的好點，其價值越接近，對方先走的效益就越小，而我方這步棋就越成功。又可謂盤上同時出現兩個值價相當的好點，一人一手無法兼顧，才能稱為「見合」。

音樂智慧	以音樂、節奏、旋律的形式表達個人內在或想法。	察覺、辨別和表達音樂。	作曲家、演奏家、樂評家。
人際智慧	理解他人感受及心情，並能適當互動與反應。	對他人表情、動作、聲音的敏銳辨識力。	諮詢顧問、政治領導者。
內省智慧	自知之明，自我反應，並可據此做出適當回應。	自律、自知、自我認知調整與情緒調適。	心理醫生、諮商師、宗教領袖。
自然觀察智慧	對大自然之事物具備學習、理解與欣賞的動力與能力。	對自然的觀察、辨別、分類、操作、欣賞、理解。	生物學家、探險家、導遊。

資料來源：徐偉庭《圍棋運動參與者多元智慧發展之研究》，同註50，頁23。

　　由棋為始點而提升音樂智慧之觀點則未見聞。在棋局中，個人需靠音感與節奏感維持穩定步調的讀秒能力，但讀秒能力非圍棋選手訓練的核心要項，若以此推論弈棋可提升音樂智慧，則仍需更充分的說明。

　　八、在自然觀察方面，子似天之圓，盤似地之方，黑白之爭如同天地陰陽動靜，貫穿全局之運行變化如山水萬物的自然形勢。但目前國內外可由自然情境中領悟弈道者，僅少數大師級人物，遑論一般參與者投入圍棋以提升自然觀察智慧的可能性。。

　　徐偉庭以多元智慧理論之八大智慧分類為基準，採取嚴格的限定，歸納出圍棋參與者在準備階段涉及運作之智慧有語文、邏輯數學、空間、肢體動覺、人際與內省等六項，而將音樂智慧和自然觀察智慧排除。[註60] 其實隨著棋力的進階，弈者愈能在棋局中掌握行棋的「調子」和節奏，也愈能從棋局中參悟自然造化之理，終而躋身高手之林。所以如採寬鬆的認定，則此八大智慧效益都涵蓋在圍棋的運作範圍中。

二、正視圍棋的遊戲性和藝術性本質

　　由此八大智慧效益，對照本章探討圍棋本質所屬的科學、藝術、遊戲、體育諸端，即發現現代圍棋發展側重在科學和體育方面，而忽略其遊戲性和藝術性的追求。八大智慧中最貼近藝術本質的是語文、音樂及自然觀察等三種，徐氏將後兩者排除在外，認知實有所不足。首先在音樂智慧方面，他以為「在棋局中，個人需依靠音感與節奏感以維持穩定步調的讀秒能力，確實與音樂智慧

〔註60〕以上節略徐氏論點，參考其《圍棋運動參與者多元智慧發展之研究》，同註50，頁40～46。

密不可分，但讀秒能力對圍棋選手而言大多非訓練之核心要項，若推論從事圍棋可提昇音樂智慧則顯然過於武斷」。〔註61〕音樂是時間的藝術，在一定的時間序列範圍內，產生高低、快慢、抑揚、開闔……等各種變化的聲音節奏，導引聽者思緒和情感的抒發；讀秒則是一秒一秒地數，聲音和節奏固定不變，除了給選手帶來落子時間的壓力之外（超過時間即被裁定負），哪能稱得上是音樂呢？所以圍棋選手進入讀秒階段，所需的是快速的形勢判斷和細算能力，是邏輯數學和空間智慧的發揮，與音樂智慧實無多大關連。

其次，有關自然觀察智慧方面，徐氏認爲「圍棋的演變與大自然確實密不可分，但目前國內外可由自然情境中領悟弈棋之道者，畢竟仍只有少數大師級人物，更遑論一般參與者投入圍棋以提昇自然觀察智慧的可能性」，〔註62〕此論太過消極且畫地自限。就是因爲過去僅少數大師級人物可由自然情境中領悟弈道，所以現代圍棋教育當務之急，應該加強藝術美學的部分，讓學子接近自然，培養觀物取象之能力；甚或諸藝並進，領悟其間共通的道理。苟能如此，則棋藝的境界更高、內涵更深。

此外，在語文智慧方面，徐氏認爲「棋藝愛好者可由棋書、棋譜或對弈場合自然而然的瞭解棋諺、術語之內涵與意境，並隨棋力精進而隨之產生不同體認，進而促進語文智慧之發展」，〔註63〕圍棋對於語文智慧的啓發，難道只限於區區的棋書、棋譜、棋諺及術語嗎？如此的文化視野也未免太狹小吧！中國古代文人棋的發展，留下大量以圍棋爲題的詩、文、書、畫作品，可資吾人優游其中，涵養其深厚博大的文化底蘊，進而以道藝相發明。可惜現代的學弈者，受限於流俗功利思想或個人程度不足，很少能作如是觀。

以上針對徐氏論圍棋在音樂智慧、自然觀察智慧及語文智慧等效益之缺失，從本質面提出反駁與補充的意見，未來若能從實質的教育面予以加強，將能全面發揮圍棋的智慧效益，使之無論在科學、藝術、遊戲及體育等各領域中更受世人的喜愛與重視。由是觀之，圍棋可謂一「特定時空下綜合多元智慧之無量變化遊藝載體」，惟有此本質上的重新認識與釐清，才不致拘於俗見而流爲一隅之解。

以上各節，分由數學、科學、藝術、遊戲、體育及多元智慧等面向探論

〔註61〕同註50，頁44。
〔註62〕同註50，頁44。
〔註63〕同註50，頁40。

圍棋的本質，茲歸納其重點如下：

（一）圍棋是一種數，但非如孟子所謂的「小數」。從陽陰二元的排列組合，由簡入繁，推演至無窮無盡，其變化之數，遠超過 10 的 768 次方，令人難以計算與想像。現代電腦對局理論及程式運用在圍棋方面，儘管已有五十多年歷史，卻由於圍棋的複雜度太高，電腦程式仍在開發階段，雖逐年精進，至今棋力始終未達職業水準。

（二）圍棋就抽象的義涵而言，它既是科學，也是藝術。它既是科學性的思維活動（邏輯思維），又是藝術性的思維活動（形象思維），這兩者的特點它兼而有之。說它是一種科學思維，是由於弈者需要高度的計算能力，只是科學本身有其限制，無法以之解決圍棋的所有問題。說它是一種藝術思維，蓋因一局棋進入中盤大場的選擇時，難以判斷那一手最善。弈者此時只能憑著直覺和趣向去落子。直覺和趣向都脫離了理智的思辨，而成為感性的藝術表現。弈者在對弈的過程中，將主客體之間的矛盾衝突轉化為圓滿和諧，是謂「技進乎道」。由此可知，圍棋不但超越科學，也超越藝術。

（三）圍棋從實際的功用觀之，它是一種競技的遊戲，只是在中國數千年的歷史文化中，常被視為小道、小技、小戲，又和賭博掛鉤，地位低落不受重視。以遊戲的心態弈棋，開展出中國獨特的士弈（文人棋）文化；以競技的目的弈棋，則發展出民間弈藝（棋手棋）的繁榮。進入二十世紀以後，中國的文人棋傳統已趨式微，而棋手棋因應世界發展潮流，普遍被視為體育運動。圍棋是否隸屬體育運動，向來有不少爭議，然而目前世界各國多將之納入運動競賽項目，已成趨勢潮流，難以改變。圍棋體育化的結果，即過於重視競技、追逐功利，反而喪失它作為遊戲那種怡情適性的樂趣和求道的藝術精神。

（四）圍棋具有教育功能，借助西方「多元智慧理論」的幫助，可發現它具有語文智慧、邏輯數學智慧、空間智慧、肢體動覺智慧、音樂智慧、人際智慧、內省智慧、自然觀察智慧等八種重大的教育意義。未來若能從實質的教育面予以加強，將能全面發揮圍棋的智慧效益，使之更受世人的喜愛與重視。

圍棋是華夏文明中的一朵奇葩，在數千年的歷史長河中生發、茁壯，其中包孕融合著各家學派的思想要義和無數棋家的藝術創造，豈僅是區區計較輸贏的遊戲而已？弈道廣大精微，雖未能至，心嚮往之。唯有對其本質有正確的理解，才不為傳統和流俗觀念所拘執，進而真正徹底發揮其教化、娛樂之功能。尤其在功利主義瀰漫的今日棋壇，有志之士，宜警省而垂意焉。

第四章　中國古代圍棋文化發展史論

　　中國古代圍棋文化源遠流長，史傳所載之能人軼事、譜錄所記之妙手勝著及相關詩書畫中之奇想佳構，皆多不勝數，令人目不暇給。如何從浩繁的卷帙中搜羅而出，進而彙整、解讀，以見其演變之軌跡，實為一項瑣碎又艱鉅的工程。所幸在朱銘源、劉善承、張如安、何云波、殷偉諸位先進的努力投入下，使我國圍棋信史之建構工作，已具備相當規模，﹝註1﹞有助吾人理解中國古代圍棋文化的源流與各時期不同之特徵。不過圍棋文化的演進，必然關涉政治力量、經濟條件、文藝思想、社會風尚、名家創造……等多重而複雜的內外緣因素。這些因素或彼此制約，或相互為用，幾千年來，可謂盤根錯節、經緯萬端，輒令學者茫然無措，不易掌握其關鍵問題和發展理路。因此，本章欲刪繁就簡、去蕪存菁，以呈現各時期的重要內容與特色，以下分為「先秦圍棋的消閑定位」、「兩漢三國儒教下的末流小技」、「六朝玄風下弈境的拓展」、「唐代圍棋的遠揚與雅化」、「宋元士弈隆盛與弈論發皇」、「明清民間弈藝的巍峨高峰」等六節析論之。

第一節　先秦圍棋的消閑定位

　　本論文第貳章探討種種有關圍棋起源的問題，至今雖然無法獲得滿意的答案，但其功能總不外乎做為天文儀器，或用於占卜活動，或當成益智教材，

﹝註1﹞建構中國圍棋文化史較具代表性的工作者及著作，如臺灣學者朱銘源著《中國棋藝》、《中國圍棋史話》；大陸學者李松福《圍棋史話》、劉善承善著《中國圍棋》及《中國圍棋史》、張如安著《中國圍棋史》、何云波著《圍棋與中國文化》、殷偉著《中國圍棋演義史》等。

或以之演繹戰爭。在隨後的漫長發展過程中，它的趣味性和競技性逐漸爲人所意識，進而轉變成一種智能遊戲，流行於宮廷和貴族子弟之中。自平王東遷以後，周王室逐漸衰微，禮樂崩壞。緊接著是春秋、戰國時期，諸侯稱霸，戰爭頻仍，人們的思想發生劇烈變化，形成諸子百家爭鳴的局面。或許是因爲當時社會環境的交流與開放，促使圍棋跳脫出宮廷娛樂和教化益智的狹小範圍，開始廣向民間流傳，成爲一種賭博和娛樂的工具。

一、最早記載圍棋的文獻

典籍中最早且徵實可信的記載，如《左傳‧襄公二十五年》云：

> 衛獻公自夷儀使與甯喜言，甯喜許之。大叔文子聞之曰：「烏呼！詩所謂『我躬不說，皇恤我後』者，甯子可謂不恤其後矣……今甯子視君不如弈棋，其何以免乎？弈者舉棋不定，不勝其耦，而況置君而弗定乎？」〔註2〕

臨局之際，思考要縝密，落子要果斷；舉棋不定，猶豫不決，犯了行棋大忌，必遭失敗。「舉棋不定」四字，形象生動、簡賅傳神，和圍棋一起流傳下來，常爲襲用成語。人們在談話中使用比喻，往往選擇彼此間較熟悉的事物作喻依，才能表達得更爲具體明白，讓聽者準確無誤地領會。大叔文子以圍棋作喻絕非偶然，證明在衛國的宮廷和士大夫中，圍棋已有相當程度的開展，是人們熟悉的事物。衛國是當時十多個諸侯國之一，地處當今河南濮陽一帶，可見圍棋早在西元前五百四十八年，即已流布於諸侯國之間。

二、孔子論弈

同時期的孔子也提到圍棋，《論語‧陽貨篇》云：

> 子曰：「飽食終日，無所用心，難矣哉。不有博弈者乎？爲之，猶賢乎已。」〔註3〕

儒家學說有「重道輕藝」的傾向，而此道指的是「成德之學」。孔子教學生以道，乃謂：「君子學道而愛人。」〔註4〕告誡弟子不要成爲飽食終日、無所用

〔註2〕《十三經注疏》（臺北：藍燈文化事業，影印嘉慶二十年重刊宋本十三經注疏本），春秋疏卷36，頁17a～17b，冊6。

〔註3〕同上註，論語疏卷17，頁10a～10ab，冊8。

〔註4〕同註2，論語疏卷17，頁2a，冊8。

心於道之人，這樣的人比博弈之徒還不如。雖然他未表明對圍棋的好惡，至少博弈和學道是不能相提並論的。北齊顏之推亦附和云：「然則聖人不用博弈爲教，但以學者不可常精，有時疲倦，則儻爲之，猶勝飽食昏睡、兀然端坐耳。」〔註5〕對學者而言，博弈不過是學道之外的「餘事」而已。孔子眼見當時許多有閑階級，飽食終日、無所用心，與其如此，還不如用心於「餘事」有意義些。由此觀之，孔子非但沒有否定博弈，反而還有幾分倡導的意味；也證明圍棋在當時已有相當的發展基礎，是有閑階級日常休閒的娛樂活動。

三、孟子論弈

及至戰國時期，著名的圍棋高手開始出現，第一位見於文字記載者是齊國的弈秋，《孟子・告子章句上》云：

> 今夫弈之爲數，小數也。不專心致志，則不得也。弈秋，通國之善弈者也。使弈秋誨二人弈，其一人專心致志，惟弈秋之爲聽；一人雖聽之，一心以爲有鴻鵠將至，思援弓繳而射之，雖與之俱學，弗若之矣。〔註6〕

弈秋棋藝超群，爲通國之善者，聲名顯著。據孟子所言，他應有傳授門徒之舉，可想見此時圍棋已出現專業化的趨勢，成爲社會活動的重要內容，棋藝精湛的高手，獲得人們的承認與尊重。當時圍棋的流行由宮廷到市井，成爲許多游手好閒之人耽溺的遊戲，甚至是儒士眼中的不良嗜好。感時憂世的亞聖，當然對它沒有正面評價，以爲「弈之爲數，小數也」。又《孟子・離婁章句下》云：

> 世俗所謂不孝者五：惰其四支，不顧父母之養，一不孝也；博弈、好飲酒，不顧父母之養，二不孝也；好貨財，私妻子，不顧父母之養，三不孝也；從耳目之欲，以爲父母戮，四不孝也；好勇鬬很，以危父母，五不孝也。〔註7〕

儒家對孝極爲重視，孝被視爲人倫之大節。孟子並未表態反對博弈，之所以有此言論，是因博弈和飲酒一樣，容易讓人沈迷，想必是他看到一些不顧父

〔註5〕語見《顏氏家訓・雜藝》。王利器集解：《顏氏家訓集解》（臺北：明文書局，1990年3月），卷7，頁527。

〔註6〕同註2，孟子注疏卷11下，頁3a，冊8。

〔註7〕同註2，孟子注疏卷8下，頁8a～8b，冊8。

母之養的博弈之徒而深惡之，遂列其爲五不孝的行爲之一。不過經他如此一說，容易使人從社會負面影響的角度來看待圍棋。孔、孟二聖雖未直指圍棋爲禍害社會之具，不過他們將它和博戲並舉、以「小數」視之的觀念，導致重德之士未明其本質內涵，即先入爲主而鄙賤之。

四、道家論弈

除儒家之外，先秦諸子亦有論及圍棋者。道家學派中與老聃並稱「古之博大眞人」的關尹，〔註8〕所著《關尹子》九篇已佚，今本爲南宋所傳，〔註9〕可資參考。其中兩處提到圍棋，文云：

> 兩人射相遇，則巧拙見；兩人奕相遇，則勝負見；兩人道相遇，則無可示。無可示者，無巧無拙，無勝無負。〔註10〕

又云：

> 習射、習御、習琴、習奕，終無一事可一息得者。唯道無形無方，故可得之於一息。〔註11〕

以上二則皆用以喻道，前者顯示圍棋在春秋時代即爲兩人對戰爭勝的競技遊戲；後者則將弈與六藝中的樂（琴）、射、御並列，視爲吾國早期的四大技藝。此四項技藝「終無一事可一息得者」，都必須經過長久的琢磨和錘鍊，方能得其巧妙。不過，此爲道家的說法，若以儒家的角度視之，圍棋只是勝於「飽食終日，無所用心」的餘事罷了，其地位無法與六藝相提並論。

〔註8〕 關尹或名尹喜，與老子著書有關，《史記‧老莊申韓列傳》云：「老子脩道德，以自隱無名爲務。居周久之，見周之衰，迺遂去。至關，關令尹喜曰：『子將隱矣，彊爲我著書。』於是老子迺著書上下篇，言道德之意，五千餘言而去，莫知其所終。」瀧川龜太郎《史記會注考證》（臺北：洪氏出版社，1986 年 9 月），卷 63，頁 854。《莊子‧天下篇》云：「以本爲精，以物爲粗，以有積爲不足，澹然獨與神明居，古之道術有在於是者。關尹、老聃聞其風而悅之，建之以常無有，主之以太一，以濡弱謙下爲表，以空虛不毀萬物爲實。……常寬容於物，不削於人，可謂至極。關尹老聃乎！古之博大眞人哉！」（清）郭慶藩輯：《莊子集釋》（臺北：華正書局，1985 年 8 月），卷 10 下，頁 1093～1098。

〔註9〕 詳見（清）永瑢等撰：《合印四庫全書總目提要及四庫未收書目禁燬書目》（臺北：臺灣商務印書館，1985 年 5 月），頁 3036～3037，冊 3。

〔註10〕 （東周）尹喜：《關尹子》（臺北：臺灣商務印書館，1965 年 5 月），頁 11。

〔註11〕 同上註。

五、名家論弈

　　曾於齊國稷下遊學、約與孟子同時的名家學派尹文，所著《尹文子》亦云：

　　　　以智力求者，喻如弈棋，進退取與、攻劫收舍，在我者也。〔註12〕

「進退取與、攻劫收舍，在我者也」，強調弈棋主動權的重要。不論古今，在對戰中能取得先手、掌握主動，往往是獲勝的一方。此說不僅肯定圍棋有利於智力的啟發，也涉及高深的戰術問題。結合關尹、尹文兩家之論，可知在春秋戰國時代，圍棋是爭勝的遊戲，技巧的運用已趨於成熟。

　　先秦典籍之中，圍棋皆稱為「弈」，未有「圍棋」之名，〔註13〕此為考察先秦圍棋文化發展之另一面向。《說文解字》釋云：「弈，圍棊也，從廾，亦聲。」〔註14〕廾象兩人舉手對局之形。班固《弈旨》云：「北方之人，謂棊為弈。」〔註15〕北方泛指黃河流域；揚雄更明確指出「弈」的語言流行範圍，其《方言・第五》云：「圍棊謂之弈，自關而東、齊魯之間皆謂之弈。」〔註16〕自函谷關（今河南省靈寶縣東北）往東延伸至齊、魯山東一帶。對證前引先秦圍棋文獻作者，關尹曾為函谷關尹，左丘明、孔子、孟子、尹文皆齊、魯著名學者，他們筆下的圍棋流行區域皆在揚雄所述的地理範圍之內，尤以齊國為盛。張如安從經濟發達的角度，解釋圍棋在當時齊、魯地區何以成為有閑階級的娛樂工具，可謂鞭辟入裏，其文云：

　　　　齊自呂尚立國，制定了通魚鹽工商、勸課紡織、尊賢尚功的治國方針，由蕞爾小邦發展為東方的經濟大國，至春秋初期遂成小霸局面。魯國也在沂、泗水流域大力發展農業。……經濟的繁榮同時也帶來了奢侈享樂之風的滋長。如殷實富樂的齊國，在管仲改革之時即已形成尚侈之俗，以致於管仲要動用行政立法的手段干預博塞活動。戰國時代齊國侈風愈演愈烈，臨淄市民以商業經濟作後盾，不拘禮

〔註12〕　徐忠良注譯：《尹文子》（臺北：三民書局，1996 年 1 月），頁 183。

〔註13〕　唯《世本・作篇》云：「堯造圍棋，丹朱善之。」今之《世本》為清人所輯，非先秦舊作，故不可盡信，詳見第貳章第一節之探討。

〔註14〕　（東漢）許慎撰，（清）段玉裁注：《說文解字注》（臺北：天工書局，1992 年 11 月），頁 37b，總頁 104。

〔註15〕　（清）嚴可均輯：《全上古三代秦漢三國六朝文》（北京：中華書局，1991 年 10 月），卷 26，頁 8b，總頁 615，冊 1《全後漢文》。

〔註16〕　（西漢）揚雄：《方言》（臺北：臺灣商務印書館，1979 年 11 月，四部叢刊正編），頁 21。

法，在閒暇時間盡情享樂，……在古代社會的進展中，「閒暇時間」常是社會生活水平的一種指標。孔子所謂的「飽食終日，無所用心」，實際上是在經濟發展的前提下，一部分脫離生產的「飽食」階層所能自由支配的那部分的閒暇時間。孔子倡導在「閒人」中開展博弈活動，在圍棋初興的階段，對閒暇生活加以引導無疑是正確的、有益的。〔註17〕

春秋戰國時期，黃河流域是我國學術文化發展的核心要地，齊國稷下更是學者薈萃、辯議多方。此一地區因經濟富裕而帶動博弈活動的興盛，勢必引來諸子的關切。孔子肯定圍棋的娛樂功能，是有閑之人的正當活動；孟子所謂「博弈好飲酒，不顧父母之養」，雖被世俗列為「五不孝」之一，成為後世禁弈論者援引之口實，卻也承認它是一種專業技能，必須專心致志才能學得好；關尹將圍棋與六藝中的樂、射、御並提，無法輕易學成，大大提高其社會地位；尹文則強調圍棋攻防主動的重要，凸顯其鬥智的特性。總結各家所言，所持的態度負面較少，而正面居多，對於圍棋往後的發展實有推助之功。

第二節　兩漢三國儒教下的末流小技

秦代國祚甚短，未見關於圍棋的記載。揆諸當時實施文化禁錮政策，嚴禁私學，《史記・秦始皇本紀》云：「非博士官所職天下敢有藏《詩》、《書》、百家語者，悉詣守尉雜燒之。有敢偶語《詩》、《書》者，棄市。」〔註18〕圍棋與軍事權謀有關，容易與縱橫家聯繫在一起，〔註19〕適為政令之所忌；再者，下注賭棋必招攬群眾，紛爭難免，即使官府未明令禁止，人們害怕沾惹是非，自然不敢下棋，也不敢開課授徒。此殆秦代圍棋無可稱述之可能原因。

一、西漢王室好博弈又鄙賤之

降及漢代，宮廷中盛行圍棋，高祖劉邦、宣帝劉詢都是愛好者。西晉葛洪《西京雜記》載戚夫人陪侍高祖云：

〔註17〕張如安：《中國圍棋史》（北京：團結出版社，1998年8月），頁20～21。
〔註18〕同註8，卷6，頁51～52。
〔註19〕東漢班固《弈旨》云：「上有天地之象，次有帝王之治，中有五霸之權，下有戰國之事。覽其得失，古今略備。」可見圍棋之道確與縱橫家權謀之術有關。同註15，卷26，頁9a，總頁616，冊1《全後漢文》。

> 八月四日，出雕房北戶，竹下圍碁。勝者終年有福，負者終年疾病，
> 取絲縷就北辰星求長命，乃免。〔註20〕

戚夫人多才多藝，除了擅長歌舞管絃之外，還會下圍棋，自然深得高祖寵幸。後宮侍妾爲討皇帝歡心，紛紛學弈，於八月四日出雕房北戶竹下棋，負者須取絲縷向北斗星祈求免疾長命。〔註21〕此後相沿成俗，開創了中國女弈之先河。漢宣帝亦好圍棋，史載他與陳遂對弈之事，《漢書·游俠傳》云：

> 陳遵，字孟公，杜陵人也。祖父遂，字長子，宣帝微時與有故，相
> 隨博弈，數負進。及宣帝即位，用遂，稍遷至太原太守，乃賜遂璽
> 書曰：「制詔太原太守：官尊祿厚，可以償博進矣。妻君寧時在旁，
> 知狀。」遂於是辭謝，因曰：「事在元平元年赦令前。」其見厚如此。
> 〔註22〕

會下圍棋不代表懂得爲官之道，漢宣帝用人不問才學、資歷，僅憑與陳遂過去的一段博弈之交，就贈以高官厚祿，可見其荒唐昏庸。結果陳遂深知進退之道、今昔之別，婉言辭謝，不敢領受。漢室諸王當中，廣川王劉去、淮南王劉安亦皆善弈。劉去通諸經，史稱「好文辭、方技、博弈、倡優」；〔註23〕劉安不喜弋獵狗馬馳騁，亦好圍棋，所著《淮南子》有「行一棋不足以見智，彈一弦不足以見悲」、〔註24〕「故行棋者，或食兩而路窮，或予踦而取勝」之句，〔註25〕足見其深諳弈理。

　　漢代賭風大興、侈靡相競，社會生活節奏急促，人們好喧囂、逐財利，《史記·貨殖列傳》云：「博戲馳逐，鬭雞走狗，作色相矜，必爭勝者，重失負也。」〔註26〕顯見時人熱衷於博戲。蓋因博戲變化簡單，勝負繫於運氣，易爲俗眾接受而大肆流行；另一方面，圍棋是技術性較強且偏向靜態的活動，學習固已不易，下起來又曠日費時，與當代的社會風尚扞格難容，故雖流行於王室宮廷，

〔註20〕收錄於歷代學人：《筆記小說大觀》（臺北：新興書局有限公司，1979 年 7 月），
　　　　28 編，卷 3，頁 22，冊 1。
〔註21〕東晉干寶《搜神記》云：「南斗注生，北斗注死。凡人受胎，皆從南斗過北斗。
　　　　所有祈求，皆向北斗。」（臺北：世界書局，2003 年 1 月），卷 3，頁 22。
〔註22〕（東漢）班固撰：《漢書》（北京：中華書局，1992 年 12 月），卷 92，頁 3709。
〔註23〕同上註，卷 53，頁 2428。
〔註24〕語見《淮南子·說林》。（西漢）劉安等撰，許匡一譯注：《淮南子》（臺北：
　　　　臺灣古籍出版有限公司，2005 年 12 月），卷 17，頁 1166。
〔註25〕語見《淮南子·泰族》。同上註，卷 20，頁 1457。
〔註26〕同註 8，卷 129，頁 1360。

在民間的發展則相對沉寂許多。何況在武帝「罷黜百家，獨尊儒術」的號令下，圍棋的競爭形式和平等意識，必然打破森嚴的尊卑等級觀念，出現君臣、父子、夫婦間的對弈，與儒家仁、禮之道相衝突。漢初賈誼憂心社會以侈靡相競，對於敗壞人倫的陋風惡習大肆抨擊，《淵鑑類函・巧藝部六》云：

> 漢賈誼云：「失禮迷風，圍棋是也。」〔註27〕

西漢史游《急就篇》有「碁局博戲相易輕」條，〔註28〕顏師古注云：

> 凡人相與為碁博之戲者，因有爭心，則言辭輕侮，失于敬禮，故曰相易輕也。〔註29〕

因弈棋而失於敬禮，生易輕、簡慢之心，確實是當時弈壇常有的現象，使得圍棋的社會地位難以提高。矛盾的是，統治者既熱愛博弈活動，卻又在言論上打壓，漢宣帝曾援孔子之說而發揮，《漢書・王褒傳》云：

> 上曰：「不有博弈者乎？為之猶賢乎已。辭賦大者與詩同義，小者辯麗可喜。辟如女工有綺縠、音樂有鄭衛，今世俗猶皆以虞悅耳目。辭賦比之，尚有仁義風諭、鳥獸草木多聞之觀，賢於倡優、博弈遠矣。」〔註30〕

倡優是古代以歌舞戲謔供權貴玩樂的藝人，地位極為低賤。博弈與倡優並提，實際上是視之為嬉娛玩物而並賤之，目光帶有濃厚的階級色彩。漢宣帝所謂辭賦「賢於倡優、博弈遠矣」之說，形成後世重文學而輕博弈的固著觀念。

二、東漢重要之弈論著作

時至東漢，愛好圍棋的文士如桓譚、班固、李尤、馬融、黃憲等，都有關於圍棋的著作，〔註31〕其中較重要者有桓譚《桓子新論・言體》、班固〈弈旨〉、馬融〈圍棋賦〉等。究此三篇內容，不外託寄兵法以釋棋理或附翼儒家聖德以宣教化，前者有《桓子新論・言體》、〈圍棋賦〉，後者有〈弈旨〉。

〔註27〕清聖祖敕撰：《淵鑑類函》（臺北：新興書局，1971年10月，清康熙49年刻本），卷329，頁12b，冊9。

〔註28〕見西漢史游《急就篇》。收錄於《中華漢語工具書書庫》（安徽：安徽教育出版社，2002年1月），第1冊，卷3，頁25a。

〔註29〕同上註，第1冊，卷3，頁25b。

〔註30〕同註22，卷64下，頁2829。

〔註31〕李尤《圍棋銘》、黃憲《機論》，亦皆東漢重要弈論。餘如桓譚、馬融、班固之作，詳見本節分析。

（一）桓、馬兵法之說

首先提出圍棋和兵法相類的是桓譚，其《桓子新論‧言體》云：

> 世有圍棊之戲，或言是兵法之類也。及為之，上者遠棊疏張，置以
> 會圍，因而伐之，成多得道之勝；中者則務相絕遮要，以爭便求利，
> 故勝負狐疑，須計數而定；下者則守邊隅，趨作罫目，以自生于小
> 地……上計云，取吳楚，并齊魯及燕趙者，此廣地道之謂也；其中
> 計云，取吳楚，并韓魏，塞成皋，據敖倉，此趨遮要爭利者也；下
> 計云，取吳下蔡，據長沙以臨越，此守邊隅趨作罫目者也。更始帝
> 將相不能防衛，而令罫中死棊皆生也。〔註32〕

其中以軍事攻防形勢為喻，將棋手劃分上、中、下三等，上者善於籠括全局，
中者憑力戰以求勝負，下者守地求活。此兵法為喻的三等說，開後世品級論
棋之先河。又馬融〈圍棋賦〉云：

> 略觀圍棋兮，法用于兵。三尺之局兮，為戰鬥場。陳聚士卒兮，兩
> 敵相當。拙者無功兮，弱者先亡。自有中和兮，請說其方。先據四
> 道兮，守角依旁。緣邊遮列兮，往往相望。……守規不固兮，為所
> 唐突。深入貪地兮，殺亡士卒。狂攘相救兮，先後并沒。上下雜遝
> 兮，四面隔閉。圍合罕散兮，所對哽咽。韓信將兵兮，口難通絕。
> 自陷死地兮，設見權譎。誘敵先行兮，往往一室。捐棊委食兮，遺
> 三將七。馳逐爽問兮，轉相周密。商度地道兮，棊相連結。蔓延連
> 閣兮，如火不滅。扶疏布散兮，左右流溢。浸淫不振兮，敵人懼慄。
> 迫役蹴踏兮，惆悵自失。計功相除兮，以時早訖。事留變生兮，拾
> 棊欲疾。營惑窘乏兮，無令詐出。深念遠慮兮，勝乃可必。〔註33〕

此亦以兵法的角度論述圍棋的義旨，談到布局要略、中盤攻防的取勝之道和
失敗教訓。並採用形象語言描述種種著法，抒發自己在三尺之局戰場上縱橫
馳騁的愉悅。

（二）班固王政之說

班固博洽多聞，其〈弈旨〉運用陰陽、天文、地則、王政等哲學、道德
的概念，透過「象」以解釋棋制，賦予圍棋深廣之義。其文云：

> 局必方正，象地則也；道必正直，神明德也；棊有白黑，陰陽分也；

〔註32〕同註15，卷13，頁7b，總頁540，冊1《全後漢文》。
〔註33〕同註15，卷18，頁4a，總頁566，冊1《全後漢文》。

駢羅列布，效天文也。四象既陳，行之在人，蓋王政也。成敗臧否，
爲仁由己，道之正也。……至于弈則不然，高下相推，人有等級。
若孔氏之門，回賜相服，循名責實，謀以計策；若唐虞之朝，考功
黜陟，器用有常，施設無析，因敵爲資，應時屈伸，續之不復，變
化日新。……及其晏也，至於發憤忘食，樂以忘憂。推而高之，仲
尼概也。樂而不淫，哀而不傷，質之《詩》、《書》，〈關睢〉類也；
紕專知柔，陰陽代至，施之養性，彭祖氣也。〔註34〕

文中體現班固寓政教於自然的思想，並闡述圍棋讓人樂而忘憂、怡情長壽的
功用。「推而高之，仲尼概也。樂而不淫，哀而不傷，質之《詩》、《書》，〈關
睢〉類也」，班固將圍棋推而高之，用聖人作保，認爲它有如〈關睢〉般溫柔
敦厚的教化風旨，是純正的娛樂，意圖抬升圍棋的社會地位，這和先秦以來
視圍棋爲末流的觀點大異其趣。

由上述三篇內容觀之，雖不離兵法、王政、儒教的範圍，局限在實戰技
巧和勝負關鍵的探討，卻已彰顯圍棋的博大深厚的文化底蘊，奠定後世弈論
之基礎。儘管如此，仍無法改變時人的刻板印象，圍棋依然是許多士大夫眼
中易沈溺喪志的玩樂之具。漢末靈帝立鴻都門學，提倡書畫辭賦，蔡邕卻上
書諫云：

夫書畫辭賦，方之小者，匡國理政，未有其能。陛下即位之初，先
涉經術，聽政之餘，觀省篇章，聊以游意；當代博弈，非以教化取
士之本。而諸生競利，作者鼎沸，其高者頗引經訓風諭之言，下則
連偶俗語，有類俳優，或竊成文，虛冒名氏。〔註35〕

辭賦篇章，不過是皇帝聽政之餘聊以游意的「小者」，無補於匡國理政；而博
弈之事，非教化取士之本，只怕更等而下之。作者鄙賤之意，尤甚於前者。

三、三國韋昭〈博弈論〉貶抑圍棋

三國時期，因社會紛亂，禮樂秩序崩潰，清談遊樂之風大盛，吳太子孫
和感於博弈「妨事費日而無益於用，勞精損思而終無所成」，〔註36〕命韋昭作

〔註34〕同註15，卷26，頁8b～9a，總頁615～616，冊1《全後漢文》。
〔註35〕見《後漢書・蔡邕傳》。（南朝宋）范曄：《後漢書》（北京：中華書局，1993
年3月），卷60下，頁1996。
〔註36〕《三國志・吳書・孫和傳》云：「（孫和）常言當世人宜講脩術學，校習射御，

〈博弈論〉勸誡時人，其文云：

> 今世之人，多不務經術，好翫博弈，廢事棄業，忘寢與食，窮日盡明，
> 繼以脂燭。當其臨局交爭，雌雄未決，專精銳意，心勞體倦，人事曠
> 而不脩，賓旅闕而不接，雖有太牢之饌、韶夏之樂，不暇存也。至或
> 賭及衣物，徒棊易行，廉恥之意弛，而忿戾之色發。然其所志不出一
> 枰之上，所務不過方罫之間，勝敵無封爵之賞，獲地無兼土之實。技
> 非六藝，用非經國，立身者不階其術，徵選者不由其道。求之於戰
> 陣，則非孫、吳之倫也；考之於道藝，則非孔氏之門也。以變詐為務，
> 則非忠信之事也；以劫殺為名，則非仁者之意也。而空妨日廢業，終
> 無補益。是何異設木而擊之、置石而投之哉！〔註37〕

此段反對圍棋的理由有四：一是以為當世許多人不務正業，廢寢忘食、日以
繼夜地沈迷於博弈之中，以致心勞體倦；再者博弈涉賭，輸到沒錢時以衣物
為償，或下錯不甘而悔棋，令人「廉恥之意弛」、「忿戾之色發」；其三為圍棋
「技非六藝」、「用非經國」，所爭不過蝸牛小角，即使勝利也無封爵兼土之實；
其四是為了贏棋，打劫攻殺，以變詐為務，有違孔門仁義忠信之行。原本高
尚典雅的遊戲，竟成為喪德敗行、甚至禍害家國之罪，繼前述「五不孝」、「失
禮迷風」、「相易輕」之義，此篇貶斥之烈，可謂集大成之論，不過所據仍不
離社會風氣負面影響之舊調。在儒家文化維護者的觀念中，經邦濟民、以天
下為己任才是正途，潛心圍棋當然是鄙賤之事，然而任何事物自有一體兩面，
東向而望不見西牆、攻其一點而不及其餘，難免失之偏頗和迂腐。所幸圍棋
具有無窮魅力，不斷吸引愛好者投入，〈博弈論〉的問世，並未使之中絕或衰
落；魏晉以後，反而發展愈熱，顯然為孫和與韋昭所始料未及。

第三節　六朝玄風下弈境的拓展

魏晉南北朝是中國歷史上極為混亂痛苦的時代，卻是人格思想最自由解
放、最富藝術精神的時代。幾百年間，由於政治動亂，釀成社會秩序解體、

> 以周世為務，而但交游博弈以妨事業，非進取之謂。後群寮侍宴，言及博弈，
> 以為妨事費日而無益於用，勞精損思而終無所成，非所以進德脩業，積累功
> 緒者也。」（西晉）陳壽撰：《三國志》（臺北：宏業書局，1976 年 6 月），卷
> 59，頁 1368。
> 〔註37〕同註15，卷 71，頁 8a～8b，總頁 1438，冊 2《全三國文》。

禮教崩盤，人心的美與醜、高貴與殘忍、聖潔與污濁，無不發揮到了極致。當時熾盛的玄風，不僅提高人們哲學思辨的能力；所闡發的形上超越之感，亦使人們的精神與個性獲得重大的解放和自由，形塑出「名士風流」的嶄新面貌。一股自然的、浪漫的、唯美的、純真的氣息滲透到藝術文化的創造中，取得前所未有的成果。魏晉的詩文、繪畫、書法、雕刻，都別具一格：有阮籍、陶潛的抒情篇章；有書聖王羲之、畫聖顧愷之的奔放手筆；有雲崗、龍門壯偉的石刻造像，無不綻放璀璨之光，奠定後代文學藝術的根基與趨向。

在魏晉以前，圍棋即流行於社會各階層，為之沈迷者眾多。由於尚未出現完備的理論著作，故被視為微藝末技或是一種與天文、數學、陰陽、兵法有關的遊戲而已，缺乏獨立的藝術生命。魏晉是文學、藝術自覺的時代，在玄學的刺激發酵之下，不僅前述詩文、書畫、雕刻大放異彩，圍棋也擺落窠臼而蛻變新貌，並且對後世弈理的充實和弈境的開拓發揮了關鍵作用。

一、圍棋由遊樂之戲升而為藝

東漢末年，社會動盪不安，戰亂的痛苦和大批知識分子觸禍罹難的教訓，喚起人們生命意識的覺醒。身處於亂世，生命朝不保夕、飄若轉蓬，及時行樂的人生態度遂蔓延開來，成為群體共鳴之調，〔註38〕促使魏晉士人擺脫名教和功利的束縛，縱情風雅，游心道術，在追求適意遊樂之際，亦展現個別生命的丰姿。

由於遊樂意識的自覺，「戲」遂成為魏晉士人生活的重心，其內涵和外延皆大幅拓展而豐富起來，舉凡一切足以引起精神愉悅的活動都稱為「戲」。不僅詩、酒、琴、棋、山水，連論史談玄都被視為「戲」。〔註39〕魏晉名士常高臥酣飲、笑傲山林、手揮五絃、寄情楸枰，尋求身心的舒展與精神的超邁，

〔註38〕從當時的詩歌即可窺探此一消息，如〈古詩十九首‧驅車上東門〉云：「浩浩陰陽移，年命如朝露。人生忽如寄，壽無金石固。萬歲更相送，聖賢莫能度。服食求神仙，多為藥所誤。不如飲美酒，被服紈與素。」或如〈古詩十九首‧生年不滿百〉云：「生年不滿百，常懷千歲憂。晝短苦夜長，何不秉燭遊？為樂當及時，何能待來茲？」（南梁）蕭統編：《文選》（臺北：華正書局，1991年9月），卷29，頁6b～7a。

〔註39〕《世說新語‧言語篇》云：「諸名士共至洛水戲。還，樂令問王夷甫曰：『今日戲，樂乎？』王曰：『裴僕射善談名理，混混有雅致；張茂先論《史》、《漢》，靡靡可聽；我與王安豐說延陵、子房，亦超超玄著。』」（南朝宋）劉義慶撰，徐震堮校箋：《世說新語校箋》（臺北：文史哲出版社，1989年9月），卷上，頁46。

在盡情的遊玩嬉樂中體現人生的價值。

　　在魏晉以前，圍棋被孟子認為是「小數」的戲具而已；魏晉時期，圍棋確立其作為「戲」的獨立價值，進而納入「藝」的範疇。若謂「戲」表現了魏晉士人的遊樂意識，「藝」則凸顯魏晉士人的藝術自覺意識。〔註40〕劉義慶在《世說新語》中，將圍棋歸入「巧藝」，〔註41〕沈約更稱圍棋「故可與和樂等妙、上藝齊工」，〔註42〕此與西漢「辭賦賢於博弈遠矣」之說，何啻霄壤之別！

二、弈中魏晉名士群像

　　魏晉士人雅好圍棋，但因性情、作風萬殊，展露各自不同的韻致和面貌。一代梟雄曹操，不僅是卓越的政治家、軍事家和文學家，亦兼善圍棋，且造詣不凡，與馮翊山子道、王九眞、郭凱並列四大高手。〔註43〕其子魏文帝曹丕亦諳圍棋，而技藝當不及乃父。〔註44〕曹魏政權興建之初，憑藉其優勢地位和文學才能網羅人才，形成以三曹為核心、七子為羽翼的鄴下文人集團。他們常於鄴宮西園，朝游夕宴，博弈也就成為賞樂中不可或缺的活動。

（一）鄴下喋血對枰

　　七子中孔融恃才負氣，善詩文，亦好圍棋，頗通棋理，〔註45〕影響所及，

〔註40〕　參考張如安《中國圍棋史》。同註17，頁49。
〔註41〕　《世說新語‧巧藝篇》提到圍棋有兩則，其一曰：「羊長和博學工書，能騎射，善圍棋。諸羊後多知書，而射奕餘藝莫逮。」又曰：「王中郎以圍棋是坐隱，支公以圍棋為手談。」同註39，卷下，頁386。
〔註42〕　語出沈約〈棊品‧序〉。同註15，卷30，頁2b，總頁3123，冊3《全梁文》。
〔註43〕　《三國志‧魏書武帝紀裴注》云：「張華《博物志》曰：『漢世，安平崔瑗、瑗子寔、弘農張芝、芝弟昶並善草書，而太祖亞之。桓譚、蔡邕善音樂，馮翊山子道、王九眞、郭凱等善圍棊，太祖皆與埒能。』」同註36，卷1，頁54。
〔註44〕　曹丕〈典論‧自敍〉云：「余于他戲弄之事少所喜，唯彈棊略盡其巧。」由此看來，曹丕精於彈棋，自視甚高。圍棋則屬其他戲弄之事，應不甚擅長。同註15，卷8，頁9a，總頁1097，冊2《全三國文》。相傳曹丕以下圍棋演出一場手足相殘的血案，《世說新語‧尤悔篇》云：「魏文帝忌弟任城王驍壯。因在卞太后閤共圍棋，并噉棗。文帝以毒置諸棗蒂中，自選可食者而進。王弗悟，遂雜進之。既中毒，太后索水救之。帝預敕左右毀瓶罐，太后徒跣趨井，無以汲，須臾遂卒。復欲害東阿。太后曰：『汝已殺我任城，不得復殺我東阿！』」同註39，卷下，頁478。
〔註45〕　孔融〈遺問邴原書〉云：「阻兵之雄，若棊弈爭梟。」以圍棋作喻，可見他通達弈理。同註15，卷83，頁6a，總頁921，冊1《全後漢文》。

他的子女也喜愛圍棋。後來孔融為曹操嫌忌，曹操利用郗慮構陷孔融的機會，令路粹冉加以誣告而殺之。〔註46〕孔融含冤而死，妻兒亦不得倖免，《後漢書·孔融傳》云：

> 初，女年七歲，男年九歲，以其幼弱得全，寄它舍。二子方弈棊，融被收而不動。左右曰：「父執而不起，何也？」答曰：「安有巢毀而卵不破乎！」主人有遺肉汁，男渴而飲之。女曰：「今日之禍，豈得久活，何賴知肉味乎？」兄號泣而止。或言於曹操，遂盡殺之。及收至，謂兄曰：「若死者有知，得見父母，豈非至願！」乃延頸就刑，顏色不變，莫不傷之。〔註47〕

很難想像年僅九歲和七歲的兄妹，在父親被收押之時對弈，竟能如此從容應對、鎮定不亂。特別是年紀小的妹妹，視死如歸，延頸就戮，面不改色。較諸嵇康臨刑東市，索琴奏曲，〔註48〕其節概風儀毫不遜色。

一枰方罫之中，涵容無窮變化，也折射出弈者性情之真。人性的殘忍和高貴，體現在孔融兒女的對局中。令人不平者，局外對抗的雙方，卻是挾天子以令諸侯的蓋世梟雄與手無寸鐵的稚齡弱兒。

（二）守孝任情抗禮

「竹林七賢」繼承正始名士的傳統，主張「越名教而任自然」，〔註49〕以放達不羈的行為反抗禮法的束縛。其中能弈者有阮籍和王戎。《晉書·阮籍傳》云：

> 籍雖不拘禮教，然發言玄遠，口不臧否人物。性至孝，母終，正與人圍棊，對者求止，籍留與決賭。既而飲酒二斗，舉聲一號，吐血數升。及葬，食一蒸肫，飲二斗酒，然後臨訣，直言窮矣，舉聲一號，因又吐血數升。毀瘠骨立，殆致滅性。〔註50〕

〔註46〕詳見《後漢書·孔融傳》。同註35，卷70，頁2272～2278。

〔註47〕同註35，卷70，頁2279。

〔註48〕《晉書·嵇康傳》云：「康將刑東市，太學生三千人請以為師，弗許。康顧視日影，索琴彈之，曰：『昔袁孝尼嘗從吾學〈廣陵散〉，吾每靳固之，〈廣陵散〉於今絕矣！』時年四十，海內之士，莫不痛之。帝尋悟而恨焉。」（唐）房玄齡：《晉書》（北京：中華書局，1992年12月），卷49，頁1374。

〔註49〕嵇康〈釋私論〉云：「夫稱君子者，心無措乎是非，而行不違乎道者也。何以言之？夫氣靜神虛者，心不存於矜尚；體亮心達者，情不系於所欲。矜尚不存乎心，故能越名教而任自然；情不系於所欲，故能審貴賤而通物情。」同註15，卷50，頁1a，總頁1334，冊2《全三國文》。

〔註50〕同註48，卷49，頁1361。

又《晉書‧王戎傳》云：

> 戎在職雖無殊能，而庶績修理。後遷光祿勳、吏部尚書，以母憂去
> 職。性至孝，不拘禮制，飲酒食肉，或觀弈棊，而容貌毀悴，杖然
> 後起。〔註51〕

二人縱誕放浪，喪期而不廢對局，對外不守世俗禮法，其實內心深得禮意，
真孝而不為行跡所拘，深悟莊周喪妻「鼓盆而歌」之三昧。〔註52〕他們以顛
覆乖張的行徑追求反常合道，不僅表現對人生最終歸宿真諦的通達理解，也
出於對僵固矯偽的名教傳統刻意反抗。

（三）制敵臨危不亂

在兵戎緊迫之際猶能優游枰間，從容論兵，指揮若定，如此冷靜的自制
力和達觀的心境，正是魏晉名士風流的高度展現，東晉名相謝安在「淝水之
戰」中弈棋破敵的故事永流青史，為人傳誦。《晉書‧謝安傳》云：

> 時符堅強盛，疆場多虞，諸將敗退相繼。安遣弟石及兄子玄等應機
> 征討，所在克捷。……堅後率眾，號百萬，次于淮淝，京師震恐。
> 加安征討大都督。玄入問計，安夷然無懼色，答曰：「已別有旨。」
> 既而寂然。玄不敢復言，乃令張玄重請。安遂命駕出山墅，親朋畢
> 集，方與玄圍棋賭別墅。安常棊劣於玄，是日玄懼，便為敵手而不
> 勝。安顧謂其甥羊曇曰：「以墅乞汝。」安遂游涉，至夜乃還，指授
> 將帥，各當其任。玄等既破堅，有驛書至，安方對客圍棊，看書既
> 竟，便攝放床上，了無喜色，棊如故。客問之，徐答云：「小兒輩遂
> 已破賊。」既罷，還內，過戶限，心甚喜，不覺屐齒之折，其矯情
> 鎮物如此。〔註53〕

謝安是東晉世家大族中第一流的人物，孝武帝時位至宰相，身繫天下安危。
太元八年（西元383年），前秦符堅率雄兵百萬揮戈南下，準備一舉消滅江左
的東晉王室。值此危急存亡之秋，謝安身為東晉大軍統帥，在敵我兵力懸殊
的情勢下，絲毫未顯慌亂，還和張玄弈棋賭別墅。張玄棋藝高於謝安，卻因
戰事緊逼而無心對局，胡塗莫名地輸給謝安。

這場驚心動魄、攸關晉室存亡的大戰，謝安終以八萬精兵擊敗符堅百萬

〔註51〕同註48，卷43，頁1233。
〔註52〕事見《莊子‧至樂篇》。同註8，卷6下，頁614。
〔註53〕同註48，卷79，頁2074～2075。

大軍。當勝利捷報傳來，他卻不動聲色，依舊下棋。直到棋局終罷回內堂時，才按捺不住內心的欣喜，過門檻時折斷屐齒而未察覺。戰前謝安並無必勝把握，但他有著舉重若輕、大智大勇的超脫與淡然，臨敵不慌，處變不驚，把弈棋當成鎮定的良藥，而能「矯情鎮物」，所顯現的名士風度，深受時人及後人推崇。這段「弈棋退敵」的記載，不僅留下風流名士的紋枰雅事和滌蕩胸襟的情趣魅力，也賦予後世玄遠深刻的傳統文化象徵意義和人生啓示。

　　圍棋在魏晉以前，充其量只是一項爭勝負的遊戲，知識分子視它為餘事，平民百姓以之為賭具。甚至在儒家宗經徵聖的大纛下，圍棋還被冠上逆倫敗行的罪名而遭貶抑。然而魏晉名賢不作如是觀，他們撕去禮法虛飾的外衣，以道家玄思契入自然，用真情實感應接萬物。圍棋和琴、詩、書、畫對他們的意義，不是壯夫不為的小技，而是自覺、見證生命價值的藝術。孔融兒女赴死的泰然自若；阮籍、王戎守喪的任達放廢；謝安臨危的矯情鎮物，不都是從枰間手談中所綻射出凌越前人的生命情采？他們率然超脫、卓爾不群的個性表現，對後世圍棋的發展影響深遠。

三、由人品到棋品

　　棋品制度的創立為六朝弈風轉變最重要之關鍵，它是人物品藻風氣下的產物。東漢朝廷實行察舉徵辟制度，特別注重人倫品鑒。及至漢末，發展為黨人名士「品覈公卿，裁量執政」的清議，〔註54〕月旦人物便成習尚。伴隨清議而來的人物品藻，經曹氏父子的規範，創立九品中正制。〔註55〕九品中正制的實施，亦需要人物品藻作為量才授官的依據，因又助長品藻之風的興盛。

　　圍棋是智力競技的遊戲，技藝的高下之別，魏晉以後，結合人物九品的觀念，產生了棋品等級。南梁鍾嶸《詩品‧序》云：

> 昔九品論人，七略裁士，校以賓實，誠多未值。至若詩之為技，較爾可知，以類推之，殆均博弈。〔註56〕

可見在品第人物的風氣下，各藝術領域陸續出現以「品」命名的著作，如

〔註54〕《後漢書‧黨錮列傳》云：「逮桓靈之間，主荒政繆，國命委於閹寺，士子羞與為伍，故匹夫抗憤，處士橫議，遂乃激揚名聲，互相題拂，品覈公卿，裁量執政，婞直之風，於斯行矣。」同註35，卷70，頁2272～2278。

〔註55〕《三國志‧魏書陳群傳》云：「文帝在東宮，深敬器焉，待以交友之禮。……及即王位，封群昌武亭侯，徙為尚書。制九品官人之法，群所建也。」同註36，卷22，頁634～635。

〔註56〕（南梁）鍾嶸：《詩品》（臺北：金楓出版有限公司，1986年12月），頁38。

鍾嶸《詩品》、謝赫《畫品》、庾肩吾《書品》。圍棋也不例外，與九品中正制相應，曹魏時期出現了將棋藝分爲九品的理論。魏邯鄲淳《藝經‧棋品》云：

> 夫圍棊之品有九，一曰入神，二曰坐照，三曰具體，四曰通幽，五曰用知，六曰小巧，七曰鬥力，八曰若愚，九曰守拙。〔註57〕

此將棋藝分爲九等，不僅顯示棋力的高下，更重要的是棋品即人品，兩者間是一直觀投射的體用關係，有超越勝負的意味。九品之中，「入神」爲最高表現的智悟之境。此處之神，顯然是哲學而非宗教的意義，《莊子‧養生主篇》即云：「臣以神遇而不以目視，官知止而神欲行。」〔註58〕又其〈達生篇〉云：「用志不分，乃凝於神。」〔註59〕以「入神」作爲美學概念，大約在漢魏之際。〔註60〕邯鄲淳援此作爲圍棋的極致品格，是混融人物才性美的品鑒和具體的智悟，而脫褪其利害功能，進入玄遠幽深的道境。就此意義言之，弈棋勝負之數已落下乘，非魏晉名士所取，他們寄望將才性生命所呈現的風姿和神采，透過智悟進行質能轉換而企乎道境。而這種智悟後的風神，也體現在當時名士的言辯行止和所有藝術活動中。前述孔融兒女、阮籍、王戎、謝安等，莫不風神高邁、逸思爭流，〔註61〕表現了棋品和人物才性合一的重要意義，棋力高下、對弈輸贏反成爲次要之務。

　　南朝時期，由於棋品觀念付諸實行，原先的私人品棋，〔註62〕經皇室設置圍棋州邑和建立品棋制度，導致弈壇進入活躍繁榮的全盛階段。〔註63〕圍

〔註57〕收錄於（明）陶宗儀編：《說郛》（國家圖書館善本書室藏清順治丁亥四年兩浙督學李際期刊本），續集，卷120，頁1a。

〔註58〕同註8，卷2上，頁119。

〔註59〕同註8，卷7上，頁641。

〔註60〕如〈古詩十九首‧今日良宴會〉云：「彈箏奮逸響，新聲妙入神。」同註38，卷29，頁3a。或如東漢蔡邕《篆勢》云：「體有六篆，要妙入神。」同註15，卷80，頁1a，總頁900，冊1《全後漢文》。

〔註61〕沈約〈棊品序〉云：「是以漢魏名賢，高品間出；晉宋盛士，逸思爭流。」同註15，卷30，頁2b～3a，總頁3123～3124，冊3《全梁文》。

〔註62〕自邯鄲淳《藝經》分圍棋爲九品，其後陸續出現相關著作。《隋書‧經籍志》著錄東晉范汪《棊九品序錄》、袁遵《棊後九品序》及《新唐書‧藝文志》著錄東晉范汪等注《棋品》，爲此類品藝著作的先驅，雖皆失傳，卻可證明魏晉時代私人品棋活動的流行。

〔註63〕張如安羅列南朝圍棋進入黃金時代的九大標誌，分析詳細：一、南朝帝王儘管棋藝高低懸殊，但他們遠比魏晉帝王更熱衷、更自覺、更著力地倡導圍棋。二、圍棋州邑的建立，皇家品棋活動的興起，「逸品」概念的提出，標誌著棋品制度進入了嶄新的發展時期。三、圍棋人口激增。四、高品棋手已形成了

棋州邑的設置，始於宋明帝。《南齊書・王諶傳》云：

> 明帝好圍棋，置圍棊州邑，以建安王休仁爲圍棊州都大中正。諶與
> 太子右率沈勃、尚書水部郎庾珪之、彭城丞王抗四人爲小中正。朝
> 請褚思莊、傅楚之爲清定訪問。〔註64〕

按張如安的判斷，圍棋州邑非地方行政機構，而是圍棋的專業機構，類似今日的圍棋協會。其任務是職掌棋手的選舉、推薦；棋譜的蒐集、整理之類。它不是地理意義上的州邑概念，只是模仿九品中正的選舉制度而設立的圍棋品選機構。〔註65〕此機構的設立，可視爲魏晉私人品棋的新發展，下開齊、梁皇朝品棋的先聲。據史料所載，齊、梁時期至少進行三次大規模的皇家品棋活動：一次是齊武帝敕令王抗品棋，〔註66〕一次是梁武帝使柳惲品定棋譜，登格達二百七十八人；〔註67〕再一次是梁武帝命陸雲公校定棋品。〔註68〕由於皇帝的熱愛，帶動南朝弈壇邁向巔峰，甚至出現了「天下唯有文義棋書」的罕見風氣。〔註69〕圍棋竟能與文學、玄釋義理、書法尢軛並行，進階爲社會崇高地位的指標之一，令士人靡然風從，堪稱中國歷史上絕無僅有的奇異現象。

獨特鮮明的個性與風格。五、圍棋專著的問世在數量上超過前代。六、形成了「天下唯有文義棋書」的社會風尚。七、南朝士人的圍棋活動和棋品等級，特爲當代史家所重，被作爲紀傳的有機組成部分而載入史冊。八、出現了南北棋藝雙向交流的新局面。九、圍棋文化向周邊國家輻射，至遲在南北朝時傳入朝鮮和日本，爲唐代形成三國爭雄的局面奠定了基礎。見所著《中國圍棋史》，同註17，頁96～98。

〔註64〕（南梁）蕭子顯：《南齊書》（北京：中華書局，1992年7月），卷34，頁616～617。

〔註65〕詳見所著《中國圍棋史》。同註17，頁49。

〔註66〕《南史・蕭惠基傳》云：「永明中，敕使（王）抗品棋，竟陵王子良使惠基掌其事。」（唐）李延壽：《南史》（北京：中華書局，1992年8月），卷18，頁500。

〔註67〕《南史・柳惲傳》云：「梁武帝好弈棋，使惲品定棋譜，登格者二百七十八人，第其優劣，爲《棋品》三卷。惲爲第二焉。」同上註，卷38，頁989。

〔註68〕《南史・陸雲公傳》云：「大同末，雲公受梁武帝詔校定《棋品》，到溉、朱異以下並集。」同註66，卷48，頁1200。

〔註69〕《南史・朱異傳》云：「（朱異）涉獵文史，兼通雜藝，博弈書算，皆其所長。年二十，出都詣尚書令沈約，面試之，因戲異曰：『卿年少，何乃不廉？』異逡巡未達其旨，約乃曰：『天下唯有文義棋書，卿一時將去，可謂不廉也。』」同註66，卷62，頁1515。

四、從玄談到手談

在兩漢儒學一統思想的束縛下，圍棋根基於立象比德的傳統思維模式或經世致用一途，其本身的藝術性總爲人們所忽略。六朝玄風大煽，從王弼、何晏到向秀、郭象等人，皆能出入儒道，辨析名理，環繞著有與無、本與末、言與意、自然與名教等命題，反覆剖判，縱橫論議。《易》、《老子》、《莊子》三書號爲「三玄」，成爲當時名士清談之資。由於清談的盛行，儒道義理的會通，大幅開拓了圍棋理論的內涵。

圍棋在東晉有「坐隱」、「手談」之稱，與當時的玄談風氣有關，《世說新語·巧藝篇》云：

> 王中郎以圍棋是坐隱。〔註70〕

魏晉時期政局變動混亂，世家大族的知識分子一方面要保持自己的權位，但又想避開權力鬥爭的牽連；另一方面爲自己放蕩縱欲的生活尋找掩飾的藉口，卻又要自鳴清高，以求安身保命。基於如此心態，他們巧妙地把仕與隱的矛盾統一起來，注重精神上的超然無累，並不在乎行跡出處，於是產生了「朝隱」式的生命型態。只要能物我兩忘，即使身處廟堂之上，亦猶棲遁於山澤之中。〔註71〕於是圍棋也成爲朝隱者追求心神超逸的絕好工具，王坦之美稱圍棋爲「坐隱」，即淵源於此。

當時活躍於弈壇上幾乎都是涉足清談、玄言圈中的人物，名僧支遁既通老莊，復好圍棋，《世說新語·巧藝篇》云：

> 支公以圍棋爲手談。〔註72〕

紋枰對坐，殘子數著，此時無聲勝有聲，盡情感受那無言的心靈交流與回旋。支遁將對弈視作不用口而用手的清談，並創造「手談」一詞，顯示清談家的巧變功夫和獨造之境。南梁沈約《俗說》載東晉名士殷仲堪觀棋軼事，其文云：

> 殷仲堪在都，嘗往看棋，諸從瓦官寺前宅上。于是袁羗與人共往窗
> 下圍棋，仲堪在裏問袁《易》義。袁應答如流，圍棋不輟。袁多傲

〔註70〕同註39，卷下，頁386。
〔註71〕郭象《莊子注·逍遙遊篇》「淖約若處子」句下注云：「夫聖人雖在廟堂之上，然其心无異於山林之中，世豈識之哉。」(西晉)郭象註：《莊子》(臺北：藝文印書館，2000年12月)，卷1，頁22。
〔註72〕同註39，卷下，頁386。

　　　　然，殊有餘地。殷撰辭攻難，每有往復。〔註73〕

一邊對弈，一邊談《易》，口手相應，傲然有餘，展現清談家神行於《易》與圍棋玄妙之境中的瀟灑風姿，可謂「手談」的形象寫照。魏晉名士由「玄談」而「手談」，由智悟而得風神，由才性顯露而情意逍遙，妙契入神、冥合於道。

　　揆諸六朝弈論，亦突破了兩漢立象比德式的傳統框架，上升到自然人生的探索和妙悟。如西晉蔡洪〈圍棋賦〉云：「或臨局寂然，惟棋是陳，靜昧無聲，潛來若神。」〔註74〕又西晉曹攄〈圍棋賦〉云：「覽斯戲以廣思，儀群方之妙理。」〔註75〕梁武帝〈圍棋賦〉亦云：「故君子以之遊神，先達以之安思，盡有戲之要道，窮情理之奧祕。」〔註76〕南梁沈約〈棋品‧序〉則云：「凝神之性難限，入玄之致不窮。」〔註77〕通過對弈可以感受情意的流動和領悟玄理的奧祕；「潛神」、「遊神」、「凝神」，皆謂沉思冥想，專心致志以體味幽遠玄妙之境。此一主體昇進超越的圍棋價值觀，迥別於兩漢，與六朝玄學思潮相合拍，令後世好弈者神馳想像，而使弈境大爲開拓。

第四節　唐代圍棋的遠揚與雅化

　　隋王朝的建立，結束南北分裂的局面而歸於統一，在政教上掃蕩玄風，恢復儒家的主導地位，重道輕藝的觀念又復抬頭，統治者擯斥棋戲活動。〔註78〕及至末期，煬帝殘暴荒淫，窮奢極欲，致使經濟凋敝、民不聊生，圍棋當然難以發展，故數十年間，弈壇極爲沈寂。惟關隴李淵、李世民父子熱愛圍棋，甚

〔註73〕收錄於歷代學人：《筆記小說大觀》（臺北：新興書局有限公司，1977年8月），19編，頁240，冊1。

〔註74〕同註15，卷81，頁7a，總頁1928，冊2《全晉文》。

〔註75〕同註15，卷107，頁6b，總頁2047，冊3《全晉文》。

〔註76〕同註15，卷1，頁8a，總頁2951，冊3《全梁文》。

〔註77〕同註15，卷30，頁3a，總頁3124，冊3《全梁文》。

〔註78〕《北史‧郎茂傳》云：「隋文帝爲亳州總管，命掌書記。周武帝爲《象經》，隋文從容謂茂曰：『人主所爲也，感天地，動鬼神，而《象經》多亂法，何以致人？』（唐）李延壽：《北史》（北京：中華書局，1992年12月），卷55，頁2014～2015。可見隋文帝認爲人主不應倡玩棋戲。顏之推《顏氏家訓‧雜藝》亦云：「《家語》曰：『君子不博，爲其兼行惡道故也。』《論語》云：『不有博弈者乎？爲之，猶賢乎已。』然則聖人不用博弈爲教，……圍棊有手談、坐隱之目，頗爲雅戲，但令人耽憒，廢喪實多，不可常也。」則表現了當時知識階層的博弈觀，與南朝沈約、蕭衍的主張大異其趣。（南齊）顏之推撰，王利器集解：《顏氏家訓集解》（臺北：明文書局，1990年3月），卷7，頁527～528。

至借博弈爲掩護，密商大計，招攬豪士起事。〔註79〕

一、棋待詔和棋博士的設置

　　李唐以雄勁恢宏的氣魄，開疆拓土，立業建國。不僅其軍事武功強盛無匹，四境懾服；在空前壯闊的歷史舞台上，文學藝術亦躍騰而起，光芒萬丈，誕生許多橫絕百世之天才。從貞觀到開元，國威之煊赫、經濟之繁榮、文化之深博，兼容南北，貫通中外，戞戞獨造，超越前古。圍棋也如其它技藝一般，在皇帝的倡導下再攀巓峰。首先是棋博士和翰林棋待詔制度的設立，展開圍棋邁向職業化的歷史新頁。《新唐書·百官志》云：

　　　　宮教博士二人，從九品下，掌教習宮人書、算、眾藝。初內文學館
　　　　隸中書省，以儒學者一人爲學士，掌教宮人。武后如意元年，改曰
　　　　習藝館，又改曰萬林內教坊，尋復舊。有內教博士十八人：經學五
　　　　人，史、子、集、綴文三人，楷書二人，莊老、太一、篆書、律令、
　　　　吟詠、飛白書、算、碁各一人。開元末，館廢，以內教博士以下隸
　　　　內侍省，中官爲之。〔註80〕

唐初即有內文學館之設，隸屬中書省。原本僅設一儒學士教習宮人，至武后時增爲內教博士十八人，其中有碁博士。開元末，更名後之習藝館，改隸內侍省。又《舊唐書·職官志》云：

　　　　翰林院。……其待詔者，有詞學、經術、合鍊、僧道、卜祝、術藝、
　　　　書、弈，各別院以廩之，日晚而退。〔註81〕

〔註79〕《舊唐書·裴寂傳》云：「高祖留守太原，與寂有舊，時加親禮，每延之宴語，
　　　　間以博弈，至於通宵連日，情忘厭倦。……寂又以晉陽宮人私侍高祖，高祖
　　　　從寂飲，酒酣，寂白狀曰：『二郎密纘兵馬，欲舉義旗，正爲寂以宮人奉公，
　　　　恐事發及誅，急爲此耳。今天下大亂，城門之外，皆是盜賊。若守小節，旦
　　　　夕死亡；若舉義兵，必得天位。眾情已協，公意如何？』高祖曰：『我兒誠有
　　　　此計，旣已定矣，可從之。』」（後晉）劉昫：《舊唐書》（北京：中華書局，
　　　　1991年12月），卷57，頁2285～2286。又唐代溫大雅《大唐創業起居注》云：
　　　　「（李建成、李世民兄弟）傾財賑施，卑身下士，逮乎屬繒博徒、監門廝養，
　　　　一技可稱，一藝可取，與之抗禮，未嘗云倦，故得士庶之心，無不至者。」
　　　　收錄於歷代學人：《筆記小說大觀》（臺北：新興書局，1975年11月），9編，
　　　　頁383，冊1。
〔註80〕（北宋）歐陽修、宋祁：《新唐書》（北京：中華書局，1991年12月），卷47，
　　　　頁1222。
〔註81〕同註79，卷43，頁1853。

唐玄宗時，始置翰林院，是專為皇帝服務的機構，翰林待詔即以藝能技術見召者。〔註 82〕棋待詔也如其他諸藝待詔一般，各住一別院，白天隨時等候皇帝的召見，日晚方能退出。然而翰林院不過是內廷供奉，待詔為獻藝之人，非掌正職的官員；〔註 83〕至於內教棋博士，列九品下階，亦為官僚體系之末。儘管他們在朝中的地位不高，甚至可謂卑微，但比起在民間以博彩為生、課徒教習及游走於公卿之門的棋手，在經濟上要有保障得多，故茲二職之設，對棋手而言，無疑是一嚮往之路，具有吸引和激勵的作用。尤其棋待詔是皇家御用的專業棋手，為因應皇帝隨時宣詔比賽，必須努力鑽研棋藝，不斷提高水平。由於他們的棋力代表國家的最高水平，能入選者都是當世的頂尖高手，平時不僅要供皇帝娛樂，偶爾還透過與鄰國來使的對弈，促進外交的友好關係。

二、盛唐時期與日韓圍棋文化的交流

盛唐時期，中、日、韓三國圍棋文化的交流，是玄宗對弈壇的另一貢獻。以韓國而言，圍棋大約在南朝劉宋時期以前即已傳入朝鮮半島。〔註 84〕開元二十五年（西元 737 年），新羅王興光逝世，唐玄宗派邢璹為大使前往弔祭，又以新羅國人好弈，命圍棋高手楊季鷹為副使隨行。幾經交鋒，楊季鷹戰勝所有新羅高弈，贏得敬重和悅服，圓滿完成皇帝策動的圍棋外交任務。〔註 85〕

〔註 82〕 《資治通鑑・唐紀三十三》云：「上即位，始置翰林院，密邇禁廷，延文章之士，下至僧道、書畫、琴棊、數術之工皆處之，謂之待詔。」（北宋）司馬光編集：《資治通鑑》（臺北：藝文印書館，1955 年 6 月），卷 217，頁 2a。

〔註 83〕 《歷代職官表・翰林院》云：「即唐初置翰林院，亦不過內廷供奉，並不繫於職司。」（清）永瑢等纂：《歷代職官表》（臺北：臺灣中華書局，1966 年 3 月），卷 23，頁 15。

〔註 84〕 《北史・百濟傳》云：「百濟之國，……有鼓角、箜篌、箏竽、篪笛之樂，投壺、摴蒲、弄珠、握槊等雜戲。尤尚弈棊。」同註 78，卷 94，頁 3119。又《朝鮮史略》（不著撰人）云：「初浮屠道琳應募，偽得罪亡入百濟。王好棊，琳曰：『臣棊頗入妙。』王召與棊，果國手，遂信昵之。琳乃說王茸城郭，修宮室；蒸土築城，作石槨葬父骨。倉廩虛竭，人民窮困。琳逃還告之，麗王伐百濟，圍王都，王死於兵。」收錄於《叢書集成續編》（臺北：新文豐出版公司，1989 年 7 月），卷之 1，頁 216，冊 245。高句麗王長壽王巨璉，利用僧人道琳為奸細，令與百濟王下圍棋取得信任，最後發兵滅百濟。該事件發生在南朝劉宋年間，可見至少在南北朝時期，圍棋即已傳入韓國而流行。

〔註 85〕 事詳《新唐書・東夷傳》。同註 80，卷 220，頁 6205。

新羅嚮慕大唐文化的繁榮昌盛，派遣大批留學生來華修業。〔註86〕其中有因擅一藝而被朝廷錄用者，如朴球即以客卿身份被聘為棋待詔，後罷職返回新羅。張喬〈送棋待詔朴球歸新羅〉詩云：

> 海東誰敵手？歸去道應孤。闕下傳新勢，船中覆舊圖。窮荒迴日月，
> 積水載寰區。故國多年別，桑田復在無？〔註87〕

朴球棋藝高超，歸國後再無敵手。「闕下傳新勢，船中覆舊圖」兩句，意謂他將宮中新傳的棋勢反覆鑽研，並帶回新羅。由此更加證明唐代圍棋文化遠播朝鮮，當時朝鮮的圍棋水平落後於中國。

　　大約東漢至南北朝時期，中國圍棋文化由新羅、百濟傳入日本後，旋即快速發展。〔註88〕《北史・倭傳》云：「（倭國人）好棊博、握槊、摴蒲之戲。」〔註89〕可見倭國人好賭，博弈之戲十分流行。然而當時中日之間不見有圍棋的雙向交流，及至唐代，日本屢派遣唐使來華觀摩學習中國文化，其中包括棋藝，從而促進自家圍棋的發展。

　　中日棋壇初次的棋藝交流發生在玄宗時期，玄宗未登基前即多次召日本學問僧辨正切磋棋藝。〔註90〕開元五年（西元717年），日本留學生吉備真備隨遣唐使來到長安，在中國學習棋藝後，於開元二十三年（西元735年）歸國後積極推廣，〔註91〕是促進中日圍棋交流的重要人物。唐宣宗大中二年（西元848年），兩國圍棋交流達於高峰，日本王子入唐挑戰棋待詔顧師言，蘇鶚《杜陽雜編》載云：

> 大中初，日本國王子來朝，獻寶器音樂，上設百戲珍饌以禮焉。王

〔註86〕《舊唐書・東夷傳》云：「開元十六年，（新羅）遣使來獻方物，又上表請令人就中國學問經教，上許之。……（開成）五年四月，鴻臚寺奏：新羅國告哀，質子及年滿合歸國學生等共一百五人，並放還。」同註79，卷199上，頁5337～5339。

〔註87〕（清）清聖祖：《全唐詩》（臺北：宏業書局，1977年6月），卷638，頁7308，冊下。

〔註88〕弈史學界普遍認為，圍棋最早在東漢時由新羅、百濟傳入日本，相關論述，可參考張如安《中國圍棋史》。同註17，頁159～162。

〔註89〕同註78，卷94，頁3137。

〔註90〕《大日本史・秦朝元傳》云：「秦朝元，父僧辨正，滑稽善談論，涉玄學。大寶中，敕往唐學問，當玄宗在藩，以善棊寵。」野間清治纂：《大日本史》（東京：大日本雄辯會，昭和4年10月），卷116，頁114，冊5。

〔註91〕事詳藤原実兼《江談抄・第三雜事》第一條記吉備真備入唐事。收錄於：《新日本古典文學大系》（東京：岩波書店，1997年6月），卷32，頁66～67。

子善圍棋，上勑顧師言待詔爲對手。……及師言與之敵手，至三十三下，勝負未決。師言懼辱君命，而汗手凝思，方敢落指，則謂之鎮神頭，乃是解兩征勢也。王子瞪目縮臂，已伏不勝。迴語鴻臚曰：「待詔第幾手耶？」鴻臚詭對曰：「第三手也。」師言實第一國手矣。王子曰：「願見第一。」對曰：「王子勝第三，方得見第二；勝第二，方得見第一。今欲躁見第一，其可得乎？」王子掩局而吁曰：「小國之一，不如大國之三，信矣。」今好事者尚有顧師言三十三鎮神頭圖。〔註92〕

文中未表明日本王子是何人，據渡部通義和張如安的推測，可能是平城天皇之子高岳親王。〔註93〕他與顧師言分屬兩國第一高手，所以這場比賽代表中日間棋藝最高等級的較量，也是最早而正式的中日棋戰。顧師言於第三十三手「鎮神頭」即降服對手，顯示當時日本的棋藝遜於中國。

三、圍棋與琴、書、畫並列四藝

圍棋在先秦作爲消閑之「戲」，在漢代被視爲末流的「技」，至六朝則轉而爲「藝」，地位逐步攀升。唐皇室承南朝餘緒，君王雅好圍棋，設置棋待詔制度，並大幅拓展與鄰國圍棋文化的交流，至此圍棋的藝術地位，已可與音樂、書法、繪畫等量齊觀。唐代何延之〈蘭亭記〉云：

辯才博學工文，琴、碁、書、畫，皆得其妙。〔註94〕

辯才是王羲之七世孫智永禪師的弟子，智永臨終時將家傳稀世珍寶〈蘭亭集敍〉眞蹟交付辯才。唐太宗酷愛王羲之眞草書帖，購募備盡，唯未得〈蘭亭〉，遂遣御史蕭翼喬裝成書生，與之「共圍棋撫琴，投壺握槊，談說文史」，投辯才所好，以卸其心防，終於設計騙取得手。〔註95〕辯才夙負才藝，何延之稱其「琴、碁、書、畫，皆得其妙」，是史上首次將圍棋與琴、書、畫相提並論。六朝以還，士族貴冑嗜棋者多兼擅它藝，如魏武帝、王導、謝安、梁武帝、

〔註92〕（唐）蘇鶚：《杜陽雜編》（臺北：臺灣商務印書館，1966年3月，叢書集成簡編），卷下，頁23～24，冊142。

〔註93〕見所著《中國圍棋史》。同註17，頁197。

〔註94〕收錄於（唐）張彥遠撰，楊家駱編：《法書要錄》，《唐人書學論著》（臺北：世界書局，1988年5月），頁67。

〔註95〕事見唐代何延之〈蘭亭記〉。收錄於唐代張彥遠《法書要錄》，同上註。

陶弘景等，不僅皆善弈，書法亦頗出名。〔註96〕唐代以後，不僅帝王如此，文人士大夫亦以兼通多藝為尚。圍棋歷經貞觀、開元盛世的飛躍發展，與諸藝並轡流行，有些官員甚至正事不做，沉迷棋戲，致朝綱廢壞，正如韓愈所言：「自天寶之後，政治少懈，文致未優，武剋不剛，孽臣姦隸，蠹居棊處。」〔註97〕即至中唐以後，亦未嘗稍歇，唐代李肇《國史補》云：「長安風俗，自貞元侈于遊宴，其後或侈于書法、圖畫，或侈于博奕，或侈于卜祝，或侈于服食。」〔註98〕長安繁華富盛、人文薈萃，一時博弈成風，上下相習，長盛不衰，甚至有壓倒六藝之勢，劉禹錫〈論書〉云：

> 吾觀今之人，適有面詆之曰：「子書居下品矣。」其人必追爾而笑，
> 或譬然不屑；詆之曰：「子握槊、弈棊居下品矣。」其人必赧然而愧，
> 或艴然而色。是故時敢以六藝斥人，不敢以六博斥人。嗟乎！眾尚
> 之移人也。〔註99〕

可見當時的士大夫階層，重六博而輕六藝，以善弈為榮，以不善弈為恥，書法居下品無所謂，弈棋居下品則必遭譏詆。此風尚之移轉，與其歸咎於世風隳敗，倒不如說圍棋本身具有特殊的魅力，由皇室貴族向士大夫和下層百姓傳遞擴散，進而擁有更多的愛好者。

四、士大夫弈棋的新貌

　　六朝時期，弈壇是上層貴族的專屬，在玄學的刺激下，大幅開展了圍棋的藝術性、趣味性及娛樂性；另一方面，由於品位的制定，使他們十分重視圍棋的競技性，講究在競技過程中獲得的樂趣與享受。隋代以後，廢除曹魏以來的九品中正制，以科舉選士，原先以品流定棋手的制度和經常性的品棋活動亦隨之中止。再者，唐代帝王多注重圍棋的娛樂性，忽略其競技性，雖有棋博士和棋待詔之設，卻受限於教習宮人或供奉皇帝之用，不免對圍棋競

〔註96〕唐代張懷瓘〈書斷〉品第前朝書家，上述諸人皆在其列。收錄於《歷代書法論文選》（臺北：華正書局，1988年10月），頁156～183。

〔註97〕語見〈潮州刺史謝上表〉。（唐）韓愈著，馬通伯校注：《韓昌黎文集校注》（臺北：華正書局，1986年10月），頁358。

〔註98〕收錄於楊家駱編：《唐國史補八種》（臺北：世界書局，1991年6月），卷下，頁60。

〔註99〕（唐）劉禹錫：《劉夢得文集》（臺北：臺灣商務印書館，1979年11月，四部叢刊上海涵芬樓景印董氏景宋本），卷25，頁7b，冊35。

技性的發展有所阻礙。唐代的文人士大夫亦復如是，於圍棋的競技性不予重視，而熱衷於其藝術性、趣味性及娛樂性。他們大多不在意輸贏，承襲且發揚了六朝棋手怡情養性、忘憂消閑及標榜風流的觀念，使圍棋更趨於雅化。在他們眼中，圍棋不僅是盤中的藝術，也是廣義的文人生活美學，此所以在唐代圍棋得與琴、書、畫並舉，合為文人的四大絕藝。觀夫當世詩作，即可窺知一二：如「手談標昔美，坐隱逸前良」、〔註100〕「江樓覆棋好，誰引仲宣過」、〔註101〕「秋濤寒竹寺，此興謝公知」，〔註102〕令人發思古幽情，含藏深沉厚重的歷史積澱之感；又「棋聲花院閉，幡影石壇高」、〔註103〕「玉子紋楸一路饒，最宜簷雨竹蕭蕭」、〔註104〕「青山不厭三杯酒，白日惟消一局棋」，〔註105〕「楚江巫峽半雲雨，清簟疏簾看弈棋」，〔註106〕則有澄心淨慮、遠俗忘機的情韻與真趣；「鳴局寧虛日，閑窗任廢時」、〔註107〕「花下放狂衝黑影，燈前起坐徹明棊」、〔註108〕「唯共嵩陽劉處士，圍棊賭酒到天明」，〔註 109〕則表現文人無拘無束、得意狂放的氣概。

　　總之，唐代文人士大夫弈棋，往往追求風流儒雅的閑情逸趣，或尋覓寄託安慰的自我排遣，或慨歎世事滄桑的無常萬變。他們對圍棋的熱愛，除了表現在對「坐隱」、「手談」、「謝安賭墅」等歷史人物故事的傾心之外，亦追躡那些富有浪漫色彩的神話傳說，頻頻將之融入詩文創作，使自己沉浸於超然的棋境中。圍棋在透過文學的想像與描述之後，不僅開展豐富多采的內涵與面貌，亦詮演出新穎而獨特的唐代文人生活美學。

〔註100〕見唐太宗〈五言詠棊‧其一〉。（唐）不著輯人：《翰林學士集》（臺北：新文豐出版公司，1989年7月，叢書集成續編），頁423，冊113。

〔註101〕見唐代盧綸〈送潘述應宏詞下第歸江南〉。同註87，卷276，頁3126，冊上。

〔註102〕見唐代李洞〈對棋〉。同註87，卷722，頁8288，冊下。

〔註103〕唐代司空圖殘詩。同註87，卷634，頁7288，冊下。

〔註104〕見唐代杜牧〈送國棋王逢〉。同註87，卷521，頁5956，冊下。

〔註105〕唐代李遠殘詩。同註87，卷519，頁5936，冊下。

〔註106〕見唐代杜甫〈七月一日題終明府水樓‧其二〉。（唐）杜甫撰，（清）楊倫箋注：《杜詩鏡銓》（臺北：華正書局，1986年8月），卷16，頁771。

〔註107〕見唐代元稹〈酬段丞與諸棋流會宿弊居見贈二十四韻〉。同註87，卷406，頁4525，冊上。

〔註108〕見唐代白居易〈獨樹浦雨夜寄李六郎中〉。（唐）白居易：《白氏長慶集》（臺北：臺灣商務印書館，1979年11月，四部叢刊正編影印上海涵芬樓借江南圖書館藏日本翻宋大字本），卷15，頁26b，總頁182，冊36。

〔註109〕見白居易〈劉十九同宿〉。同上註，卷17，頁10b，總頁202，冊36。

唐代圍棋蓬勃發展，尤其經文人士大夫的雅化後，文藝地位大爲攀升。卻因過於強調其藝術性、趣味性及娛樂性，忽略其競技性，以致對於棋論的開發與建構，乏人問津。唐代的圍棋論著，據《新唐書・藝文志》和《宋史・藝文志》著錄，僅有王積薪《金谷園九局譜》與《棋訣》、佚名《棋勢論并圖》、佚名《竹苑仙碁圖》等，〔註110〕惜皆已失傳。另據馮贄《雲仙雜記》引錄，有《棋天洞覽》、《棋談》及《手參棋訣》三作殘存數條，多記棋家軼事瑣聞。惟吳大江〈棋賦〉、皮日休〈原弈〉以兵法論弈，〔註111〕略可稱述。有唐三百年間，竟無一部總結型的棋藝理論著作流傳下來，不啻爲一大遺憾。

第五節　宋元士弈隆盛與弈論發皇

唐朝在藩鎮割據之下終致覆亡，出現五代十國的分裂局面。由於社會環境動蕩不安，無益於圍棋的發展，不過承襲晚唐餘緒。當時世風日下，人心卑污，雖愛好者眾多，而流品紛雜，棋藝水平未見提升，格調卻更形孱弱，〔註112〕在棋史上的影響不大。

一、帝王好弈成風

北宋開國以後，圍棋的發展宛若初唐，亦藉由帝王的提倡而呈現繁榮景象。宋太宗才藝超群，琴棋皆造極品，〔註113〕嘗作御製三勢，令諸臣拆解，

〔註110〕同註 80，卷 59，頁 1559。又（元）脫脫等撰：《宋史》（北京：中華書局，1990 年 12 月），卷 207，頁 5291。

〔註111〕詳見本論文第貳章第一節。（唐）皮日休：《皮子文藪》（臺北：臺灣商務印書館，1979 年，影印四部叢刊本），卷 3，頁 20。

〔註112〕五代仕宦階層出現一些敗行下作的棋客，清代黃俊《弈人傳》云：「五代人品卑濁，以至清潔高尚之弈事，而陳保極、安重霸、胡令之流，比比皆是，誠令神堯短氣，南北斗貽羞已。」（長沙：嶽麓書社，1985 年 5 月），卷 6，頁 68。以陳保極爲例，《舊五代史・陳保極傳》云：「保極無時才，有傲人之名，而性復鄙悋。所得利祿，未嘗奉身，但蔬食而已。每與人弈碁，敗則以手亂其局。蓋拒所賭金錢，不欲償也。及卒，室無妻兒，惟囊中貯白金十鋌，爲他人所有，時甚嗤之。」（北宋）薛居正：《舊五代史》（臺北：臺灣開明書店，1969 年 2 月），卷 96，頁 4322。

〔註113〕北宋葉夢得《石林燕語》云：「太宗當天下無事，留意藝文，而琴棋亦皆造極品。」（北京：中華書局，1997 年 12 月），卷 8，頁 117。北宋楊億《楊文公談苑》亦云：「太宗棋品至第一。」收錄於該社編輯：《宋元筆記小說大觀》（上海：上海古籍出版社，2007 年 3 月），頁 537，冊 1。

嘆爲神妙；〔註114〕又喜召棋待詔、內侍及朝士侍棋。〔註115〕南宋李壁《王荆文公詩箋注》云：

> 本朝太宗時，有待詔賈玄者，常侍上棋。太宗饒玄三下，玄常輸一路。太宗知玄挾詐，不盡其藝也，乃謂之曰：「此局汝復輸，我當榜汝。」既而滿局不生不死。太宗曰：「汝亦詐也！更圍一局，汝勝，賜汝緋；不勝，當投汝於泥中。」既而局平，不勝不負。太宗曰：「我饒汝子，今而局平，是汝不勝也。」命左右抱投之水。玄至水厓，乃呼曰：「臣握中尚有一子。」太宗大笑，賜以緋衣。〔註116〕

賈玄爲當世第一高手，棋力可比唐朝王積薪，〔註117〕與太宗對弈，只能扮演弄臣的角色，討皇帝的歡心。除了饒三子外，還得故意假輸一路，暗扣吃子於握中。可見侍棋者無論棋藝如何高超，爲了維護君主在宮廷中的絕對權威，必得有意退讓，絕不會盡力搏殺。太宗樂召賈玄陪弈，甚至引來朝臣的諍諫，北宋文瑩《湘山野錄》云：

> 太宗喜弈棊。諫臣有乞編竄棊待詔賈玄於南州者，且言玄每進新圖

〔註114〕楊億《楊文公談苑》云：「太宗作弈棋三勢，使內侍裴愈持以示館閣學士，莫能曉者。其一曰獨飛天鵝勢，其二曰對面千里勢，其三曰大海取明珠勢，皆上所制。上親指授，諸學士始能曉之，皆嘆伏神妙。」同上註，頁463，冊1。

〔註115〕北宋王禹偁〈筵上狂歌送侍棊衣襖天使〉云：「昔侍先皇叨近侍，北西門掖清華地。太宗多材復多藝，萬機餘暇翻棊勢。對面千里爲第一，獨飛天蛾爲第二。第三海底取明珠，三陣堂皇皆御製。中使宣來示近臣，天機祕密通鬼神。乃知棊法同軍法，既誡貪心又嫌怯。唯宜靜勝守封疆，不樂窮兵用戈甲。先皇三勢有深旨，豈獨一枰而已矣？當時受賜感君恩，藏於篋笥傳子孫。……昨日江邊天使到，隨意例霑恩著衣襖。皇華本是江南客，久侍先皇對棊弈。筵中偶說當年事，三勢分明皆記得。」可見宋太宗喜將自創的棋勢贈侍臣，衣襖天使是當年的侍棋內官，和自己都曾受贈太宗。兩人偶然相逢，仍念及此事。（北宋）王禹偁：《小畜集》（臺北：臺灣商務印書館，1968年9月），卷13，頁192。

〔註116〕見王安石〈用前韻戲贈葉致遠直講〉詩李壁補注。（北宋）王安石撰，（南宋）李壁：《王荊文公詩箋注》（上海：上海古籍出版社，2012年12月），卷2，頁76。

〔註117〕楊億《楊文公談苑》云：「待詔有賈玄者，臻於絕格，時人以爲王積薪之比也。楊希紫、蔣元吉、李應昌、朱懷璧亦皆國手，然非玄之敵。玄嗜酒，病死，上痛惜之。末年得洪州人李仲元，年甚小，而棋格絕勝，可伴於玄。歲餘亦卒。朝臣有潘愼修、蔣居才，亦善棋，至三品。內侍陳好玄至第四品，多得侍棋。自玄而下，皆受三道，愼修受四道，好玄受五道。」收錄於《宋元筆記小說大觀》。同註113。

妙勢，悅惑明主，而萬機聽斷，大致壅過。復恐坐馳睿襟，神氣鬱
滯。上謂言者曰：「朕非不知，聊避六宮之惑耳。卿等不須上言。」
〔註118〕

皇帝沉迷於弈局，理由是「避六宮之惑」，令人荒愕莫名！在宮闈之中，圍棋的魅力竟勝過女色，實乃前所未聞之事。此殆情急之下宋太宗爲自己貪弈的開脫之辭，賈玄亦因此言有驚無險地躲過貶謫之難。

由上例可證，宋太宗極好圍棋，且樂此不疲。在他大開風氣之後，北宋諸帝皆設棋待詔，臣僚、文人士大夫好弈者夥，宮廷弈事活動十分熱絡，棋士們常於東京的寺院、宮觀、名勝內舉行國手棋集，也允許士大夫高品觀戰。〔註119〕哲宗至徽宗時期，出現了老劉宗、劉仲甫、楊中隱、王琬、孫侁、郭範、李百祥、王憨子、李憨子、晉士明、李逸民、李重恩等高手。〔註120〕南宋雖積弱不振，偏安一隅，宮廷重弈一如北宋，圍棋乃其遊宴享樂、點綴恩榮之需。其時高宗、孝宗尤好圍棋，常令棋童和棋待詔陪弈，〔註121〕並竭力網羅圍棋人才供奉內廷，著名者如沈之才、趙鄂、鄭日新等。〔註122〕不過自寧宗以後，宮廷弈壇漸趨冷落和衰歇。〔註123〕

二、文人棋展現風雅逸趣

宋代圍棋文化發展之特色，在於士弈的隆盛。所謂「士弈」，即文人士大夫之弈，是屬業餘圍棋。唐代設立棋待詔之後，遂有職業圍棋和業餘圍棋的區分，兩者存在的動機和旨趣大不相同。對職業棋士而言，下棋是謀生的手段，一局棋的輸贏，關係著一家經濟的來源，必然以爭勝爲務，所以帶有強烈的功利色彩和競技意識；就業餘愛好者而論，尤其在士大夫階層的認知中，圍棋不僅是益智的娛樂活動，也是修養身心的藝術，往往注重弈中的情趣、藝術性、娛樂性及趣味性。自中晚唐以迄宋，士弈發展愈趨興盛，形成特殊

〔註118〕（北宋）文瑩：《湘山野錄》（北京：中華書局，1997年12月），卷中，頁39。
〔註119〕詳參張如安《中國圍棋史》。同註17，頁234。
〔註120〕相關北宋棋手事蹟之探討，可參考劉善承：《中國圍棋史》。（成都：成都時代出版社，2007年12月），頁109～112。
〔註121〕如南宋周密《武林舊事》云：「淳熙八年正月元日，……上侍太上，於欄木堂香閣內說話。宣押棊待詔并小說人孫奇等十四人，下棊兩局，各賜銀絹，供泛索訖。」（臺北：廣文書局，1995年6月），卷7，頁5b。
〔註122〕參考劉善承《中國圍棋史》。同註120，頁119～120。
〔註123〕見張如安《中國圍棋史》。同註17，頁276。

的文化風尚。如寇準〈閑夜圍棋作〉詩云：

> 歸山終未遂，折桂復何時？且共江人約，松軒雪夜碁。〔註124〕

寇準爲宋初名相，曾力促眞宗親征契丹有功，後受丁謂排擠貶官雷州。〔註
125〕此詩意趣閑雅，頗有仕途失意後欲向山林隱逸尋求寄託之志。同樣貴
爲宰臣的文彥博，閑中亦好招人弈棋，如所作〈偶書答岐守吳卿幾復北京
作〉詩云：

> 君說歸期未有期，西風又是鱠鱸時。何當會集香山伴，同赴松窓燭
>
> 下碁。〔註126〕

此詩仿擬李商隱〈夜雨寄北〉，道出作者懷想與久別友人當年弈棋之樂。北宋
文壇領袖歐陽修亦愛下圍棋，嘗與友人「折花弄流，銜觴對弈」、〔註127〕「相
與飲弈，歡然終日而去」。〔註128〕有「碁罷不知人換世，酒闌無奈客思家」、
〔註129〕「時掃濃蔭北窓下，一枰閑且伴衰翁」、〔註130〕「解衣對子歡何極！
玉井移陰下翠桐」之吟。〔註131〕晚年衰老且病，請求致仕而不得，乃自爲傳
云：「吾家藏書一萬卷、集錄三代以來金石遺文一千卷、有琴一張、有碁一局，
而常置酒一壺。……以吾一翁，老於此五物之間，是豈不爲六一乎？」〔註132〕
常患不得極吾樂於其間，因自號爲「六一居士」。當他得意於五物時，「太山
在前而不見，疾雷破柱而不驚。雖響九奏於洞庭之野，閱大戰於涿鹿之原，
未足喻其樂且適也」。〔註133〕作者以夸飾之筆形容五物之樂，其中一樂就是弈
棋。對他來說，縱極人間視聽之娛亦不如也。

　　蘇軾是宋代文學與藝術的拔尖之才，曾捲入劇烈的政治鬥爭漩渦中，遭
遇多次貶黜動蕩與死生憂患，乃借助釋、老思想而適性逍遙、隨緣曠放，終

〔註124〕（北宋）寇準：《忠愍公詩集》（臺北：臺灣商務印書館，1981 年 2 月，四部
　　　　叢刊廣編），卷中，頁 41a，冊 29。

〔註125〕事詳《宋史‧寇準傳》。同註 110，卷 281，頁 9532～9533。

〔註126〕（北宋）文彥博：《文潞公文集》（北京：線裝書局，2004 年 6 月，宋集珍本
　　　　叢刊），卷 7，頁 14b～15a，冊 5。

〔註127〕見歐陽修〈遊大字院記〉。（北宋）歐陽脩：《歐陽文忠公集》（臺北：臺灣商
　　　　務印書館，1979 年 11 月，四部叢刊正編），卷 63，頁 7b，總頁 472，冊 44。

〔註128〕見歐陽修〈賽陽山文跋尾〉。同上註，卷 143，頁 13b，總頁 1147，冊 45。

〔註129〕見歐陽修〈夢中作〉。同註 127，卷 12，頁 2a，總頁 118，冊 44。

〔註130〕見歐陽修〈呈元珍表臣〉。同註 127，卷 11，頁 2b，總頁 111，冊 44。

〔註131〕見歐陽修〈劉秀才宅對弈〉。同註 127，卷 55，頁 4b，總頁 407，冊 44。

〔註132〕見歐陽修〈六一居士傳〉。同註 127，卷 44，頁 7a～7b，總頁 328，冊 44。

〔註133〕同註 127，卷 44，頁 7b，總頁 328，冊 44。

能瀟灑解脫。其詩文書畫冠於當世，卻「素不解棋」，〔註134〕自言平生有三不如人：著棋、吃酒、唱曲也。〔註135〕不過他喜歡觀棋，竟日而不厭，且深悟機趣，別有會解，嘗云：「勝固欣然，敗亦可喜，優哉游哉，聊復爾耳。」〔註136〕表達出隨心自適、不以勝負得失爲懷的豁達態度，實乃其一生歷經波折坎坷後的感慨之思和見道之語。〔註137〕蘇軾是藝文界舉足輕重的人物，雖不擅弈棋，但他那看透世情、不爲當局所迷的圍棋觀，對後世觀棋之風的形成和士弈的發展，有著深遠的影響和啓發。

三、文人鄙薄職業棋手

　　以上數例，可略見宋代士弈所展現的風雅逸趣，他們在生命理境的探求和體驗上，迴別於那些宮廷待詔或民間游藝的職業棋手。此蓋由於文人士大夫弈棋，純爲業餘遣興，不像職業棋手有非勝不可的壓力。一般而言，他們識度宏遠，生活多面，且興趣橫溢，不可能摒棄旁務只專研棋藝，儘管棋力再高，也多半難與職業棋手匹敵。〔註138〕棋力上的落差，並未使他們心悅誠服，反而在傳統社會階級眼光和士大夫自視優越的微妙心理作用下，瞧不起職業棋手。職業棋手則無論水平多高、修養多深，哪怕是做了棋待詔，充其量也不過是技藝之徒罷了。文人士大夫可與之游，與之「手談」，卻不會視之爲地位平等、可與之深契的同儕。北宋蔡絛《鐵圍山叢談》云：

〔註134〕見蘇軾〈觀棋并引〉。（清）王文誥輯注：《蘇軾詩集》（北京：中華書局，1982年2月），卷42，頁2310，冊7。

〔註135〕北宋彭乘《墨客揮犀》云：「子瞻嘗自言：『平生有三不如人，謂著碁、喫酒、唱曲也。』」。收錄於歷代學人：《筆記小說大觀》（臺北：新興書局，1978年8月），21編，頁1733，冊3。

〔註136〕見蘇軾〈觀棋并引〉。同註134，卷42，頁2311，冊7。

〔註137〕北宋紹聖四年（西元1097年），六十二歲的蘇軾被貶至海南儋州，儋守張中對之執禮甚恭，與其子蘇過皆喜弈棋而成莫逆。張中無日不來，來則與過一枰相對，興味盎然，蘇軾則澹無一事，蕭然清坐，竟日倚枰觀弈。他雖不懂棋，卻悟出「勝固欣然，敗亦可喜」之棋道哲理，更體現他個人疏放曠達、超塵拔俗的人生觀。元祐臣僚，幾乎無人不遭謫逐，而遠竄海外者，卻只蘇軾一人。然而東坡不失爲東坡，處此千死萬難的蠻荒絕境，他依然安之若素，當下自足，從觀棋中了悟世情，快意優游。

〔註138〕士弈之中，偶有棋藝高卓可與國手相抗者，然畢竟是少數，如北宋祝不疑之例。其事跡詳見後註147引《春渚記聞》所載。

上皇在位，時屬昇平，手藝人之有稱者，棊則劉仲甫，號國手第一。
〔註139〕

劉仲甫為北宋哲宗、徽宗時棋待詔，號國手第一，蔡絛卻以「手藝人」稱呼，
帶有幾分階級岐視之意。對待著名的國手尚且如此，那些技藝稍遜的棋手就
更加被輕蔑了。歐陽脩《歸田錄》形容李憨云：

> 近時有李憨子者，頗為人所稱，云舉世無敵手。其人狀貌昏濁，垢
> 穢不可近，蓋里巷庸人也，不足置之尊俎間。故胡旦嘗語人曰：「以
> 棋為易解，則如旦聰明，尚惑不能；以為難解，則愚下小人，往往
> 造於精絕。」信如其言也。〔註140〕

偏頗鄙夷之意，充溢字裡行間，一副理所當然的模樣，實有失一代文宗的器
度。在如歐陽修一流的文人士大夫心目中，職業棋手往往是射利的賭徒或偶
得絕技的「手藝人」，難登大雅之堂，唯獨自己才是風雅的主流正宗。然而矛
盾的是，李憨既棋藝精絕，自必聰慧穎悟，又怎會是「里巷庸人」、「愚下小
人」呢？此在情理上完全說不通，只益發凸顯了士大夫的階級偏見和矯偽身
段。

四、文人以禪悅通弈

　　文人士大夫圍棋追求風流儒雅、飄灑超逸的情趣，此一風尚在唐代便已
形成；宋人繼踵發揚，更顯多彩多姿。不惟如此，宋代士弈觀念還表現在洞
微達理、反映世情和追求禪悅解脫的了悟上。以前者而言，最典型之例如北
宋宋白〈弈棋序〉，文云：

> 觀夫散木一枰，小則小矣，於以見興亡之基；枯棋三百，微則微矣，
> 於以知成敗之數。〔註141〕

圍棋彷彿是宇宙自然和人類社會的縮影，十九路的錯綜變化，寓有興亡成敗
的循環往復之理。又北宋邵雍〈觀棋大吟〉，詩云：

> 人有精遊藝，予嘗觀弈棊。算餘知造化，著外見幾微。……因觀輸
> 贏勢，翻驚寵辱蹊。高卑易裁制，返覆難拘羈。心跡既一判，利害

〔註139〕收錄於歷代學人：《筆記小說大觀》（臺北：新興書局，1975年2月），6編，
　　　　卷6，頁691，冊2。
〔註140〕收錄於《筆記小說大觀》。同註135，21編，卷2，頁1656，冊3。
〔註141〕（清）陳夢雷編：《古今圖書集成》（臺北：鼎文書局，1985年4月），卷799，
　　　　頁8373。

不兩提。卷舒當要會，取捨在須斯。智者傷于詐，信者失于椎。眞
偽之相雜，名實之都隳。得者失之本，福爲禍之梯。乾坤支作訟，
離坎變成睽。弧矢相凌犯，言辭共詆欺。何嘗無勝負？未始絕興衰。
　　前日之所是，今日之或非；今日之所強，明日之或羸。〔註142〕

透過觀弈，可以洞見幾微，窺見造化。對弈既爲爭賭輸贏，則必有榮辱之別。
雙方棋藝的高下易判，但臨局的變化卻難以臆測。莫讓對手輕易看穿自己的
意圖，隨時都要權衡利害，瞬間的取捨判斷，往往決定形勢的優劣。自作聰
明的人因耍變詐的手段而失利，過度自信的人也爲鑽牛角尖而潰敗。盤中的
得失、禍福，相伏相倚，如乾、坤、離、坎的卦象一樣，無時無刻不在變化。
雖有一時的勝負，興衰之道卻始終不絕，所以輸贏本無常，強弱有易位。此
乃邵雍從棋中了悟人生世態的道理，可謂深邃明達。

　　就後者論之，禪宗爲佛教的流派，起於隋唐而盛於宋，強調修行者的自
心體悟，不假外求，唯有本心才是最高主宰，才是使自己自由無礙的根本。
這種明心見性、頓悟成佛的功夫，與宋人知機識理、鉤深洞微的圍棋觀一拍
即合。蘇軾《東坡志林》載云：

　　南岳李巖老好睡，眾人食飽下碁，巖老輒就枕，閱數局乃一展轉，
　　云：「君幾局矣？」東坡曰：「巖老常用四腳碁盤，只著一色黑子。
　　昔與邊詔敵手，今被陳摶饒先。著時自有輸贏，著了並無一物。」
　　〔註143〕

蘇軾以棋喻人，戲謔李巖老嗜睡。末兩句似參話頭，與王安石「戰罷兩奩分
黑白，一枰何處有虧成」之句同工異曲，〔註144〕禪味十足。《五燈會元》中記
載歐陽修請法遠和尚因棋說法之事，其文云：

　　歐陽文忠公聞師（法遠）奇逸，造其室，未有以異之。與客碁，師
　　坐其旁，文忠遽收局，請因碁說法。師即令搥皷陞坐，曰：「若論此
　　事，如兩家著碁相似。何謂也？敵手知音，當機不讓。若是綴五饒
　　三，又通一路，始得有一般底。秖解閉門作活，不體奪角衝關，硬

〔註142〕（北宋）邵雍：《伊川擊壤集》（臺北：新文豐出版公司，1989 年 7 月，叢書
　　　　集成續編），卷 1，頁 1a～1b，總頁 27，冊 165。
〔註143〕（北宋）蘇軾：《東坡志林》（臺北：木鐸出版社，1982 年 5 月），卷 1，頁
　　　　20。
〔註144〕語出王安石〈碁〉詩。（北宋）王安石：《臨川先生文集》（臺北：世界書局，
　　　　1988 年 10 月），卷 27，頁 147。

節與虎口齊張，局破後徒勞緽斡。所以道：肥邊易得，瘦肚難求；
思行則往往失黏，心麤而時時頭撞。休誇國手，謾說神僊。贏局輸
籌即不問，且道黑白未分時，一著落在什麼處？」良久，曰：「從來
十九路，迷悟幾多人！」文忠公加歎，從容謂同僚曰：「修初疑禪語
爲虛誕，今日見此老機緣，所得所造，非悟明於心地，安能有此妙
旨哉！」〔註145〕

法遠不愧是高僧，既精禪理，又精棋理，說得頭頭是道。其機鋒妙處，落在
「且道黑白未分時，一著落在什麼處」二句，令歐陽修嘉歎不已。圍棋被稱
爲「手談」，與禪一樣不用言語，會心處自有妙諦。禪乃無處不在，隨處可參，
挑水擔柴、行住坐臥，無非道場。下圍棋自然可以參禪，棋理即禪理，參透
了十九路，也就參透了禪，所謂「詩因圓解堪呈佛，棋與禪通可悟人」，〔註
146〕這種以棋參禪、悟禪的工夫，爲宋代士弈增添空靈玄奧的理性色彩。

五、宋元時期重要之弈論著作

　　唐代文人士大夫追求弈棋的情趣與興味，雅化而爲四藝之一，卻因不重
視勝負，以致理論著作貧乏荒疏。宋人參禪識理，將圍棋的娛樂性、趣味性
及藝術性推至極境；不惟如此，宋代士弈高品間出，如北宋的祝不疑，甚至
令第一國手劉仲甫望而生畏，不敢公然敵對，恐貽國手之羞。〔註147〕由於競

〔註145〕（南宋）釋普濟：《五燈會元》（臺北：新文豐出版公司，1995 年 11 月），卷
　　　　12，頁 18a。

〔註146〕語見徐照〈贈從善上人〉詩。（南宋）徐照：《芳蘭軒詩集》（臺北：新文豐出
　　　　版公司，1989 年 7 月，叢書集成續編），卷上，頁 4b～5a，冊 166。

〔註147〕北宋何薳《春渚記聞》云：「近世士大夫碁，無出三衢祝不疑之右者。紹聖初，
　　　　不疑以計偕赴禮部試，至都，爲里人拉至寺庭觀國手碁集，劉仲甫在焉。眾
　　　　請不疑與仲甫就局，祝請受子，仲甫曰：『士大夫非高品不復能至此，對手且
　　　　當爭先。』不得已受先。逮至終局，而不疑敗三路。不疑曰：『此可受子矣。』
　　　　仲甫曰：『吾觀官人之碁，若初分布，仲甫不能加也，但未盡著耳。若如前局，
　　　　雖五子可饒，況先手乎？』不疑俛笑，因與分先。始下三十餘子，仲甫拱手
　　　　曰：『敢請官人姓氏與鄉里否？』眾以信州李子明長官爲對。劉仲甫曰：『仲
　　　　甫賤藝，備乏翰林，雖不出國門，而天下名碁，無不知其名氏者。數年來，
　　　　獨聞衢州祝不疑先輩，名品高著，人傳今秋被州薦來試南省，若審其人，則
　　　　仲甫今日適有客集，不獲終局，當俟朝夕，親詣行館盡藝祗應也。』眾以實
　　　　對，仲甫再三嘆服曰：『名下無虛士也。』後雖數相訪，竟不復以碁爲言，蓋
　　　　知不敵，恐貽國手之羞也。」（臺北：藝文印書館，1965 年，百部集成叢書
　　　　影印學津討原本），卷 2，頁 15b～16b。

技意識強烈，宋元弈論飛躍發皇，遠超前朝，無論專業棋手或文人士大夫，皆努力鑽研棋藝，投入理論的撰述和棋譜的蒐集工作，誕生了北宋徐鉉《圍棋義例詮釋》、張靖《棋經十三篇》、李逸民《忘憂清樂集》及元代嚴德甫、晏天章《玄玄棋經》等圍棋史上最重要的幾部弈論著作。

（一）徐鉉《圍棋義例詮釋》

《圍棋義例詮釋》是北宋初徐鉉所著，茲作主要的貢獻在於改進了古圖記譜法。古圖記譜原以平、上、去、入四聲分爲四隅，既不精確，又易混淆，難學不便捷，影響古譜的推廣與流傳。徐鉉將十九道命名爲十九個日常用字：一天、二地、三才、四時、五行、六官、七斗、八方、九州、十日、十一冬、十二月、十三閏、十四雉、十五望、十六相、十七筌、十八松、十九客。〔註148〕記譜以兩字定出座標位置，易學易記。此外，該作亦是弈史上最早規範和解釋圍棋基本術語的文獻，將六朝、唐以來的行棋術語歸納爲：立、行、飛、尖、粘、幹、綽、約、關、」沖、覷、毅、箚、頂、捺、蹺、門、斷、打、點、征、劈、聚、劫、拶、撲、勒、刺、夾、盤、鬆、持等三十二個，並分別詮釋其義涵，爲後世弈家所遵循。〔註149〕

（二）張靖《棋經十三篇》

北宋仁宗皇祐年間，張靖所撰《棋經十三篇》問世，使中國圍棋理論有了重大的突破性進展。該作〈序〉云：「今取勝敗之要，分爲十三篇，有與兵法合者，亦附于中云爾。」〔註150〕十三篇按〈論局〉、〈得算〉、〈權輿〉、〈合戰〉、〈虛實〉、〈自知〉、〈審局〉、〈度情〉、〈斜正〉、〈洞微〉、〈名數〉、〈品格〉、〈雜說〉排列，在體例和內容上刻意仿擬《孫子兵法》十三篇，次序井然，論述精詳。首先在推本圍棋的形制上，《棋經十三篇・論局》云：「夫萬物之數，從一而起；局之路，三百六十有一。一者，生數之主，據其極而運四方也。三百六十以象周天之數，分而爲四，以象四時；隅各九十路，以象其日；外周七十二路，以象其候。夫棊三百六十，白黑相半，以灋陰陽。」〔註151〕

〔註148〕事載（南宋）江少虞：《宋朝事實類苑》（臺北：源流出版社，1982 年 8 月），卷 2，頁 22。

〔註149〕該書收錄於陶宗儀《說郛》。同註 57，續集，卷 120，頁 1a〜3b。

〔註150〕收錄於國家圖書館分館編：《中國歷代圍棋棋譜》（北京：北京圖書館出版社，2004 年 8 月），頁 13，冊 1。

〔註151〕同上註，頁 16，冊 1。

此乃敷論班固〈弈旨〉象地則、神明德、陰陽分、效天文之義，將圍棋形制的象徵意義更進一層發揮。

其次關於弈者應具備的品德與修養，如〈斜正〉云：「得品之下者，舉無思慮，動則變詐，或用手以影其勢，或發言以泄其機；得品之上者則異於是，皆沈思而遠慮，因形而用權，神游局內，意在子先，圖勝於無朕，滅行於未然。」〔註152〕又如〈雜說〉云：「勝不言，敗不語。振廉讓之風者，君子也；起忿怒之色者，小人也。高者無亢，卑者無怯，氣和而韻舒者，喜其將勝也；心動而色變者，憂其將敗也。」〔註153〕以上論述，是對棋德的高度重視與要求。驕橫變詐、怒形於色、動手作弊、發言洩機者，皆非弈者所應為。

至於弈中的戰術要領，如《棋經十三篇》提出「高者在腹，下者在邊，中者佔角」、〔註154〕「寧輸數子，勿失一先」、〔註155〕「局勢已贏，專精求生；局勢已弱，銳意侵綽」、〔註156〕「立二可以拆三，立三可以拆四；與勢子相望，可以拆五」、〔註157〕「欲強外，先攻內；欲實東，先擊西。路虛而無眼則先覷，無害於他棊則做劫」等，〔註158〕無論抽象的思維或具體的策應，都是千餘年來棋家經驗的總結與昇華。

《棋經十三篇》是一部劃時代的棋藝經典之作，在中國圍棋史乃至世界棋類史上佔有重要的地位。作者以淵博的知識和高度的修養，在前人的基礎上，全面而系統地提出圍棋理論與實踐的要義。全篇語言精警生動，充滿古代樸素辯證的客觀規律，對習弈者實有莫大之幫助和啓發。自北宋至今，該作普受歷代弈家的高度重視，不僅注家最多，版本最繁，而且流行最廣，影響也最深。

（三）李逸民《忘憂清樂集》

李逸民《忘憂清樂集》亦是宋代重要的圍棋著作，內容不僅闡述棋藝理

〔註152〕同註150，頁29，冊1。
〔註153〕同註150，頁37～38，冊1。
〔註154〕語見〈合戰篇第四〉。同註150，頁20，冊1。
〔註155〕語見〈合戰篇第四〉。同註150，頁21，冊1。
〔註156〕語見〈審局篇第七〉。同註150，頁26，冊1。
〔註157〕語見〈權輿篇第三〉。同註150，頁19，冊1。
〔註158〕語見〈洞微篇第十〉。同註150，頁31，冊1。

論，亦蒐羅大量北宋以前的古譜。書中所收弈論著作有張靖《棋經十三篇》、劉仲甫〈棋訣〉、張靖〈論棋訣要雜說〉，其次有〈孫策詔呂範弈棋局面〉、〈晉武帝詔王武子弈棋局〉、〈明皇詔鄭觀音弈棋局圖〉、〈興國圖（諸國手野戰轉換十格圖）〉、〈萬壽圖〉、〈長生圖〉、〈欄柯圖〉、〈空花角圖〉……等古傳範譜，另有〈高祖解滎陽勢〉、〈三將破關勢〉、〈獨天飛鵝勢〉……等三十七個有名稱的死活棋勢。〔註159〕該作是目前所見最早的棋譜集，古譜是古代棋士精神生命的延續，透過它可使後之覽者彷彿穿越時空隧道，得以和先輩棋士心曲相通，進行無聲的交流，體會其睿思妙悟，又可了解古代的棋制、棋規、棋風及棋藝水平，價值彌足珍貴。

（四）嚴德甫、晏天章《玄玄棋經》

　　元代圍棋文化發展最重要之事件，是《玄玄棋經》的出現。該書由嚴德甫、晏天章所輯撰，書名取《老子》「玄之又玄，眾妙之門」之意。嚴、晏二人為棋友，對弈之暇，各舉心得識見，鉤深致遠，參互考訂，編選注釋而成書。全書分為禮、樂、射、御、書、數六卷，禮卷輯錄張靖《棋經十三篇》、皮日休〈原弈〉、柳宗元〈棋序〉、馬融〈圍棋賦〉、呂公〈悟棋歌〉、徐宗彥〈四仙子圖序〉及劉仲甫〈棋訣〉等經典文獻。其中較有價值者是嚴德甫注《棋經十三篇》，嚴注共約一百七十條，謹嚴不苟，詳略適中，不僅解釋經文，且能發揚之。樂、射二卷為受一子至五子的局面圖及各類起手勢、二百一十多個變化圖。御、書、術三卷皆為棋勢，共選錄〈唐明皇遊月宮〉、〈項羽舉鼎〉、〈孫臏陷龐涓〉、〈樊噲入鴻門〉等三百七十八型，是作者精心整理、創作的定式和各種死活題的研究，是全書精華之所在。〔註160〕《玄玄棋經》是我國圍棋的集大成之作，明代《永樂大典》和清代《四庫全書》均收入，被後世棋家奉為典範。該書於晚明傳入日本，成為日本弈壇重要弈論的藍本，〔註161〕足見其影響之深廣。

〔註159〕詳見（南宋）李逸民編：《忘憂清樂集》（上海：上海文化出版社，1997年2月），頁1～3。

〔註160〕《玄玄棋經》傳鈔刻本甚多，詳略不同。臺灣可見善本稀少，僅有臺灣大學圖書館所藏哈佛大學漢和圖書館攝製明嘉靖戊子本，可惜內容殘缺不全，此據張如安《中國圍棋史》引明萬曆汪廷訥重刻本介紹。同註17，頁290～292。

〔註161〕〈玄玄棋經題解〉云：「《玄玄棋經》應是中世紀收集定石和詰棋的圍棋全書，對日本棋界特別有影響的是珍瓏之部。其中有一些也被收錄到一七一三年名人因碩所著《圍棋發陽論》與一八一二年舟橋元美所著《棋經眾妙》等書中。」

縱觀宋、元時期的棋藝理論著作，多出自文人學士或棋待詔之手，前者重在理論，後者重在棋藝和棋譜的整理。或集前人之大成，後出而轉精；或獨闢蹊徑，發前人之所未發。由上述諸作的內容，可窺曉當時官、民弈壇的活躍景象和弈論研究的鼎盛之風，實爲吾國圍棋文化史上希有之珍寶。

第六節　明清民間弈藝的巍峨高峰

一、明代洪武禁令後朝野圍棋的勃興

鑑於前朝的吏治敗壞、綱紀廢弛，太祖朱元璋在明代建國之初，即著手革除弊政，屬行務本逐末的政策，恢復古代敦厚淳樸之風。他不僅嚴懲貪官，〔註162〕對於荒逸惰遊、游手博塞之民，也毫不手軟〔註163〕，甚至動用酷刑和死牢來伺候他們。〔註164〕至於整肅軍士，同樣嚴酷至極，只要是學唱的、下棋的、打雙陸的、蹴圓的，或割舌，或斷手，或卸腳，或發配充軍，或割唇劓鼻，或舉家流放。〔註165〕朱元璋和許多封建帝王一樣，以儒教治國，自然

橋本宇太郎譯：《玄玄棋經》（臺北：世界文物出版社，2002 年 6 月），頁 8。

〔註162〕關於朱元璋懲罰貪官、以嚴刑峻法治國之實，學者討論甚多。可參考楊青雲、汪小玲：〈論朱元璋的懲貪思想〉，《經濟研究導刊》，第 22 期（2011 年），頁 252～254。或蔣新紅：〈明初朱元璋的嚴刑峻法〉，《保山師專學報》，第 26 卷 4 期（2007 年 7 月），頁 12～14。或王君：〈朱元璋的廉政思想及其懲貪治腐舉措〉，《西北史地》，第 1 期（1997 年），頁 75～80。

〔註163〕明太祖曾下諭令云：「若有不務耕種、專事末作者，是爲遊民，則逮捕之。」（明）董倫等修纂：《明太祖實錄》（臺北：中央研究院歷史語言研究所，1964 年據國立北平圖書館紅格抄本微捲影印，），卷 208，頁 3099。

〔註164〕明代顧起元《客座贅語・逍遙牢》云：「俗傳淮清橋北有逍遙樓，太祖所建以處游惰子弟者。按陳太史《維楨錄》紀，太祖惡游於博塞之民，凡有不務本逐末、博弈、局戲者，皆捕之，禁錮於其所，名『逍遙牢』。」收錄於《四庫全書存目叢書》（臺南：莊嚴文化事業有限公司，1995 年 9 月），頁 459，子部冊 24。明代周暉《金陵瑣事》云：「太祖造逍遙樓，見人博奕者、養禽鳥者、遊手遊食者，拘於樓上，使之逍遙，盡皆餓死。樓在淮清橋東北臨河，對洞神宮之後，今關王廟是其地基。」（臺北：成文出版社，1983 年 3 月），卷 3，頁 355。

〔註165〕明代顧起元《客座贅語・國初榜文》云：「洪武二十二年三月二十五日，奉聖旨：在京但有軍官軍人學唱的割了舌頭，下棋、打雙陸的斷手，蹴圓的卸腳，做買賣的發邊遠充軍。府軍衛千户虞讓男虞端，故違吹簫唱曲，將上唇連鼻尖割了。又龍江衛指揮伏顯與本衛小旗姚晏傑蹴圓，卸了右腳，全家發赴雲南。」收錄於《四庫全書存目叢書》。同上註，頁 458～459，子部冊 24。

對圍棋秉持著儒家傳統的刻板印象，將它視爲無益社會的不良嗜好，禁止百姓玩樂，甚至以死牢和酷刑相脅；反之，自己卻喜好圍棋，沈迷於黑白方罫之間，〔註166〕無法以身作則，反映出獨裁者「只許州官放火，不許百姓點燈」的霸權矛盾心理。

（一）相禮、樓得達奉詔較技

在朝廷政令的打壓之下，洪武時期民間棋壇一片沉寂，京畿之地，無人敢弈；京畿以外，天高皇帝遠，要完全禁絕不可能，只要不過份公開招搖，仍有人弈棋爲樂。反之，宮廷弈事卻十分活絡，朱元璋的兒子當中，燕王朱棣尤熱衷於圍棋，爲此朱元璋還特別驛召民間高手相禮、樓得達至京奉陪較技，揭開明代弈戰的序幕。《雲間雜誌》云：

> 相子先，華亭人，善奕。太祖召至京師，與鄞人婁德達偕入見。〔註167〕上命二人較藝，子先自謂天下無敵手，視德達蔑如也。上顧中官取一紙置局下，子先不測上意，竟不經心，德達聯勝。啓視，乃給冠帶告身也。子先竟不得，怏怏歸，劉誠意作文送之。〔註168〕

由相禮、樓得達入京陪弈爭雄的事蹟觀之，朱元璋雖以惰遊之名禁止弈棋，卻仍與民間弈壇往來互動。相、樓京師會弈遍傳天下，成爲佳話，對明初圍棋的發展，實有推波助瀾之效；朱元璋死後，他的「逍遙牢」和禁弈屬政即被廢除，加以明成祖朱棣曾受國手指導，〔註169〕喜好圍棋，皇室中如朱棣的皇弟朱權、太祖之孫周憲王朱有燉及明宣宗朱瞻基等，皆爲好弈之

〔註166〕朱元璋雅好圍棋，喜與開國功臣劉基、徐達對弈，又善下模仿棋，流傳不少趣聞軼事，筆者有〈朱元璋弈事瑣考〉一文，2012 年 8 月 24 日發表於北京故宮博物院「明代宮廷生活史學術研討會」。或參考張如安《中國圍棋史》，同註 17，頁 299～303。

〔註167〕按《寧波府志》與明代陸深《玉堂漫筆》皆記爲「樓得達」，疑此爲誤。《玉堂漫筆》收錄於《叢書集成簡編》（臺北：臺灣商務印書館，1965 年 12 月，寶顏堂祕笈本），頁 5。（清）曹秉仁纂：《寧波府志》（臺北：成文出版社，1974 年 12 月）卷 31，頁 2368。

〔註168〕此爲明人筆記，撰者不詳。收錄於《叢書集成新編》（臺北：新文豐出版公司，1986 年 2 月），第 95 冊，頁 118。

〔註169〕《青浦縣志》載云：「明相禮，號子仙，浙籍，僑居七寶鎮。滑稽多辨，詩畫皆能之，兼善弈。洪武中，召至京，燕王與對弈，賜有龍弈具，劉基贈以序。」（清）陳其元等纂：《青浦縣志》（臺北：成文出版社，1970 年 5 月），卷 22，頁 1469。

徒。〔註170〕在朝野的共同熱愛與推動之下，圍棋又回歸正常的發展軌道。另一方面，明代工商業繁榮，亦帶動圍棋的興盛，不僅仕宦階層醉心於圍棋，常延聘棋手對弈；而城市百姓的娛樂需求，更爲游藝棋戲之類提供市場，使棋手在沒有皇室供養的情況下，也能挾一技之長自謀生路。

（二）范洪挾技遊京師

在上述的社會文化背景下，圍棋逐漸脫離官方的權力機制，成爲一種民間獨立自足的競技性遊戲。正德年間著名棋手范洪即爲顯例，《寧波府志》云：

> 范洪，字元博，全癡其別號也，世居鄞城之南。生而穎異，賦性清介。幼習舉子業，試有司，數奇不偶，尋棄去，遂有高世之志，弈棋以自娛，於是挾技遊京師。時李公東陽、楊公一清、喬公宇當朝，每延致對局，歡洽竟日，無惰容，隨其人高下與之對，不求大勝。然終其身不一挫衄，遂以國手名，時人列之四絕。然三公爲當世尊官，遇洪極隆，而洪亦不爲之脂韋，以故敬禮尤甚。四絕謂金忠卜、袁珙相、呂紀畫并洪弈云。〔註171〕

范洪與趙涓、趙九成，皆勇闖京師，成爲成化、弘治、正德三朝的國弈。不同者在二趙乃奉詔御前較技，受皇帝賞識或賜官；〔註172〕范洪則挾技游走公卿之門，被奉爲座上客，備受禮遇。此一賓主新關係的建立，爲民間棋手另關營生之路，使明代中葉以後的弈壇出現歷史性的轉軌，各地各派高弈輩出，各領風騷，呈現百家爭鳴的繁榮景象。

二、明代民間弈家三大流派與過百齡

明代弈家，以相禮、范洪開其端，爾後有鮑一中、程汝亮、顏倫、李釜四家繼出，形成以地域劃分的三大流派。鮑一中爲「永嘉派」的開宗領袖，「新安派」由程汝亮光大之，顏倫、李釜則爲「京師派」雙雄。〔註173〕此三派四

〔註170〕相關探討，可參考張如安《中國圍棋史》，此不贅及。同註17，頁304～305。
〔註171〕同註167，卷31，頁2368～2369。
〔註172〕《寧波府志》載云：「（九成）以棋遊京師，一時棋士對局，皆屈焉。孝宗御燕殿召，九成試之，果壓流輩，所行算多出古棋譜外，上曰：『眞國手也。』命官鴻臚。」同註167，卷31，頁2368。
〔註173〕可參考劉善承《中國圍棋史》。同註120，頁157～159。

大家鼎足而峙，迭相較量，互有消長，〔註174〕自正德十年（西元1515年）後楊一清延譽鮑一中於江淮間，〔註175〕至萬曆十五年（西元1587年）李釜病逝七十年間，將明代弈藝推向極盛。三派之外，另有餘姚名弈岑乾於隆慶年間竄起，弱冠北遊，嘗擊敗京師派高手顏倫，被王世貞推為明中葉六大國手之一。〔註176〕萬曆以後，出現了少壯派群雄並起的新局面，明代謝肇淛《五雜組》云：

> 近代名手，弇州論之略備矣。以余耳目所見，新安有方生（方子振）、
> 呂生（呂濟）、汪生（汪紹慶），閩中有蔡生（蔡學海），一時俱稱國
> 手，而方於諸子，有白眉之譽。其後六合有王生（王寰），足跡遍天
> 下，幾無橫敵。……乙巳、丙午（即萬曆三十三、三十四年，西元
> 1605、1606年），余官白門，四方國士，一時雲集，時吳興又有周
> 生（不詳）、范生（范君輔），永嘉有鄭頭陀，而技俱不勝王。泊余
> 行後，聞有宗室（朱玉廷）至，諸君與戰，皆大北。王初與戰，亦
> 北。越兩日，始為敵手；無何，王又竟勝。故近日稱第一手者，六
> 合小王也。汪與王才輸半籌耳，然心終不服，每語余，彼野戰之師，
> 非知紀律者，余視之良信。但王天資高遠，下子有出人意表者，諸
> 君終不及也。〔註177〕

〔註174〕張如安《中國圍棋史》析云：「嘉靖時期，以鮑一中為首的永嘉派與顏倫為首的京師派南北爭雄，旗鼓相當，而以汪曙為代表的新安派正在崛起而實力稍遜。隆萬時期形成京師派李釜與新安派程汝亮相抗衡的局面，而永嘉派實力有所下滑，……從京師弈派本身的發展看，初為顏倫主盟，李釜僅為羽翼，十年後顏李雙雄並峙，嘉靖末至隆慶年間，李釜出走江南、岑乾戰敗顏倫，始出現李釜時代。總之，從顏倫到李釜，京師派雖然經歷了三個發展階段，但始終聲雄勢壯，不像新安派始弱後強，也不像永嘉派始盛後衰。令人遺憾的是，李釜之後，新安、永嘉兩派弈才輩出，綿延不絕，而京師派則頓成絕響。」同註17，頁329。

〔註175〕明代王穉登〈弈旨〉云：「正德中，宰揆之地如李文正東陽、楊文襄一清、喬莊簡宇諸公皆好弈，而四明范洪重。洪之後，永嘉鮑一中重。鮑生晚，不及與洪角，而格勝之。文襄呼鮑為小友，為延譽江淮閒。」收錄於《中國歷代圍棋棋譜》，同註150，頁77，冊1。

〔註176〕王世貞〈布衣李時養墓碣銘〉云：「前李子（釜）弈而敵者，鮑（一中）與顏（倫）；後李子弈而敵者，程（汝亮）、岑（乾）與方（子振），國手六人耳。」（清）王世貞：《弇州山人續稿》（臺北：文海出版社，1970年3月），卷117，頁5463，冊11。

〔註177〕收錄於歷代學人：《筆記小說大觀》（臺北：新興書局，1975年9月），8編，卷6，頁3631～3633，冊6。

此爲萬曆中後期弈壇槪況，令人眼花撩亂，大致爲新安、永嘉、吳興、閩地諸高手爭鋒，最後是諸派之外的王寰以「野戰之師」技高一籌，奪得弈壇盟主之位。〔註178〕萬曆以後，先有林符卿力敗群雄；〔註179〕稍晚則無錫過百齡崛起，擊敗林符卿後稱霸數十年之久，〔註180〕成爲明清之交承先啓後、繼往開來的弈壇宗師。

　　過百齡棋藝精湛，在實戰和理論的創新上皆有卓越貢獻。明代弈家著棋多沿宋元舊法，布子鬆散少變，局部攻殺優於全盤運籌。及至過百齡出，以緊峭靈動的倚蓋起手式取代舊式套路，不僅獲得壓倒性的輝煌戰果，也爲清代圍棋發展指引新路。過百齡精於弈學，所著弈譜甚多，知名者如《官子譜》、《三子譜》及《四子譜》等。《三子譜》、《四子譜》爲用於教學的範譜，《官子譜》則專門解析官子收尾，開闢棋藝研究另一畛域，爲弈史之首創，具有極高的價值。〔註181〕

〔註178〕關於明代隆、萬年間新安、永嘉、姚江三派及楚、吳、贛、浙、閩各地弈壇群雄爭鋒的情形，張如安考索甚詳，可參考所著《中國圍棋史》，此不贅述。同註17，頁334～348。

〔註179〕明代馮元仲《弈旦評》云：「林符卿嘗與余言：『四海之內，不知幾人稱帝、幾人稱王，非徒勝我者不可得。即論敵手，闚其無人，吾不取法於人與譜，而以棋稱爲師，即神仙復出，自三子而上，不敢多讓矣。』」同註150，頁60～61，冊1。

〔註180〕清代黃俊《弈人傳》云：「有國手曰林符卿，老游公卿間，見百齡年少，意輕之。一日，諸公卿會飲，林君謂百齡曰：『吾與若同遊京師，未嘗一爭道角技，即諸先生何所用吾與若耶？今願罄其所長，博諸先生歡。』諸公卿皆曰諾。遂爭出注約百緍，百齡固謝不敢。林君益驕，益強之，遂對弈。柯未半，林君面頸發赤熱，而百齡信手以應，旁若無人。凡三戰，林君三北。諸公卿嘩然曰：『林君向固稱霸，今得過生，乃奪之矣。』復皆大笑。於是百齡棋品遂居第一，名噪京師。(《無錫縣誌》云：『百齡以善弈遊京師，名藉甚，於是天下高手，築壘而攻之者，無遠不致。百齡開關延敵，莫敢仰視者，群遂奉爲國手。自至數十年，天下言弈者，以無錫過百齡爲宗。』)」同註112，卷14，頁188。

〔註181〕吳清源評云：「官子一詞說起來是『圍棋之大局已定，雙方劃清界線之著子謂之』，可稱之爲局部之加工、潤飾。……由過百齡收集、曹之尊刪定之『官子譜』，係由清朝陶式玉完成。……『官子譜』有兩大特色。一爲其異於詰棋書，也網羅了侵分之妙手。地中有棋之問題也不少。不管怎樣，一千四百七十八題這個數字，已具備大辭典內容之水準。另外一個特色是其欄外之注釋，非常適切。……所以擁有本書之讀者，可以追憶三百年前清朝時代苦心收集成之『官子譜』之情景吧。以現在日本之高水準來說，這也是一本有相當水準的書。」(明) 過百齡：《官子譜》(臺北：世界文物出版社，2001年5月)，頁661～663。

三、清代國弈輩出

　　自過百齡開創倚蓋布局以後，棋手的觀念和技術突飛猛進，促使清代圍棋發展進入黃金時期。其後高手如林，較著名者如清初之周懶予、周東侯、汪漢年、盛大有；〔註182〕康熙年間如黃龍士、徐星友、梁魏今、程蘭如；雍、乾時期如范西屏、施襄夏等。其中黃、徐、范、施四大家前後輝映，流傳之名局甚夥，尤爲人樂道，堪稱吾國民間弈藝之巍峨高峰。

（一）清初棋聖黃龍士

　　黃霞，又名虬，字月天，號龍士，以號行，江蘇泰縣人。天資穎異，自幼學弈，十餘歲已無敵於鄉里。因家貧北走燕京鬻技，連敗當世高手，惟周東侯勉能抗衡，時稱「龍士如龍，東侯如虎」。〔註183〕他是康熙年間首屈一指的大國手，大約可讓諸家一先，棋藝超卓，普受棋家推崇。如徐星友《兼山堂弈譜》評云：

> 寄纖穠於澹泊之中，寓神俊於形骸之外。所謂形人而我無形，庶幾空諸所有，故能無所不有也。〔註184〕

又其評黃龍士執黑對周東侯之局謂：

> 黑一氣清通，生枝生葉，不事別求，其枯滯無聊境界，使敵不能不受。黑則脫然高蹈，不染一塵，雖乘白釁而入，亦臻上乘靈妙境界。
> 〔註185〕

又鮑鼎評云：

> 我朝國工，如周懶予、汪漢年、周東侯諸人，固已上掩往哲，迨黃龍士一出，落子布算，如飛仙劍俠，令人莫測端倪，同時國手，咸爲所敗。〔註186〕

又鄧元鏸評云：

> 龍士用思尤密，深入奧窔，別具聰明。神乎其伎，若楮葉之奪眞；

〔註182〕有關四家的生平梗概，可參考黃俊《弈人傳》，同註112，卷14，頁187～197。
〔註183〕語見王存善《寄青霞館弈選·諸家小傳》。收錄於《中國歷代圍棋棋譜》，同註150，頁7491，冊18。
〔註184〕語見黃龍士對張繼芳之局。收錄於《中國歷代圍棋棋譜》，同註150，頁4862，冊11。
〔註185〕同註150，頁4875，冊11。
〔註186〕語見鮑鼎《國弈·序》。收錄於《中國歷代圍棋棋譜》，同註150，頁7079，冊17。

妙極自然，似蘭亭之恰好。或當危急存亡之際，群已束手智窮，能
於潛移默運之間，益見巧心妙用。空靈變化，出死入生，試披對局
之圖，盡是驚人之作，可謂得未曾有矣。〔註187〕

小橫香室主人《清朝野史大觀‧弈史》則云：

黃（龍士）在清代弈家中號稱第一流。先是弈家雖盡變明代之著
法，然終為成局所囿，習氣未能盡除。及黃始盡變舊法，自出新
意，窮極變化，開後來諸國手之先聲，其天資之高，前輩多遜之。

〔註188〕

呂耀先則評云：

先生之弈，綿密深穩，出奇制勝，往往別臻妙境，殆所謂身有僊骨
者歟。……國初風氣初開，尚有前人習氣，迨後梁、程、施、范，
精益求精，弈理愈明，弈法大備，實先生有以啟之也。〔註189〕

以上略引數例，足見時人對之評價極高。圍棋發展至清初，在過百齡、周懶
予、汪漢年、周東侯諸名手的努力下，不論布局、定式、官子，均較前代豐
富、精進，但仍未脫盡舊習；及黃龍士出，乃能盡變舊法，獨開新境，遂使
群雄束手，取得輝煌戰果，成為上掩過、周，下啟施、范的一代棋豪。〔註190〕
閻若璩將之與顧炎武、黃宗羲、朱彝尊、魏禧等並稱為「國初十四聖人」，〔註
191〕爾後龍士有「棋聖」之號加身，良有以也。

（二）書房棋派徐星友

　　徐星友，名遠，浙江錢塘人。事師黃龍士，初受四子，棋藝漸進。後與
師受三子之局，「各竭心思，新奇突兀，乃前古所未有。十局終後，徐遂成國

〔註187〕語見鄭元鏸《黃龍士先生棋譜‧序》。收錄於《中國歷代圍棋棋譜》，同註
　　　　150，頁9332，冊21。
〔註188〕收錄於歷代學人：《筆記小說大觀》（臺北：新興書局，1983年6月），33編，
　　　　卷11，頁71，冊8。
〔註189〕語見呂耀先《黃龍士先生棋譜‧序》。收錄於《中國歷代圍棋棋譜》，同註
　　　　150，頁9330，冊21。
〔註190〕有關黃龍士生平梗概，見《弈人傳》。同註112，卷15，頁200～203。
〔註191〕閻若璩〈又與戴唐器書〉云：「錢牧齋、馮定遠、黃南雷、呂晚村、魏叔子、
　　　　汪苕文、朱錫鬯、顧梁汾、顧甯人、杜于皇、程子上、鄭汝器，更增喻嘉言、
　　　　黃龍士，凡十四人，謂之聖人。」（清）閻若璩：《潛邱劄記》（清乾隆九年眷
　　　　西堂刻本），卷5，頁93b。

弈」，〔註192〕此番對戰，時人以「血淚篇」名之，可見局中師徒二人殫精竭智的認真程度。經過十局苦戰，徐星友繼之而成國手。在梁、程、范、施四大家稱雄之前，他是弈壇連接康、乾兩大興盛時期的關鍵人物。〔註193〕程曉流〈讓子棋中的名局〉論其藝云：

> 徐星友的棋風端莊平淡，大局觀好，擅長以柔克剛，不戰屈人。但和其他一流國手相較，徐星友的中盤扭殺力顯得要差一些。這正和他學弈較晚，又是從被國手讓子一步步升上來的經歷相符合的。古代評論家經常把棋人按風格劃分為「野戰棋」和「書房棋」兩大類型。徐星友的棋風無疑應歸入後者。〔註194〕

所謂「書房棋」，即重視全局形勢的平衡，不好局部攻殺，盡量將勝負取決於官子階段，是與對手比拼耐力的長期競賽。故著手平凡無奇、亦步亦趨，卻往往能以靜制動、後發先至，不戰而屈人之兵，體現「沖和恬淡、渾淪融洽」之風，〔註195〕與中國傳統座子的野戰棋大異其趣。〔註196〕日本當代棋士如高川格的「流水不爭先」〔註197〕、武宮正樹的「宇宙流」，〔註198〕都是類似的棋風。今流傳徐星友之局，大率平和中正、深穩綿密，可謂書房棋之典型；又常見其棄角取勢、築厚中腹，最後圍成大空，堪稱中國式「宇宙流」之先驅。〔註199〕

〔註192〕語見李汝珍《受子譜選‧凡例》。收錄於《中國歷代圍棋棋譜》，同註150，頁5741～5742，冊14。

〔註193〕有關徐星友生平，可參考（清）龔嘉儁等纂：《杭州府志》（臺北：成文出版社，1974年12月），卷150，頁2842。或黃俊《弈人傳》，同註112，卷15，頁205～206。

〔註194〕程曉流〈讓子棋中的名局〉，《圍棋天地》，第1期（1990年1月），頁18。

〔註195〕翁嵩年《兼山堂弈譜‧序》評徐星友棋藝云：「一歸于沖和恬淡、渾淪融洽。用虛不如用寔也，用巧不如用拙也。其棄也，乃所以為取也；其退也，乃所以為進也。制于有形，不若制于無形；臻于有用之用，未若極于無用之用。」收錄於《中國歷代圍棋棋譜》，同註150，頁4755～4756，冊11。

〔註196〕「座子」是中國古代圍棋所採行的制度，即在開局前先於棋盤對角四個星位置放黑白各兩子，在此基礎上展開布局和戰鬥。

〔註197〕高川格（1915～1986），日本著名圍棋手，本因坊九連霸，為第二十二世名譽本因坊，號「秀格」。棋風平和不嗜攻殺，極有韌性，有「流水不爭先」之美譽。

〔註198〕武宮正樹，1951年生，為木谷門徒，與加藤正夫、石田芳夫並稱「三羽烏」，曾獲本因坊頭銜。棋風厚實奔放，重視中央模樣，有「宇宙流」之封號。

〔註199〕程曉流〈宇宙流風格之萌芽〉，《圍棋天地》，第3期（1990年3月），頁42。

（三）奇巧勝者梁魏今

梁魏今，字會京，江蘇淮安人。清雍正、乾隆年間，與程蘭如、范西屏、施襄夏並稱圍棋四大家。

梁魏今自幼學棋，年輕時曾與徐星友比試多局，互有勝負，不相上下，程蘭如擊敗徐星友馳名棋壇後，梁魏今和他也有過較量。鄧元穗從兩人對局中輯出十四局，編入《弈潛齋集譜》，其中程勝十局，梁勝四局，但勝負都不懸殊，有的僅半子之差。梁魏今中年以後，曾教授過范西屏，施襄夏，這兩位後進者也都說少年時受梁魏今教益良多。范西屏十餘歲時，梁魏今曾授以三子。雍正八年，梁魏今在湖州又授先與施襄夏對弈；兩年後，梁攜施同遊烏程硯山，見山下出泉，襄夏聞魏今之言有悟，藝遂大進。〔註200〕

梁魏今可謂四大家中的師長，而范、施二人青出於藍，棋藝超過了梁魏今。梁魏今的棋風，以奇巧多變為最大特點。施襄夏在《弈理指歸·自序》中言：「奇巧勝者梁魏今。」〔註201〕他被列為四大家之首，並非因其棋藝最高，而是因年齡最長，出名最早。〔註202〕

（四）力戰之雄程蘭如

程蘭如，名天桂，又名慎詒，號鈍根，安徽歙縣人。師從鄭國任，青出於藍，〔註203〕年二十餘擊敗徐星友後成為一代國弈，與同輩眾高手對局，皆勝多負少。清代鮑鼎《國弈初刊·序》云：

> 蘭如昔爭天下國手於某藩邸，同時十七人，西屏最年少。蘭如已勝十六人，末至西屏，凡二日而局未終，通盤籌畫，總輸半子。會范酒後官子誤一道，反負半子，某藩遂定蘭如為天下大國手，一時公卿薦紳具幣爭迎，聲名藉甚。〔註204〕

足見其享譽之高。他比梁魏今小十餘歲，比范西屏、施襄夏二人大二十餘歲。

〔註200〕施襄夏《弈理指歸·自序》云：「丈（梁魏今）曰：『子之弈工矣，盍會心於此乎？行乎當行，止乎當止，任其自然而與物無競，乃弈之道也。子銳意深求，則過猶不及，故三載未脫一先耳。』余因悟化機流行，無所跡象，百工造極，咸出自然，則棋之止於中正，猶琴之止於淡雅也。」收錄於《中國歷代圍棋棋譜》，同註150，頁9617，冊22。

〔註201〕收錄於《中國歷代圍棋棋譜》，同註150，頁9615，冊22。

〔註202〕有關梁魏今生平事蹟，可參考黃俊《弈人傳》。同註112，卷15，頁216。

〔註203〕見（清）勞逢源等纂：《歙縣志》（臺北：成文出版社，1984年3月），卷8之12，頁2022。

〔註204〕收錄於《中國歷代圍棋棋譜》。同註150，頁7077，冊17。

與梁魏今留有二十三局奕譜，與施襄夏留有五局棋譜。乾隆十八年（西元 1753年），偕同韓學元、黃及侶拜望高東軒，在晚香亭授先韓、黃對奕十五局，集成《晚香亭奕譜》傳世，〔註 205〕與徐星友所著《兼山堂弈譜》同為弈學大宗。

程蘭如的棋風細緻深穩，渾厚雄勁，發揚中國力戰派的傳統，中盤攻殺甚強。正當其聲名遠播之際，兩顆耀眼的新星誕生了。年輕的范西屏、施襄夏以銳不可當之勢登上棋壇，嚴重威脅他的霸主地位。起初程蘭如尚對范、施二人授先，含有指導後進之意。但不久之後，即被二人超越。〔註 206〕

（五）神龍變化范西屏

范西屏，名世勛，浙江海寧人。幼時見父親與人對弈，輒啞啞指畫之。稍長，先向同邑張良臣學藝，後拜紹興名手俞長侯為師。俞氏棋列三品，為當時一方高手。范西屏天資聰穎，刻苦勤習，於前賢名譜，靡不悉心鑽研；又得名師指點，棋藝突飛猛進。十二歲即與師齊名，十六歲大器已成，難有匹敵，以第一手名天下。二十歲後挾技四遊，為公卿貴戚和士大夫所重，紛紛「公餘爭具采幣、致勁敵角西屏，以為笑娛」。〔註 207〕時值雍乾盛世，朝貴盛行弈藝，四方善弈之士會聚京師，而以范西屏為巨擘。

范西屏棋風遒勁靈變、思路敏捷、不拘常套，善於推陳出新，「如將中之武穆公，不循古法，戰無不勝」。〔註 208〕畢沅〈秋堂對弈歌為范處士西坪（應為屏）作‧序〉贊云：

> 君不甚思索，布局投子，初似草草，絕不經意。及合圍討劫、出生入死之際，一著落枰中，瓦礫蟲沙，盡變為風雲雷雨，而全局遂獲大勝。眾口讙呼，神色悚異，嘖嘖稱為仙。〔註 209〕

〔註 205〕《晚香亭弈譜》收錄於《中國歷代圍棋棋譜》。同註 150，頁 4753～4882，冊11。

〔註 206〕有關程蘭如生平事蹟，可參考黃俊《弈人傳》。同註 112，卷 15，頁 216～217。

〔註 207〕語見袁枚〈范西屏墓志銘〉。（清）袁枚：《小倉山房詩文集》（上海：上海古籍出版社，1988 年 3 月），頁 1264，冊下。

〔註 208〕語見李汝珍《受子譜選‧凡例》。收錄於《中國歷代圍棋棋譜》，同註 150，頁 5740，冊 14。

〔註 209〕見《靈巖山人詩集》，收錄於《續修四庫全書》（上海：上海古籍出版社，2002年 3 月），卷 4，頁 5a，冊 1450。

袁枚〈范西屏墓志銘〉則云：

> 嘗見其相對時，西屏全局僵矣，隅坐者群測之，靡以救也。俄而
> 爭一劫，則七十二道體勢皆靈。嗚呼！西屏之于弈，可謂聖矣。
> 〔註210〕

以上數評，可見范西屏弈棋豪放率意，寓妙理變化於平凡之中，故能出奇制勝、置於死地而後生，具有獨特的個性色彩。〔註211〕

（六）邃密精嚴施襄夏

施襄夏，名紹闇，號定庵，浙江海寧人，與范西屏同鄉。幼年羸弱多病，性拙喜靜，從父學琴，後復嗜弈。是時范西屏從俞長侯學弈，不久乃與師齊名，令施襄夏十分傾慕，亦拜長侯爲師。起初受師三子，一年後便可與范西屏爭先。後向老輩國手徐星友請益，獲贈《兼山堂弈譜》，潛研經年，受益匪淺；加以同窗范西屏相與切磋，棋藝不斷精進。二十歲後壯遊四方，得梁魏今、程蘭如二前輩受先指導，其《弈理指歸·自序》云：

> 歲壬子，偕梁丈（魏今）遊峴山，見山下出泉，瀠漾紆餘，顧而樂
> 之。丈曰：「子之弈工矣，盍會心於此乎？行乎當行，止乎當止，任
> 其自然而與物無競，乃弈之道也。子銳意深求，則過猶不及，故三
> 載未脫一先耳。」余因悟化機流行，無所跡象，百工造極，咸出自
> 然，則棋之止於中正，猶琴之止於淡雅也。〔註212〕

此段論弈道，亦猶蘇軾論文道。其〈與謝民師推官書〉云：「大略如行雲流水，初無定質，但常行於所當行，常止於所不可不止，文理自然，姿態橫生。」〔註213〕文學創作貴在充分掌握技巧，根據所表現事物的需要，自由抒寫，平易流暢，表現行雲流水般生動天然的情景，達到「文理自然，姿態橫生」的妙境。弈道與之相通，即在於「任其自然而無競」。施襄夏弈棋銳意深求，不免失之造作，反而離道越遠。不過在梁魏今一番巧妙而精闢的比喻開示下，施襄夏如醍醐灌頂，頓悟弈理，自此棋藝至臻圓融博大之境，終成一代宗師。〔註214〕

〔註210〕同註207，頁1264，冊下。
〔註211〕有關范西屏生平事蹟，可參考黃俊《弈人傳》。同註112，卷15，頁223～227。
〔註212〕收錄於《中國歷代圍棋棋譜》。同註150，頁9616～9617，冊22。
〔註213〕（北宋）蘇軾：《蘇軾文集》（北京：中華書局，1992年9月），卷49，頁1418，冊4。
〔註214〕有關施襄夏生平事蹟，可參考黃俊《弈人傳》。同註112，卷15，頁228～233。

　　施襄夏的棋精嚴邃密、謀算深遠，迴別於范西屏之神俊飄灑。歷來弈評家輒將兩人相提並論，目爲棋中李杜，如鄧元鏸〈弈評〉云：

> 施定庵如大海巨浸，含蓄深厚；范西屏如崇山峻嶺，抱負高奇。

〔註215〕

又云：

> 國朝名手如林，海寧范西屏、施定庵尤爲傑出。西屏奇妙高遠，如
> 神龍變化，莫測首尾；定庵邃密精嚴，如老驥馳騁，不失步驟。論
> 者方之詩中李杜，洵爲至當。〔註216〕

吳峻《弈妙・序》則評云：

> 近日蘭如先生體大思精，而西屏、襄夏二先生尤稱神化。譬之于
> 詩，……范則太白也，施則子美也。〔註217〕

二家所言，分將范、施的棋藝描述得生動傳神、恰如其分，給予極高的評價，也顯示他們在當時棋壇和弈史中的崇高地位。

　　范西屏和施襄夏是當時棋壇的奇才，不僅彼此年齡相彷，師出同門，棋藝超卓，各擅勝場；且人品俱佳，〔註218〕所著之《桃花泉弈譜》及《弈理指歸》，雙璧並美，創見尤多，同爲清代重要的弈論著作。〔註219〕兩家之出，不免使同時期的著名棋手黯然失色。乾隆四年（西元 1739 年），二人應浙江平湖縉紳張永年之邀，前往課弈。時值范、施而立壯齡，正是精力彌滿、技藝純熟之際，對弈十三局，留下十一局譜，世稱「當湖十局」。雙方謀略深遠，攻殺緊峭；磅礡之氣，動人心魄。結果勝負相當，難分軒

〔註215〕收錄於《中國歷代圍棋棋譜》。同註150，頁 9481，冊 21，。
〔註216〕語見《范施十局・序》。收錄於《中國歷代圍棋棋譜》，同註150，頁 8995，
　　　　冊 21。
〔註217〕收錄於《中國歷代圍棋棋譜》，同註150，頁 5415～5416，冊 13。
〔註218〕如袁枚〈范西屏墓志銘〉云：「（西屏）爲人介樸，弈以外誑以千金，不發
　　　　一語。遇窶人子、顯者，面不換色。有所畜，半以施戚里。」同註207，頁
　　　　1264，冊下。《范施十局・海昌備志》云：「（襄夏）秉性純孝，父病刲骨，
　　　　沈歸愚宗伯以二十五孝襃之。」收錄於《中國歷代圍棋棋譜》，同註150，
　　　　頁 8996，冊 21。
〔註219〕鄧元鏸《弈理指歸・序》云：「海寧施襄夏先生所著《弈理指歸》，博大深微，
　　　　於舊譜之編緩重複、務虛少實者，皆削而不錄，弈之義理，發揮殆盡；范西
　　　　屏先生復選擇變化、即其心得著《桃花泉弈譜》，戛戛獨造，不襲前賢。二書
　　　　爲弈家繩墨，不容軒輊。」收錄於《中國歷代圍棋棋譜》，同註150，頁 9613，
　　　　冊 22。

輕，寥寥十局，可謂妙絕古今，無愧棋聖之名。〔註220〕劉善承認爲這是他們一生中最精妙的藝術傑作，也是有清一代和整個中國古代圍棋的登峰造極之作。〔註221〕鄧元鏸詩亦云：「范施馳譽在雍乾，如日中天月正圓。棋聖古今推第一，後無來者亦無前。」〔註222〕浮曇末齋主人《海昌二妙集》則云：「昔閻百詩以黃龍士爲十四聖人之一，和黃南雷、顧亭林諸大儒並稱。若范、施二先生之於弈，猶人倫之有周、孔乎！」〔註223〕更是推崇備至，無以復加。上述諸家贊評，足證范、施二家影響如何巨大，實爲座子圍棋時代的極峰。

四、清代中晚期圍棋的衰微

乾隆晚期，和珅專權，官吏貪黷，以致國庫耗竭，大清帝國顯現由盛轉衰的徵兆。〔註224〕國勢的下降，必然影響文化、藝術的發展，由於政治動亂、經濟蕭條，昔時公卿「爭具采幣」的景況不再，棋手收入微薄，不足以仰事俯畜，不得不另謀出路，許多圍棋活動因缺乏穩固的經濟基礎支撐而被迫停止。故自盛清國手范西屏、施襄夏等辭世後，棋壇後繼乏人，棋藝水平大幅下降。尤其嘉慶、道光年間，社會動盪，人民生活困頓，繼而鴉片戰爭爆發，日益腐朽的清王朝難擋列強的侵略，屢次簽訂不平等條約，從此中國進入半殖民的黑暗時期，圍棋發展亦江河日下而終趨式微。及至清末、民初，幾無一人可稱國手，圍棋水平遠遠落後鄰國日本。1909 年，日本棋力僅四段的高部道平造訪保定，戰勝所有中國棋手，紛紛降至讓子，使中方大爲震驚，適足證明清代圍棋沒落的事實和運命。〔註225〕

本章分期探討我國古代圍棋文化之發展，茲歸結其重點大略分疏如下：

〔註220〕見錢保塘《范施十局・序》評語。收錄於《中國歷代圍棋棋譜》，同註150，頁 8994，冊 21。

〔註221〕見劉善承《中國圍棋史》。同註120，頁 198。

〔註222〕蔡中民選注：《圍棋文化詩詞選》（成都：蜀蓉棋藝出版社，1989 年 10 月），頁 405。

〔註223〕收錄於《中國歷代圍棋棋譜》。同註150，頁 8493，冊 20。

〔註224〕可參考蕭一山：《清代通史》（臺北：臺灣商務印書館，1985 年 4 月），頁 209～254。

〔註225〕清代圍棋在乾隆後期由盛轉衰而水平落後於日本的事實，趙之云〈早期中日圍棋交流〉一文論之甚詳。收錄於趙之云：《圍棋春秋》（上海：上海書店出版社，1994 年 2 月），頁 12～17。

（一）先秦時期，圍棋由宮廷的益智遊戲流傳民間而爲賭博之具，尤其在經濟富裕的齊、魯地區，它成爲有閑階級的娛樂工具。儒、道、名三家人物曾針對其功能、本質及社會地位提出不同的看法，正面和負面都有，不過都承認圍棋是一種必須用心學習的專業技能。

（二）兩漢三國時期，圍棋雖流行於王室宮廷，在獨尊儒術的號令下，圍棋的競爭形式和平等意識，勢必打破嚴格的尊卑階級觀念，與仁、禮之道相衝突。帝王好弈卻又鄙賤之，甚至將博弈與倡優之徒並列齊觀，雖有桓譚、馬融、班固等人有圍棋附翼於兵法、王政、儒教之論，卻未能扭轉其低下的歷史和社會地位。三國東吳韋昭〈博弈論〉甚至指控其喪德敗行、禍害國家之罪，貶斥之烈，可謂集大成之論。

（三）六朝是是中國藝術自覺的時期，由於動亂不安，士人避禍而寄情遊樂，「戲」遂成爲其生活重心。在玄學的刺激作用下，圍棋確立其「戲」的獨立價值，進而納入「藝」的範疇，且對後世弈理的充實和弈境的開拓發揮了關鍵作用。在人物品藻觀念的影響下，圍棋與九品中正制相應，品亦分爲九等，而以「入神」爲最高表現的智悟之境。當時不僅私人品棋風氣倡行，皇室亦跟進，乃設置圍棋州邑和建立品棋制度，齊、梁時期曾舉辦數次大規模的皇家品棋活動，帶動弈壇進入繁榮活躍的全盛時期，圍棋進階爲社會崇高地位的指標，士人無不靡然風從。

（四）唐代帝王熱愛圍棋，設立棋博士和翰林棋待詔之職，開展圍棋邁向職業化的歷史新頁。這些皇家御用的專業棋手，不僅供皇帝娛樂，也偶與鄰國來使對弈，促進外交友好關係。盛唐以後，中、日、韓三國圍棋文化密切交流，常有特使和留學生往返觀摩切磋棋藝。不過當時日、韓棋手棋藝尚遜，屢敗於棋待詔之手。另一方面，唐代雖有棋博士和棋待詔之設，卻受限於教習宮人或供奉皇帝之用，不免對圍棋競技性的發展有所阻礙。唐代的文人士大夫亦不重視圍棋的競技性，而熱衷於藝術性、趣味性及娛樂性，使之更趨於雅化。由其詩文觀之，圍棋不僅是盤中的藝術，也是廣義的文人生活美學，此所以它在唐代得與琴、書、畫並舉，合爲四大絕藝，文人士大夫紛以善弈爲榮，其地位之崇隆，不亞於六朝時期。

（五）宋代以後，宮廷弈事活動持續熱絡，出現許多職業高手，以供奉內廷之需。不過宋代圍棋文化發展之特色，在於士弈的隆盛。自唐代設立棋待詔之後，遂有職業圍棋和業餘圍棋的區分，所謂「士弈」，即文人士大夫之

弈，是屬業餘圍棋。就業餘愛好者而論，圍棋不僅是益智的娛樂活動，也是身心修養的藝術，往往注重弈中的情趣、藝術性、娛樂性及趣味性。自中晚唐以迄宋，士弈發展更趨興盛，形成特殊的文化風尚。宋代士弈不惟繼承唐代風流儒雅、飄灑超逸的情趣，還體現在生命理境的探求、反映世情和追求禪悅解脫的了悟上，增添幾許空靈玄奧的理性色彩。此外，宋元時期弈論飛躍發皇，遠超前朝，無論專業棋手或文人士大夫，皆努力鑽研棋藝，投入理論的撰述和棋譜的蒐集工作，誕生了《圍棋義例詮釋》、《棋經十三篇》、《忘憂清樂集》及《玄玄棋經》等幾部重要的弈論著作，為我國圍棋文化史上希有的珍寶。

（六）明清兩代的圍棋文化特色，是民間棋手的弈藝。明初圍棋發展受政治因素打壓，太祖雖以惰遊之名禁弈，卻仍詔民間高手入京較技。自禁弈令廢除後，不僅仕宦階層醉心於圍棋，常延聘棋手；民間亦因工商業繁榮，帶動城市百姓的娛樂需求，更為游藝棋戲之類提供市場，使棋手在沒有皇室供養的情況下，也能挾一技之長游於公卿之間，另闢營生之路。在上述的社會文化背景下，圍棋逐漸脫離官方的權力機制，成為一種民間獨立自足的競技性遊戲。明代中葉以後，各地各派高弈輩出，各領風騷，永嘉、新安、京師三派角逐於前，餘姚、吳興、閩地群雄爭鋒於後，至明末由過百齡集大成。降及清代，民間高手如林，較著名者如清初之周懶予、周東侯、汪漢年、盛大有；康熙年間如黃龍士、徐星友、梁魏今、程蘭如；雍、乾時期如范西屏、施襄夏等。其中黃、徐、范、施四大家前後輝映，流傳之名局甚夥，堪稱吾國民間弈藝之巍峨高峰。乾隆晚期至清末，由於政治動亂、經濟蕭條，且內憂外患不斷，致使棋壇後繼乏人，圍棋發展江河日下而終趨式微，棋藝水平遠落後於鄰國日本。

以上綜理我國古代圍棋文化之發展概況，儘可能掌握各期最重要之轉關與特色，試圖呈現一清晰縱向演變的軌跡，卻難以兼及橫向次要的龐雜全貌。譬如明清兩代除了民弈之外，當然也有士弈的存在，只是士弈文化非當時最精采之處，可稱述者較少，故略而不論。餘論各期亦比照此原則處理，學者自當留心耳。

第五章　中國古代圍棋的思想內涵

　　圍棋是中國傳統文化獨特形態之顯現，其中蘊藏著極為深厚的思想內涵。在紋枰縱橫的黑白世界裡，包孕了多家的美學符碼與智慧結晶。班固〈弈旨〉即云：「上有天地之象，次有帝王之治，中有五霸之權，下有戰國之事，覽其得失，古今略備。」〔註 1〕沈約〈棊品・序〉亦云：「弈之時義大矣哉！體希微之趣，含奇正之情，靜則合道，動則適變。若夫入神造極之靈、經緯文武之德，故可與和樂等妙、上藝齊工。」〔註 2〕施襄夏《弈理指歸・自序》則云：「弈之為道，數協天垣，理參河洛，陰陽之體用、奇正之經權，無不寓焉。是以變化無窮，古今各異，非心與天游、神與物會者，未易臻其至也。」〔註 3〕尤侗〈棊賦〉更贊云：「試觀一十九行，勝讀二十一史。」〔註 4〕從宇宙天體到人間萬象，一寓之於道，而道成為中國古代知識、思想、信仰的終極依據，且可融攝在十九路的棋盤中獲得驗證。當中的玄妙莫測之變，實令人著迷而神往。

　　由歷史文獻記載和實戰體驗觀之，古代文化思想與圍棋有關聯者，主要是儒家、道家和兵家，本章分別探討它們與圍棋之道的關係，期能透過內在理路的疏通，進而抉闡其精神蘊奧所在。

〔註 1〕　（清）嚴可均輯：《全上古三代秦漢三國六朝文》（北京：中華書局，1991 年10 月），卷 26，頁 9a，總頁 616，冊 1《全後漢文》。

〔註 2〕　同上註，卷 30，頁 2b，總頁 3123，冊 3《全梁文》。

〔註 3〕　收錄於國家圖書館分館編：《中國歷代圍棋棋譜》（北京：北京圖書館出版社，2004 年 8 月），頁 9615，冊 22。

〔註 4〕　（清）尤侗：《西堂文集》，《清代詩文集彙編》（上海：上海古籍出版社，2010年 12 月），卷 1，頁 13a，總頁 16，冊 65。

第一節　圍棋中的易學思想

　　《四庫全書總目提要‧經部一易類一》云：「易道廣大，無所不包。」〔註5〕《周易》可謂大道之源，古人將它作爲觀察和理解世界的範式，並用以占測、解讀人事物所發生的種種現象。本論文第貳章考索圍棋的起源，學者推論先民用石子、樹枝、獸骨在象徵大地的方格上占卜或遊戲時，也許就產生了《周易》和圍棋的雛形。〔註6〕雖然這種「八卦占卜」或「推卦演易」之說尚未成爲定論，但是圍棋與《周易》同由陰陽思想的基礎上生發而成，兩者間有著親如孿生兄弟般的緊密關係，卻是不容否認的事實。

　　首開以《易》理解弈之先河的是班固，其〈弈旨〉云：

> 局必方正，象地則也；道必正直，神明德也；棊有白黑，陰陽分也；
> 騈羅列布，效天文也。四象既陳，行之在人，蓋王政也。成敗臧否，
> 爲仁由己，道之正也。〔註7〕

《周易‧繫辭上》云：「在天成象，在地成形，變化見矣。」〔註8〕圍棋之造，乃效天法地。〈繫辭上〉又云：「廣大配天地，變通配四時，陰陽之義配日月，易簡之善配至德。……夫易，聖人所以崇德而廣業也，知崇禮卑，崇效天，卑法地。天地設位，而易行乎其中矣。成性存存，道義之門。」〔註9〕而圍棋之行，乃以黑白子爲陰陽二元，模擬天地之運，成敗關鍵在於行棋者是否恪守天道之正，能如聖人般「顯諸仁」、崇德廣業，終而「神明德」也。班固爲闡明圍棋的價值與意義，以《周易》思想解讀圍棋，並建構具有易學內涵的圍棋義理。經由此一解讀和建構，使圍棋之道與天地之道相通。班固之後，古人從象、數、時、位、幾等方面，逐步發展出以《周易》哲學思想爲基礎的圍棋理論。

一、象數以闡其意

　　《易》學有「象數派」，即由象和數兩方面對道進行闡釋。在《周易》中，

〔註5〕（清）永瑢等纂：《四庫全書總目提要及四庫未收書目禁燬書目》（臺北：臺灣商務印書館，1985年5月），頁2，冊1。

〔註6〕即「畫地爲盤，折枝爲子」之意，可參考吳極的說法。吳極：《棋史弈理與無極象棋》（四川：蜀蓉棋藝出版社，1999年9月），頁7。

〔註7〕同註1，卷26，頁8b，總頁615，冊3《全後漢文》。

〔註8〕《十三經注疏》（臺北：藍燈文化事業，影印嘉慶二十年重刊宋本十三經注疏本），易疏卷7，頁2b，冊1。

〔註9〕同上註，易疏卷7，頁15a～15b，冊1。

象的含義主要有天象、物象、卦象、爻象，作爲動詞則有取象、象徵之意；至於數的方面，主要有大衍之數、陰陽之數、卦數、策數、天數、地數等內容。〔註 10〕象與數常聯繫在一起，所謂「參伍以變，錯綜其數。通其變，遂成天地之文；極其數，遂定天下之象」，〔註 11〕象的變化可以透過數來表示，數的變化則反映了象中對立因素的消長，兩者體現了對道之流行變化的抽象本質與認知模式。弈亦有象、數，清代汪縉〈弈喻〉云：「弈之爲言，易也。弈之數，周天之數也；弈之子分黑白，陰陽之象也。數也、象也，而運之者，心也。善弈者，不泥象數而求心、不遺象數而求心者也。泥象數是以心爲有外也，遺象數是以心爲有內也。」〔註 12〕可見弈之數即《易》之數，弈之象即《易》之象。弈道與《易》道相通，既在象數之內，又在象數之外。善弈者心與道通，不遺象數，也不泥於象數。

　　《周易・繫辭上》云：「在天成象，在地成形，變化見矣。……易與天地準，故能彌綸天地之道。仰以觀於天文，俯以察於地理，是故知幽明之故。」〔註 13〕然後「聖人有以見天下之賾，而擬諸其形容，象其物，是故謂之象」。〔註 14〕聖人透過對天地萬象的觀照，設卦以求會通其變化。反之，觀卦象之推演，即是觀天地萬象之變化。圍棋亦有象，正如清代胡獻徵《官子譜・敘》所云：

　　　碁之爲道，智巧運於無形，變化徵於有象。有象者可見，而無形者
　　　難傳，以有象傳無形，棋譜所由作也。〔註 15〕

圍棋之象，是顯現在棋枰方罫間各種黑白排列組合的形狀，乃無形之智巧所運，所謂「以有象傳無形」。此無形者，即意也。《周易・繫辭上》又云：「聖

〔註 10〕《周易・繫辭上》云：「大衍之數五十，其用四十有九，分而爲二以象兩，掛一以象三，揲之以四以象四時，歸奇於扐以象閏，五歲再閏，故再扐而後掛。天數五、地數五，五位相得而各有合。天數二十有五，地數三十；凡天地之數五十有五，此所以成變化而行鬼神也。乾之策，二百一十有六；坤之策，百四十有四，凡三百有六十，當期之日。二篇之策，萬有一千五百二十，當萬物之數也。是故四營而成易，十有八變而成卦，八卦而小成。引而伸之，觸類而長之，天下之能事畢矣。」同註 8，易疏卷 7，頁 20a～23b，冊 1。

〔註 11〕語出《周易・繫辭上》。同註 8，易疏卷 7，頁 24a～24b，冊 1。

〔註 12〕（清）汪縉：《汪子文錄》（上海：上海古籍出版社，2002 年 3 月，續修四庫全書），卷 1，頁 5a～5b。

〔註 13〕同註 8，易疏卷 7，頁 2b～9a，冊 1。

〔註 14〕同註 8，易疏卷 7，頁 16a～16b，冊 1。

〔註 15〕收錄於《中國歷代圍棋棋譜》。同註 3，頁 3597，冊 9。

人立象以盡意。」〔註16〕王弼亦謂：「夫象者，出意者也；言者，明象者也。盡意莫若象，盡象莫若言。言生於象，故可尋言以觀象；象生於意，故可尋象以觀意。意以象盡，象以言著。故言者所以明象，得象而忘言；象者所以存意，得意而忘象。」〔註17〕圍棋又稱「手談」，是無聲之言，其象即為言，棋手間透過有形的象（棋的排列組合之形狀）進行交談，以體會對方無形的意。由此可知，圍棋中象與意的關係，與《周易》所言相契合。在棋局中，常以《周易》對象的思維方式進行細微的觀照：「有天地方圓之象，有陰陽動靜之理，有星辰分佈之序，有風雲變化之機，有春生秋殺之權，有山河表裏之勢。世道之升降、人事之盛衰，莫不寓是。」〔註18〕弈境高者，甚至可藉觀象體會道之流行衍化。

在數的方面，張靖《棋經十三篇・論局》云：

> 夫萬物之數，從一而起；局之路，三百六十有一。一者，生數之主，據其極而運四方也。三百六十以象周天之數，分而為四，以象四時；隅各九十路，以象其日；外周七十二路，以象其候。〔註19〕

「局之路，三百六十有一」，是謂圍棋由十九路縱橫線道交叉出三百六十一個著點。位於棋盤正中央者稱「天元」，也就是「一」，一可視為「太一」、「無極」或「太極」，也就是「道」，象徵宇宙混沌未開之狀，或謂宇宙萬有之本原。若從數的觀點而言，一則是「生數之主」。「三百六十以象周天之數」，按《周易・繫辭上》云：「凡三百有六十，當期之日。」〔註20〕故棋盤上三百六十個著點，代表一年三百六十天。「三百六十以象周天之數，分而為四，以象四時；隅各九十路，以象其日」，棋盤可分為四隅，每隅各有九十個著點，正如三百六十日分為春、夏、秋、冬四季，每一季有九十日。至於「外周七十二路，以象其候」，又《周易・繫辭上》云：「天一地二，天三地四，天五地六，天七地八，天九地十。」〔註21〕又云：「天數五，地數五，五位相得而各有合。天數二十有五，地數三十。凡天地之數五十有五，此所以成變化而行

〔註16〕同註8，易疏卷7，頁31a，冊1。
〔註17〕（魏）王弼：《周易略例》（臺北：藝文印書館，1965年，百部叢書集成影印明校刊本），頁11a。
〔註18〕語出元代虞集《玄玄棊經・序》。（元）晏天章、嚴德甫：《玄玄棋經》（臺灣大學圖書館所藏哈佛大學漢和圖書館攝製明嘉靖戊子本，2004年7月），頁4a。
〔註19〕收錄於《中國歷代圍棋棋譜》。同註3，頁16，冊1。
〔註20〕同註8，易疏卷7，頁22b，冊1。
〔註21〕同註8，易疏卷7，頁26b，冊1。

鬼神也。」〔註22〕天即陽，地即陰。陽數奇，即一、三、五、七、九；地數偶，即二、四、六、八、十。天數二十五，即一、三、五、七、九相加為二十五；地數三十，即二、四、六、八、十相加為三十，故三十天為一個月。五天叫一「候」，三候是一「氣」，兩氣就是一「節」。故一年有二十四個節氣、七十二個候。圍棋外周正好有七十二個著點，就如一年中的七十二個氣候。

　　由此觀之，《周易》以天地之數為基礎而演化，在此演化過程中，以「一」為數之始，模擬三百六十日周天之運。弈理亦如此一應天而化之理，以「一」為棋局之始，亦為「生」的本根，不僅隱喻宇宙萬物無中生有、有生於無的生成之道，也演繹著宇宙萬物由簡而繁「生生之謂易」的發展之道。〔註23〕空枰開局，第一手落子以後，「據其極而運四方」，黑白交替行棋，以法陰陽，一生二，二生三，三生萬變，棋局遂由簡單至複雜、由有限進入無限，與宇宙生化之原理相合。

二、陰陽以測其變

　　《周易‧繫辭上》云：「一陰一陽之謂道。」〔註24〕陰陽是《周易》的重要核心觀念，以其變化說明宇宙萬物的一切現象。數千年來，它滲透到中國傳統文化思想的方方面面，影響民族的心理和行為至鉅。《棋經十三篇‧論局》云：「枯棊三百六十，白黑相半，以灋陰陽。」〔註25〕圍棋子分黑白，古人將之比附於陰陽以見於「象」。《周易》卦象的基礎是陰陽二爻，二爻按照陰陽二氣的消長，排列組合成卦象；棋局的基礎是黑白棋子，棋子依照弈者的構思相互作用，絞攻而列布成形。兩者形式相近，不同之處在於陰陽二爻變化之象是陰陽二氣消長的結果，而黑白棋子列布之形是弈者構思的產物。當黑白棋子的列布符合陰陽消長的規律時，則幾近於道矣。然而陰陽消長的規律為何？張東鵬云：

> 《周易》陰陽思想可概括為陰陽的對立制約、陰陽的互根互用、陰
> 陽的消長平衡、陰陽的相互轉化四個方面，認為一切事物和現象都
> 存在著相互對立的陰陽兩個方面，而這種對立又是統一的。對立體

〔註22〕同註8，易疏卷7，頁21b～22a，冊1。
〔註23〕語出《周易‧繫辭上》。同註8，易疏卷7，頁13b，冊1。
〔註24〕同註8，易疏卷7，頁11a，冊1。
〔註25〕收錄於《中國歷代圍棋棋譜》。同註3，頁16，冊1。

現了陰陽兩面的相反性和差異性，統一體現了陰陽兩面的相成性和相關性。陰陽的交感或相互作用促進事物的變化，當陰、陽交感處於平衡時，事物處在「變」的階段；當陰、陽消長失去平衡，達到物極必反時，事物處於「化」的階段，事物將發生質變。〔註26〕

在對弈過程中，存在著各種如陰陽般的二元對待形式之辯證，如大小、厚薄、先後、向背、動靜、緩急、死活、取捨等，亦皆具備對立制約、互根互用、消長平衡、相互轉化等特性，故陰陽之道就是圍棋之道，弈者通過「法陰陽」而極其變，而臻「陰陽不測之謂神」之境。〔註27〕

弈之變，亦猶《易》之變。易一名而三義，《易緯·乾鑿度》云：「易者，易也、變易也、不易也。」〔註28〕此「三易」的觀念，亦可印證於弈理中。以「變易」言之，「是故四營而成易，十有八變而成卦，八卦而小成。引而伸之，觸類而長之，天下之能事畢矣」，〔註29〕雖然宇宙萬物變化無窮，卻可納入《周易》的六十四卦、三百八十四爻中進行各種的推演和解讀，顯見《周易》的卦爻之變也是無窮的。《棋經十三篇·論局》云：「自古及今，弈者無同局。」〔註30〕強調圍棋的變化無窮，儘管它沒有分出卦爻之象，但其由陰陽交感而生萬變的原則，與《周易》如出一轍。所以圍棋之變，亦猶《周易》之變。

次就「不易」之義而論，清代翁嵩年《兼山堂弈譜·序》云：

> 奕者，變易也，自一變以至千萬變，有其不變，以通於無所不變。
> 變之盡而臻於神，神之至而幾於化也。〔註31〕

按《周易·繫辭下》云：「易之爲書也，不可遠；爲道也，屢遷。變動不居，周流六虛，上下无常，剛柔相易，不可爲典要，唯變所適。」〔註32〕宇宙萬物萬象的變化都是依循「道」而展開，有變就有常，有常亦有變。在變動不居中，自有其恆常通久的不易法則；在恆常通久中，又有「唯變所適」的權宜之施。弈棋亦然，「自一變以至千萬變，有其不變，以通於無所不變」，即

〔註26〕 張東鵬：〈《周易》與圍棋之道〉，《周易研究》，第 2 期（2012 年），頁 14。

〔註27〕 語出《周易·繫辭上》。同註 8，易疏卷 7，頁 13b，冊 1。

〔註28〕 （東漢）鄭玄注：《易緯乾鑿度》（臺北：新文豐出版公司，1986 年 2 月，叢書集成新編），卷上，頁 114，冊 24。

〔註29〕 語出《周易·繫辭上》。同註 8，易疏卷 7，頁 22b～23a，冊 1。

〔註30〕 收錄於《中國歷代圍棋棋譜》。同註 3，頁 17，冊 1。

〔註31〕 收錄於《中國歷代圍棋棋譜》。同註 3，頁 4755，冊 11。

〔註32〕 同註 8，易疏卷 7，頁 18b～19a，冊 1。

闡明此理。清代徐敦祺《弈萃官子・敘》亦云：

> 蓋弈之義理無窮，千百變而至萬萬變。生生死死，恠恠奇奇，然變化固多，而造極登峰，終究歸諸平淡，不外規矩準繩。〔註 33〕

規矩準繩即是不變之常，而常又須「唯變所適」。古譜中記載了許多「定勢」，即現代圍棋術語中的「定式」或「定石」，指對弈雙方在開局角邊接觸戰中均依循棋理下出「正著」，形成得失相當、雙方都可接受的「兩分」態勢，累積而爲固定的下法。「定勢」固然可視爲圍棋中「常」的表現，但當它與周圍形勢的配合進行全局思考時，就不能只拘泥於局部兩分的結果，往往要根據不同的周邊配置選擇不同的「定勢」，或者對原先的「定勢」重新審視修正、改變著法，此即常中有變、「唯變所適」之義。反之，從全局愼重的觀點考量，古今棋手莫不精研「定勢」的種種變化，並常用之於開局的應對，以期步步爲營，避免破綻先漏而種下敗因，此則係變中有常之義的體現。由此可證，圍棋中這種常其所常、變其所變的「常變觀」，確實合乎《周易》「三易」之理。

三、時位以致其用

道是宇宙萬有的本原，隨著時間的流動、空間的推移，體現在所有人、事、物間的因果對應變化。在《周易》中，「時」與「位」都是極爲重要的觀念。

《周易》中的時主要有兩種含義，其一重在「知」，爲「四時」之時，是對自然界中時間的流轉、四季變化的描述，如「觀天之神道，而四時不忒」、〔註 34〕「變通莫大乎四時」等，〔註 35〕此種時是人類對外在自然界變動規律性的歸納總結，故可解釋爲時間、時辰、時節等。另一種時則重在「用」，爲「待時而動」之時，是對人事活動的概括，如「君子藏器於身，待時而動，何不利之有」、〔註 36〕「損剛益柔有時，損益盈虛，與時偕行」、〔註 37〕「變通者，趣時者也」等，〔註 38〕多爲強調社會功能的規律性，故可解釋爲時務、時勢、時局。

〔註 33〕收錄於《中國歷代圍棋棋譜》。同註 3，頁 5517，冊 13。
〔註 34〕語出《周易・觀卦彖辭》。同註 8，易疏卷 7，頁 8b～9a，冊 1。
〔註 35〕語出《周易・繫辭上》。同註 8，易疏卷 7，頁 29a，冊 1。
〔註 36〕語出《周易・繫辭下》。同註 8，易疏卷 8，頁 11b，冊 1。
〔註 37〕語出《周易・損卦彖辭》。同註 8，易疏卷 4，頁 27a，冊 1。
〔註 38〕語出《周易・繫辭下》。同註 8，易疏卷 8，頁 2a，冊 1。

　　這兩種時的觀念形成各不相同，表示自然時序的時是直接得之於對自然界的觀察，所謂「觀乎天文，以察時變」。〔註39〕四季變遷的觀念來自於古人對天文的觀察，即對星相、雲霞、雨雪、霜露等現象的直觀感受，從這些直觀感受中抽取了時的觀念，作爲對外在自然解釋和把握的方式；再將這種對自然時間的體察方式運用於社會，「與四時合其序」，〔註40〕以對待自然界變化的方式來對待社會變化，從而將時的觀念由自然界擴展到人類社會。雖然人類社會的發展規律與自然界不能等量齊觀，但是在「變動不居」這一點上，兩者有著共通的性質，亦可謂「四時」之時與「待時而動」之時皆與變化有關，到了一定的時，就產生一定的變化，如此才合乎天道。

　　至於《周易》中的位，其初始意義是指爻位、卦位，它是事物存在的空間形式。一卦中有六爻，各處不同的位置，象徵事物在同卦中不同階段的狀況，並以之模擬客觀世界，《周易‧繫辭上》云：「天尊地卑，乾坤定矣；卑高以陳，貴賤位矣。」〔註41〕又云：「是故列貴賤者存乎位。」〔註42〕宇宙萬物都應有其適當的位置，如果位置錯亂就會出現問題，所以如何「當位」、「得位」、「不失其位」，是《周易》重要的價值取向和啓發意義。

　　時與位並生而存，是天道運行之體現，宇宙間的一切變化，都是兩者間的變化。每卦都代表一個時，時的本身不斷變化，而六爻則代表一時中不同的位。卦爻的變化反映了「位」隨「時」的不斷變化，朱熹《周易本義‧序》云：「時故未始有一，而卦未始有定象；事故未始有窮，而爻亦未始有定位。以一時而索卦，則拘於无變，非易也；以一事而明爻，則窒而不通，非易也。」〔註43〕即說明時和位非一成不變者，位從屬於時，當隨時而換位。

　　時與位的道理，亦體現在圍棋的對戰中，從起手到終局，是時與位不斷選擇的過程。就位而論之，由角隅的定勢布陣，到四邊的大場爭奪，再進入中腹的絞扭攻防。其間或爲圍地，或爲求活，或爲劫殺，都必須佔據有利的「位」（圍棋術語謂「急所」），〔註44〕才能掌控全局、奪得先機，立於不敗之

〔註39〕語出《周易‧賁卦象辭》。同註8，易疏卷3，頁14b，冊1。

〔註40〕語出《周易‧乾卦文言》。同註8，易疏卷1，頁20a，冊1。

〔註41〕同註8，易疏卷7，頁1b～2a，冊1。

〔註42〕同註8，易疏卷7，頁7b，冊1。

〔註43〕（南宋）朱熹：《周易本義》（臺北：華正書局，1975年3月），頁5。

〔註44〕圍棋術語，即棋形上緊要爭奪之著點。高手對弈，無不以搶佔急所爲務，方能取得先機和優勢。

地。弈棋擇位之道，與《周易》相通，清代汪縉〈弈喻〉云：

> 《易》以剛柔相間而文成，弈以黑白相間而文成，各有位焉，依乎
> 天理而不可畔也。是故爻當位者吉，爻不當位者凶；弈當位者吉，
> 弈不當位者凶。〔註45〕

《易》之文，涵容在卦爻之中；弈之文，則由黑白子間雜而成。兩者各有其
「位」，順應天理須「當位」，而「當位」與否，則決定了吉凶。兩者形制雖
殊，其理則一也。

　　圍棋是時空交錯的遊戲，行棋是位的移動，而在時間中開展相續。黑白
雙方輪流著子，棋局也就在立與破、約制與反約制、包圍與反包圍中生發無
窮的變化。圍棋亦如《周易》一般，位從屬於時，應隨時而換位。宋白〈弈
棋序〉云：

> 品之義有淺深，定淺深之制由乎從時；勢之義有疏密，分疏密之形
> 由乎布子；行之利有利害，審利害之方由乎量敵；局之義有安危，
> 決安危之理由乎得地。時有去來，乘則得之，過則失之；子有向背，
> 遠則斷之，麼則窮之；敵有動靜，緩則守之，急則攻之；地有興廢，
> 多則破之，少則開之。能從時者無不濟，能布子者無不成，能量敵
> 者無不勇，能奪地者無不強。然從時之權戒乎迂，布子之權戒乎欺，
> 量敵之權戒乎忽，得地之權戒乎貪。？〔註46〕

棋藝之高下，在於對時的掌握。這裡所謂的時，非限定的用時，而指的是時
機，即在各種局面下落子的時間點。「時有來去，乘則得之，過則失之」，時
機稍縱即逝，抓得住它下對位置就成功，放過它則永不再來。「能從時者無不
濟」，所以弈棋要「從時」、「乘時」，一如《周易》顯示天下的人事物理，都
要隨時而動，正所謂：「而天下隨時，隨時之義大矣哉！」〔註47〕圍棋的攻防
之略、動靜之理，皆體現在時機的掌握，王弼《周易略例・明卦適變通爻》
云：

> 夫卦者，時也；爻者，適時之變者也。夫時有否泰，故用有行藏；
> 卦有大小，故辭有險易。一時之制，可反而用也；一時之吉，可反

〔註45〕同註12，卷1，頁6a。
〔註46〕（清）陳夢雷編：《古今圖書集成》（臺北：鼎文書局，1985年4月），卷799，
　　　　頁8373。
〔註47〕語出《周易・隨卦象辭》。同註8，易疏卷3，頁1b，冊1。

而凶也。故卦以反對，而爻亦皆變。是故用无常道、事无軌度，動靜屈伸，唯變所適。故明其卦，則吉凶從其類；存其時，則動靜應其用。尋名以觀其吉凶，舉制以觀其動靜，則一體之變，由斯見矣。〔註48〕

爻隨卦變，棋之位亦須隨時而變。「動靜屈伸，唯變所適」、「存其時，則動靜應其用」之理，亦可驗證於棋局，是謂動靜屈伸之意，皆由位而定，而位又須隨時而變。

在所有棋類之中，圍棋是手數最多、耗時最長者，一局棋下二、三百手是常有之事。尤其是高手的對戰，經常演成長距離的競賽，不到終盤難分勝負。勝負的關鍵，往往取決於每一著棋效能的累積。棋之效能即棋之用，高手弈棋就是要把每一顆子的效能發揮到最大，積小用爲大用。棋子效能的發揮、作用的顯現，不僅要「從時」，還得「當位」，即於適當的時機下在最正確的位置。「當位」與否，端賴位是否「時止則止，時行則行，動靜不失其時」，〔註49〕可知時和位實爲一體兩面，而棋之用在其中矣。

四、知幾以通其神

圍棋對局是「時」與「位」不斷選擇變換的過程，如何「從時」而「當位」，是弈者致力之所在，也唯有如此，才能發揮棋之用而克敵制勝。那麼要如何從時、當位呢？此有賴於臨局的審視和判斷。每一著棋，多少透露出弈者的意圖和預示未來發展的跡象，此謂之「幾」。清代吳瑞徵《官子譜·序》云：

夫弈雖小技，具有至理。先哲擬之天道、合之兵機，非極深而研幾者不足知也。〔註50〕

「研幾」之說，脫胎於《周易》。《周易·繫辭上》云：「夫易，聖人之所以極深而研幾也。唯深也，故能通天下之志；唯幾也，故能成天下之務。」〔註51〕〈繫辭下〉引孔子言：「知幾其神乎！……幾者，動之微、吉之先見者也。」〔註52〕「幾者，動之微」之義，按韓康伯注云：「去无入有，理而无形，不

〔註48〕同註17，卷1，頁8a～8b。
〔註49〕語出《周易·艮卦象辭》。同註8，易疏卷5，頁27a，冊1。
〔註50〕收錄於《中國歷代圍棋棋譜》同註3，頁3603，冊9。
〔註51〕同註8，易疏卷7，頁25b，冊1。
〔註52〕同註8，易疏卷8，頁13a，冊1。

可以名尋，不可以形覩者也。」〔註 53〕孔穎達則疏云：「幾者，微也，是已動之微。動謂心動、事動。初動之時，其理未著，唯纖微而已。若其已著之後，則心事顯露，不得爲幾；若未動之前，又寂然頓无，兼亦不得稱幾也。幾是離无入有，在有无之際，故云動之微也。」〔註 54〕綜合兩家的解釋，「幾」是指人的心意或事物未發生變化之前或初動之時所顯露的「纖微」之兆。人心和事物的變化是有道可依、有跡可尋的，當其變化還處在初始和隱蔽的狀態時，「研幾」、「知幾」就是要發現其徵兆、掌握其幾微、預見其吉凶，神妙地駕馭其發展過程，朝有利的方向變化發展，如此則吉無不利，能成天下之務。

弈中之「幾」，顯露在對手落子之後、己方著手之前。弈者在此期間，必須根據對方的著手而洞悉其徵兆與意圖，盡可能細算各種發展變化後再落子回應。「極深而研幾」，料敵愈深、知敵愈明，愈能通其變化而近乎神。黃憲〈機論〉云：

> 弈之機，虛實是已。實而張之以虛，故能完其勢；虛而擊之以實，故能制其形。是機也，員而神，詭而變，故善弈者能出其機而不散，能藏其機而不貪，先機而後戰，是以勢完而難制。雖然，此特弈之道耳。〔註 55〕

此以「虛實」論機。機者，幾也，圓神而詭變。在棋局中，先探敵之虛實之幾，再以我之虛應敵之實，以我之實擊敵之虛，此所謂「先機而後戰」。弈之道，即在虛實之幾的出與藏中。又《棋經十三篇・洞微》云：

> 凡棋有益之而損者，有損之而益者；有侵而利者，有侵而害者；有宜左投者，有宜右投者；有先著者，有後著者；有緊辭者，有慢行者。粘子勿前，棄子思後。有始近而終遠者，有始少而終多者。欲強外，先攻內；欲實東，先擊西。路虛而無眼則先覷，無害於他棊則做劫。饒路則宜疏，受路則勿戰。擇地而侵，無礙而進。此皆棊家之幽微也，不可不知。大《易》曰：「非天下之至精，其孰能與於此！」〔註 56〕

〔註 53〕同註 8，易疏卷 8，頁 13a，冊 1。
〔註 54〕同註 8，易疏卷 8，頁 13a，冊 1。
〔註 55〕同註 46，卷 799，頁 8371。
〔註 56〕收錄於《中國歷代圍棋棋譜》。同註 3，頁 30～31，冊 1。

此段所論較〈機論〉「虛實之機」更爲廣泛而全面，舉凡損益、利害、左右、先後、快慢、取棄、遠近、多少、內外、虛實之間，皆棋家之幽微也。幽微者，幾微也，即著手所隱藏之意圖，亦謂細微變化之徵兆及其可能對全局產生之影響，兩者皆幽隱難明、神妙莫測。「非天下之至精，其孰能與於此」，所以弈者須精審明辨之，乃可以喻其道也。又明代董中行《仙機武庫‧序》云：

> 他人之譜，著著皆機，今彙而成一武庫矣。冠之以仙，何居？惟遊局外者，能通局內。無以勝爲者，乃無適不勝。惟生生不死者爲救，無故之死而導之趨生，陰符之殺機也、道德之無事取天下也，皆此志也。棋乎？非鏡於至精、達於至變而入於至神者，孰知其機乎？〔註57〕

此段說明該譜命名之所由。「仙機」者，謂高手所弈之每一著棋，皆暗藏玄機，唯知機（幾）者，乃能「鏡於至精」、「達於至變」，精審對手的用意，洞悉並模擬所有的變化，自可使棋局起死回生，無適而不勝，而達於「至神」之境。清代翁嵩年《兼山堂弈譜‧序》亦云：

> 奕者，變易也，自一變以至千萬變，有其不變，以通於無所不變。變之盡而臻於神，神之至而幾於化也。合乎周天，盡其變化，握幾於先，藏神于密，非通於造化之原者未易語此也。〔註58〕

圍棋之變無窮無盡，由一變以至千萬變。變中有常，常中有變，沈約以爲「義出乎幾，爻象未之或盡」，〔註59〕其幽微之處，連卦爻也未必能窮盡其變。弈者貴能「握幾於先」，「妙縱橫之機，神死生之變」，〔註60〕而後「變之盡而臻於神」，乃可通於造化之原。其理非獨弈爲然，人世之俯仰、萬物之對應，莫不如是，而其義皆合於《周易》，蓋所謂「知幾其神乎」。

　　在東漢以前，圍棋與《周易》占卦之間撲朔迷離的關係，一直缺乏充分的證據，無法確知。不過綜合以上所論，至少證明從班固〈弈旨〉闡述圍棋與天地、四時、陰陽、王政的關係以降，後世弈論家紛紛由《周易》哲理中的象、數、時、位、幾等方面解讀弈理，使圍棋被賦予豐富的哲學內涵與人

〔註57〕收錄於《中國歷代圍棋棋譜》。同註3，頁2881～2882，冊7。
〔註58〕收錄於《中國歷代圍棋棋譜》。同註3，頁4755，冊11。
〔註59〕語出沈約〈棊品‧序〉。同註1，卷30，頁3a，總頁3124，冊3《全梁文》
〔註60〕語出清代姚啓聖《不古篇‧序》。收錄於《中國歷代圍棋棋譜》，同註3，頁4444，冊10。

文意義，成爲「道」的載體，不再只是遊戲、賭博之具。儘管其中關涉神仙之說，不免有比附、夸大之嫌，卻無礙於它與《周易》間本質的相通。在《周易》思想的觀照下，圍棋不再局限於十九路紋枰之中，而在道的宏觀境域上與人生世事打成一片，令人感悟人生如棋、世事亦如棋、世界誠爲一大棋局也。現代圍棋重勝負、好功利，許多棋手缺乏哲學文化之涵養，格局狹小，畫地自限，棋藝難臻上乘，甚爲可惜。若能從《周易》思想的角度審視圍棋之道，或通過弈棋反證《易》理，汲取其中的人生智慧，都將有助於現代圍棋的重新定位和理論的突破，未來有待吾人進行深入之探究與實踐。

第二節　圍棋中的儒家文化

　　經由前節之探討，可知圍棋與《周易》形制相仿，且義理相通，兩者實有密不可分的關係。雖然《周易》爲儒家重要典籍，若據此而謂圍棋之道必然蘊含儒家思想，或視圍棋爲儒家文化所衍生的產物，似無不可。然而此中有一環節須先釐清：從圍棋之初造至東漢班固期間，文獻中雖有圍棋之記載，但未見與《周易》有關者。近代學者推測圍棋的起源，有出於「八卦占卜」一派，頗言之成理，卻缺乏充足證據，尚存許多疑點未能解決，難以證明圍棋脫胎於《周易》之實。不過自班固撰〈弈旨〉之後，以《易》論弈之作頗多，所論皆出入於《易傳》之間。《易傳》爲解釋《周易》本經之作，然而各篇的內容，不唯非孔子所作，且來源複雜，非出於一人之手，大抵取自戰國至秦漢之雜說編纂而成，此宋代以後學者考辨甚多，已成定論。何況《易傳》的思想，僅係儒學的分支，較孔孟晚出。今欲探究圍棋與儒家文化之關連，自當回歸孔孟學說本旨，不可主從不別、因果顛倒，僅雜糅《易傳》的若干觀點而妄下結論。

一、孔孟心性論要義

　　孔子是儒家的創建者，也是中國文化精神方向的決定者。周朝文化在歷經長時間演變而至孔子之世，已逐漸僵化而造成整個時代與社會的失序。周文原爲當時文化最高成就之表現，孔子曾盛讚「郁郁乎文哉」，〔註61〕它是一

―――――――――――――――――――――――――

〔註61〕語出《論語‧八佾》。同註8，論語疏卷3，頁8a，冊8。

套外在的禮樂政教形式，規範社會生活的秩序，其中隱含宇宙、人生的根本價值觀。而周文的疲弊，〔註62〕正昭示著這些根本觀念亟待重新整合，建立一普遍秩序，以適應時代和社會的需要。因此，孔子試圖重振周文的精神，通過人文的努力，以成就、安頓個人生命，並以之化成天下；對於已然扭曲、僵化的禮樂制度，賦予其內在的合理性、正當性，也就是合宜、合乎義。《論語‧衛靈公》云：

> 君子義以爲質，禮以行之，孫以出之，信以成之，君子哉。〔註63〕

又《論語‧八佾》云：

> 林放問禮之本。子曰：「大哉問！禮，與其奢也，寧儉；喪，與其易也，寧戚。」〔註64〕

禮的根本意義在於合理，當禮不合理、不合義之時，則表示其儀文可損益修正，不必拘守傳統，亦不必順從流俗。「義以爲質，禮以行之」二語，即「攝禮歸義」之謂也。

「仁」是孔子學說的中心，亦爲儒家思想之主脈。《論語‧雍也》云：

> 夫仁者，己欲立而立人，己欲達而達人。能近取譬，可謂仁之方也已。〔註65〕

又《論語‧述而》云：

> 子曰：「仁遠乎哉？我欲仁，斯仁至矣。」〔註66〕

「仁」是一超越意義的大公境界。有仁心者，己欲立而立人，己欲達而達人，乃能視人如己、淨除私欲，一念自覺而立公心。合仁與義兩者而論，義是指合理性，而人之所以要求合理，在於人能立公心。公心不立，則必陷溺於私利；公心既立，自能循理而得正。仁是主體自覺之境，義是此自覺之發用；仁是義的基礎，義是仁的顯現，所謂「居仁由義，大人之事備矣」。〔註67〕又

〔註62〕 「周文疲弊」爲牟宗三語，他說：「這套周文在周朝時粲然完備，所以孔子說『郁郁乎文哉，吾從周』。可是周文發展到春秋時代，漸漸的失效。這套西周三百年的典章制度，這套禮樂，到春秋的時候就出問題了，所以我叫它做『周文疲弊』。諸子的思想出現就是爲了對付這個問題。」牟宗三：《中國哲學十九講》（臺北：臺灣學生書局，1997年1月），頁60。

〔註63〕 同註8，論語疏卷15，頁6b，冊8。

〔註64〕 同註8，論語疏卷3，頁3a，冊8。

〔註65〕 同註8，論語疏卷6，頁10b，冊8。

〔註66〕 同註8，論語疏卷7，頁9b，冊8。

〔註67〕 語出《孟子‧盡心章句上》。同註8，孟子疏卷13下，頁6a，冊8。

《論語・顏淵》：

> 顏淵問仁。子曰：「克己復禮爲仁。一日克己復禮，天下歸仁焉。爲
> 仁由己，而由人乎哉？」〔註68〕

克己就是淨除私欲，復禮就是循理得正。就實踐而言，能不隨私欲而復歸於禮時，則義在禮中，人即循理而行、返顯仁心，故此處不必提義，直由仁說至禮。至此，可知孔子論禮，不僅要求「攝禮歸義」；仁爲義之根基，更進而「攝禮歸仁」。合而觀之，仁、義、禮三種觀念及理論，不僅貫穿孔子之學說，亦爲儒家思想之核心價值。

　　孔子建立儒家德性之學，發揚人文精神，將道德生活之根源收歸於「自覺心」中；另一方面又由仁、義、禮三觀念構成一價值體系，由個人意念通往生活秩序或制度，凸顯現意志主宰力的重要性。但此「自覺心」和「主宰力」如何證立？則有賴孟子「心性論」之發揮與補充。

　　孟子的心性論主要體現在「性善說」，而「四端說」乃其重要陳述。《孟子・告子章句上》云：

> 乃若其情，則可以爲善矣，乃所謂善也。……惻隱之心，人皆有之；
> 羞惡之心，人皆有之；恭敬之心，人皆有之；是非之心，人皆有之。
> 惻隱之心，仁也；羞惡之心，義也；恭敬之心，禮也；是非之心，
> 智也。仁、義、禮、智，非由外鑠我也，我固有之也，弗思耳矣。
> 故曰：求則得之，舍則失之。〔註69〕

依孟子之言，吾人的本性可以爲善，是有爲善的能力，此謂性善。即吾人的良知良能，具體表現在仁、義、禮、智四端上。此四端乃人皆有之，而且是我固有之，非由外力所加者。吾人只要反省自覺，此四端則可當下朗現，所謂「求則得之」；反之，若缺乏反省自覺，爲利欲所蒙蔽，就會失去它。此種價值自覺，通過各種形式的表現，即成爲各種德性之根源。勞思光先生析云：

> 人之惻隱、羞惡、辭讓、是非之自覺，皆爲當前自覺生活中隨時顯
> 現者，亦皆爲價值自覺；總而言之，即爲「應該不應該」之自覺。……
> 由當前之反省，揭露四端，而透顯價值自覺之內在，此爲「性善」
> 之基本意義。但孟子又進而說明，「端」只是始點；自覺心原含有各

〔註68〕同註8，論語疏卷12，頁1a，冊8。
〔註69〕同註8，孟子疏卷11上，頁7a～7b，冊8。

德性，但欲使各德性圓滿開展，則必須有自覺之努力。於此，孟子
乃說「擴而充之」一義。四端待擴充，即見「性善」之說絕不能指
實然始點。反之，德性之完成必爲自覺努力之成果。就實際之人
講，其成德之進程是由對價值意識內在之自覺，進而擴充本有之價
值意識以達於各德性之完成。並非說，人初生時即已完成之德性。
德性實爲價值意識發展之結果。〔註70〕

孔子仁、義、禮爲中心的成德之學，落實在吾人意志之純化昇進和價值自覺
的拓展上；孟子擴充其義而深化之，以「四端」論性善，從本質歷程逕揭其
價值根源出於自覺之主體，而非自然意義的實然始點。至此，以孔孟爲正統
的心性之說遂告完備，儒家文化思想之精神方向得以明決。

二、王霸之對立與轉化

儒家講的是成德之學，孔孟二聖皆強調各種道德源於個人內在的本性，
貴能自覺而發用。此種自覺的善性提昇了人的地位，也促使人文精神的顯揚。
此自覺之善性可發用於個人，乃至於群體；若移之以發用於圍棋，則如何可
能？顯然孔子和孟子對圍棋缺乏理解，無法由其本質意義和臨局經驗作深層
的思考。孔子以爲好博弈者，聊勝於「飽食終日，無所用心」之徒；〔註71〕
孟子則認爲弈不過是小數，並將沈迷博弈而不顧父母之養列爲五不孝的行爲
之一。〔註72〕誠然，與經世致用的儒家人倫大道相比，圍棋不過是賭博、娛
樂之具，怎可放在同一天平上等量齊觀？就算二人未明斥圍棋之非，不過在
語氣和心態上，多少帶有貶抑之意，僅以流俗觀點和社會風氣的負面影響來
看待之，只是話說得委婉罷了。如此論調，可謂見樹不見林，亦可謂儒家重
德輕藝觀念下所產生的盲點。

孔子、孟子未諳圍棋之道即輕率評論，由於頂著聖人光環，言爲世則，
影響深遠，後之論者多從其觀點，甚而扭曲之，如漢宣帝嘗云：

不有博弈者乎？爲之猶賢乎已。辭賦大者與詩同義，小者辯麗可喜。
辟如女工有綺縠、音樂有鄭衛，今世俗猶皆以虞悅耳目。辭賦比之，

〔註70〕 勞思光：《新編中國哲學史》（臺北：三民書局，1993 年 10 月），頁 164～165，
冊 1。
〔註71〕 參考本論文第肆章第一節〈先秦圍棋的消閒定位〉。
〔註72〕 同上註。

尚有仁義風諭、鳥獸草木多聞之觀，賢於倡優、博弈遠矣。〔註73〕
在帝王鄙夷的眼光中，博弈與倡優並列，其社會地位之低賤，不言可喻。另
一方面，圍棋是一種競爭的遊戲，為了贏得勝利，雙方在行棋的過程中必須
鬥智，運用各種謀略與手段，以期擊敗對手。皮日休認為弈棋要有「害詐之
心」、「爭偽之智」，實因「不害則敗，不詐則亡，不爭則失，不偽則亂」。〔註
74〕這種將勝利奠基於負面人性的論點，正易為一般不解弈理或棋品低劣之士
所接納，見似無可厚非，其實大有可議。

　　再從實際的對弈過程而論，下棋不就為了克敵制勝？對敵人仁慈即是對自
己殘忍，最好能乘人之危，甚至趕盡殺絕；棋盤上、對手間，哪來仁、義、禮、
智等善性的自覺？何況棋枰上的戰火，還經常延燒到棋枰之外，即賈誼所謂「失
禮迷風」。〔註75〕唐代顏師古亦云：「凡人相與為棊博之戲者，因有爭心，則言
辭輕侮，失于敬禮，故曰相易輕也。」〔註76〕為了贏棋而失去禮儀和風度，引
發言詞乃至肢體的衝突，想必亦是常有的事。所以持政教的立場觀之，圍棋實
不宜提倡，甚至應該禁絕之，韋昭〈博弈論〉撻伐最力，其文云：

> 當其臨局交爭，雌雄未決，專精銳意，心勞體倦，人事曠而不脩，
> 賓旅闕而不接，雖有太牢之饌、韶夏之樂，不暇存也。至或賭及衣
> 物，徒棊易行，廉恥之意弛，而忿戾之色發。然其所志不出一枰之
> 上，所務不過方罫之間，勝敵無封爵之賞，獲地無兼土之實。技非
> 六藝，用非經國，立身者不階其術，徵選者不由其道。求之於戰陣，
> 則非孫、吳之倫也；考之於道藝，則非孔氏之門也。以變詐為務，
> 則非忠信之事也；以劫殺為名，則非仁者之意也。而空妨日廢業，
> 終無補益。〔註77〕

本篇貶斥圍棋之烈，集歷來之大成，所據仍為社會風氣負面影響之理由。作
者強調圍棋以變詐、劫殺為能事，不符儒家仁義忠信之意；其技不在六藝之

〔註73〕（東漢）班固撰：《漢書》（北京：中華書局，1992 年 12 月），卷 64 下，頁
　　　　2829。
〔註74〕（唐）皮日休：《皮子文藪》（臺北：臺灣商務印書館，1979 年，影印四部叢
　　　　刊本），卷 3，頁 20。
〔註75〕（清）清聖祖敕撰：《淵鑑類函》（臺北：新興書局，1971 年 10 月），卷 329，
　　　　頁 12b。
〔註76〕語出西漢史游《急就篇》，收錄於《中華漢語工具書書庫》（安徽：安徽教育
　　　　出版社，2002 年 1 月），卷 3，頁 25b，冊 1。
〔註77〕同註 1，卷 71，頁 8a～8b，總頁 1438，冊 3《全三國文》。

列，其用不能經邦濟世，所以立身行道的君子不應學弈才是。此論雖偏頗極端，卻凸顯了圍棋與儒家文化的扞格與矛盾。

已故英國首相邱吉爾曾云：「人類的歷史就是戰爭，除了短暫和不安定的間隙，世界上從不曾有過和平。」〔註78〕自古及今，人類已發動無數的戰爭，小者人與人之競爭，大者國與國之交兵。雖然戰爭的理由與方式萬殊，但目的都是爲了搶奪資源以利個人乃至國族的生存。人生如棋，世事如棋，棋盤上黑白子的絞扭攻防，彷彿演繹著人類各式的大小戰爭。儒家的政治思想重德性教化，反對使用武力，亦反對經濟掠奪，更反對殘暴統治，不到萬不得已，不輕易用兵。孔子不喜談軍事，《論語·衛靈公》云：

> 衛靈公問陳於孔子。孔子對曰：「俎豆之事，則嘗聞之矣。軍旅之事，
> 未之學也。明日遂行。」〔註79〕

顯示孔子不喜言征伐，衛靈公一問及此，孔子對其人即感失望，第二天率弟子離去。即使要用兵，也只爲討伐有大罪者及保衛秩序，絕不用以侵害他人，《論語·憲問》云：

> 陳成子弒簡公，孔子沐浴而朝，告於哀公曰：「陳恒弒其君，請討之。」
> 公曰：「告夫三子。」孔子曰：「以吾從大夫之後，不敢不告也。」
> 〔註80〕

齊國的陳恒弒君，孔子認爲是大逆不道，故向魯哀公及季氏建言出兵。孟子則進一步將「仁」擴大爲政治哲學之觀念，遂有「仁政」與「王道」之說。《孟子·公孫丑章句上》云：

> 以力假仁者霸，霸必有大國。以德行仁者王，王不待大，湯以七十
> 里，文王以百里。以力服人者，非心服也，力不贍也；以德服人者，
> 中心悅而誠服也，如七十子之服孔子也。〔註81〕

戰國之世，諸侯相攻伐，以力征天下，此謂之霸道。策士一流，莫不倡言富國強兵之術，獨孟子勸行仁政。霸者能以力服人，而未能服人心；仁者以德服人，令人心悅誠服。總而言之，唯「仁者無敵」，〔註82〕唯仁者能行王道。孔、孟雖不諳弈理，只能爲皮相之論，然而針對軍事戰爭的問題，仍以道德

〔註78〕廖蒼洲譯：《邱吉爾名言集》（臺中：國際科學出版社，1967年4月），頁66。
〔註79〕同註8，論語疏卷15，頁1a，冊8。
〔註80〕同註8，論語疏卷14，頁11a，冊8。
〔註81〕同註8，孟子疏卷3下，頁1a，冊8。
〔註82〕語出《孟子·梁惠王章句上》。同註8，孟子疏卷1上，頁12a，冊8。

為依歸，提出仁政王道說。此說應之於圍棋對戰，則點出以下疑問：在舉目
盡皆「以力征天下」而行霸道之弈者的情形下，是否有以仁政王道而行棋者？
以仁政王道通圍棋之道又如何可能？

　　在政治、軍事中，王道與霸道是兩種截然不同的思考和運用，圍棋對戰
亦復如是，此非深通弈理者所能道也。歷來論圍棋與儒家文化之關係者，非
全如韋昭般一面倒地以非德之罪嚴厲批判，如西晉葛洪《西京雜記》云：

> 杜陵杜夫子善弈棊，為天下第一。人或譏其費日，夫子曰：「精其理
> 者，足以大裨聖教。」〔註83〕

精於弈理者，有助於體證儒家聖人之教，與韋昭謂圍棋「技非六藝，用非經
國」之說，形成強烈對比。又如北宋潘愼修云：

> 棋之道在乎恬默，而取舍為急。仁則能全，義則能守，禮則能變，
> 智則能兼，信則能克。君子知斯五者，庶幾可以言棋矣。〔註84〕

此將儒家仁、義、禮、智、信五德論棋之道，元代虞集附和其說，以為「惟
能者，守之以仁，行之以義，秩之以禮，明之以智」，〔註85〕皆反皮日休「害、
詐、爭、偽」之說。又如班固認為圍棋不僅不違六藝之道、經國之術，反而
有助乎其間；而且仁政與王道，亦可通於圍棋之道，其〈弈旨〉云：

> 局必方正，象地則也；道必正直，神明德也；棊有白黑，陰陽分也；
> 騈羅列布，效天文也；四象既陳，行之在人，蓋王政也；成敗臧否，
> 為仁由己，道之正也。……至于弈則不然，高下相推，人有等級。
> 若孔氏之門，回賜相服，循名責實，謀以計策；若唐虞之朝，考功
> 黜陟，器用有常，施設無析，因敵為資，應時屈伸，續之不復，變
> 化日新。或虛設豫置，以自護衛，蓋象庖羲網罟之制；隄防周起，
> 障塞漏決，有似夏后治水之勢；一孔有闕，壞頹不振，有似瓠子汎
> 濫之敗。一棊破窒，亡地復還，曹子之威；作伏設詐，突圍橫行，
> 田單之奇；要厄相劫，割地取償，蘇張之姿；固本自廣，敵人恐懼，
> 參分有二，釋而不誅，周文之德、知者之慮也；既有過失，能量弱
> 彊，逡巡儒行，保角依旁，卻自補續，雖敗不亡，繆公之智、中庸

〔註83〕收錄於歷代學人：《筆記小說大觀》（臺北：新興書局有限公司，1979年7月），
　　　28編，卷2，頁15，冊1。
〔註84〕語出《宋史‧潘愼修傳》。（元）脫脫等撰：《宋史》（北京：中華書局，1990
　　　年12月），卷296，頁9875。
〔註85〕語出虞集《玄玄棋經‧序》。同註18。

> 之方也。上有天地之象，次有帝王之治，中有五霸之權，下有戰國
> 之事，覽其得失，古今略備。〔註86〕

此文將棋局與王政相連繫，說明弈理即治國之理，上可溯源於唐虞聖王設教
化民，下可推衍至戰國霸權縱橫捭闔。作者把種種弈棋之道比類於古代聖王、
將相所為：論謀策，則如孔門之徒的循名責實；論應變，則如唐虞之朝的考
功器用；論防守，則如庖羲網罟之制；論打入破空，則如曹劌之威勇；論張
勢誘敵，則如田單之奇計；論打劫交換，則如蘇秦、張儀之詭譎；論固本屈
敵，則如周文王之宣德；論彼強自保，則如秦繆公之用智。作者以王道與霸
業論弈，混史事而立說，予人玄遠抽象之感，讀者只能各憑想像而體會。前
文有謂「高下相推，人有等級」，其後應之以「上有天地之象，次有帝王之治，
中有五霸之權，下有戰國之事」，似有區分棋藝的高下等級的意圖，表達卻不
夠明確。宋白〈弈棋序〉則不然，其文云：

> 觀夫散木一枰，小則小矣，於以見興亡之基；枯棊三百，微則微矣，
> 於以知成敗之數。是故弈人之說，有數條焉：曰品、曰勢、曰行、曰
> 局。品者，優劣之謂也；勢者，強弱之謂也；行者，奇正之謂也；局
> 者，勝負之謂也。品之道，簡易而得之者為上，戰爭而得之者為中，
> 孤危而得之者為下；勢之道，寬裕而陳之者為上，謹固而陳之者為中，
> 懸絕而陳之者為下；行之道，安徐而應之者為上，疾連而應之者為中，
> 躁暴而應之者為下；局之道，舒緩而勝之者為上，變通而勝之者為中，
> 劫殺而勝之者為下。……引而伸之，可稽于古。彼簡易而得之、寬裕
> 而陳之、安徐而應之、舒緩而勝之，有若堯之禪舜、舜之禪禹乎！彼
> 戰爭而得之、謹固而陳之、疾連而應之、變通而勝之，有若湯之放桀、
> 武王之伐紂乎！彼孤危而得之、懸絕而陳之、躁暴而應之、劫殺而勝
> 之，有若秦之併六國、項羽之霸楚乎！是故得堯舜之策者為首，得湯
> 武之訣者為心，得秦項之計者為趾焉。抑從時有如設教，布子有如任
> 人，量敵有如馭眾，得地有如守國。其設教也，在寬猛分；其任人也，
> 在善惡明；其馭眾也，在賞罰中；其守國也，在德政均。至于怠志而
> 驕心，泄機而忘敗，非止圍棊，將規國家焉。〔註87〕

文中由棋品之優劣、棋勢之強弱、棋行之奇正、棋局之勝負等四方面分析，

〔註86〕同註1，卷26，頁 8b～9a，總頁 616，冊 1《全後漢文》。
〔註87〕同註46，卷 799，頁 8373～8374。

每一面向列論上、中、下三等技藝之別。「簡易而得、寬裕而陳、安徐而應、舒緩而勝」是爲上者,「戰爭而得、謹固而陳、疾連而應、變通而勝」是爲中者,「孤危而得、懸絕而陳、躁暴而應、劫殺而勝」是爲下者。上者如堯、舜之禪讓,中者如湯、武之伐暴,下者如秦、項之稱霸。作者以妥貼的形容、實戰的領會及生動的比喻,明顯比較出弈局中王道與霸道兩者境界之高下。上等之棋「有若堯之禪舜、舜之禪禹」,堯舜乃古代聖王,以德服人,垂拱而天下治,是儒家道德政治的典範,在此成爲圍棋「不戰而勝」的最高境界;「有若湯之放桀、武王之伐紂」的中等之棋及「有若秦之併六國、項羽之霸楚」的下等之棋,都是窮兵黷武、以力服人,在境界上自不如以德服人者。茲文旋從設教、任人、馭眾、守國四層探討治國平天下之要則,強調須「寬猛分」、「善惡明」、「賞罰中」、「德政均」等作爲,再由弈道通王政之道,足見作者高度肯定儒家文化在圍棋中的作用,也闡明弈者的技藝可隨其道德修養而精進的道理,顯示圍棋博大富厚的人文內涵。

三、超越勝負的中和之境

「經世致用」的觀念,在「德成而上,藝成而下」的傳統儒家社會中,[註88]一直被運用在文藝的理論與創作上,一切文藝莫不爲政事教化服務,而其本身須有德性之涵濡爲善。《論語・八佾》云:

　　子謂韶:盡美矣,又盡善也;謂武:盡美矣,未盡善也。[註89]

孔子批評虞舜時的韶樂,謂其聲調美盛,內容完善;至於武王時的武樂,聲調盡美,內容卻未盡完善。孔子評論的著眼點,並非就樂本身而言,而是依其對制樂者之德性評價而作分別。「武」所以未盡善,是因武王爲一軍事征伐者,不如虞舜有德。又《論語・衛靈公》云:

　　顏淵問爲邦。子曰:「行夏之時,乘殷之輅,服周之冕,樂則韶舞。
　　放鄭聲,遠佞人。鄭聲淫,佞人殆。」[註90]

[註88]　《禮記・樂記》云:「是故德成而上,藝成而下,行成而先,事成而後。是故先王有上有下,有先有後,然後可以有制於天下。」同註8,禮記疏卷38,頁18a～18b,冊5。唐代張懷瓘〈書斷〉則云:「藝成而下,德成而上。然書之爲用,施於竹帛,千載不朽,亦猶愈泯泯而無聞哉!」見本局編選:《歷代書法論文選》(臺北:華正書局,1988年10月),頁189。

[註89]　同註8,論語疏卷3,頁15a,冊8。

[註90]　同註8,論語疏卷15,頁4b,冊8。

所謂「鄭聲淫」，明顯是道德意義的判斷，孔子以此決定音樂的存廢，且視禁止此不合道德標準的音樂為政府的責任，可見孔子心目中以德性為首要，而藝術也應受其制裁。此以德性觀念為基礎以評論藝術的觀點，為後世儒家所宗奉。如明代洪應明《菜根譚》云：「節義傲青雲，文章高白雪，若不以德性陶鎔之，終為血氣之私、技藝之末。」〔註91〕所以文章要「徵聖」、「宗經」、「載道」；書法要如黃庭堅所謂：「學書要須胸中有道義，又廣之以聖哲之學，書乃可貴。若其靈府無程，政使筆墨不減元常、逸少，只是俗人耳。」〔註92〕同理，弈棋也當如宋白所言應逡巡儒行，有「周文之德」、「中庸之方」。

　　儒家思想要人素位而行，推己而及人，內聖而外王，從群我的關係中建立理想的制度和秩序，在天人的對應中追求普同的道德與價值。「天」是一超越意義的存有，孔子、孟子學說中偶及之，且常與「命」合說。但是二人所謂之天，在或取「客觀限定」之義、〔註93〕或取「本然理序」之義的傳統儒家社會中，〔註94〕皆從人之主體心性自覺而立說，孔子的仁、孟子的性，都是與天通而為一，只是所論的重點在人而不在天。孔孟以後，儒家主要探討天人間道德關係承應者，則有《易傳》和《中庸》，兩者皆屬道德形上學（moral metaphysics），試圖以「天」為價值根源，通過存有以解釋價值，或以價值配存有（以德配天），即賦予宇宙秩序道德意義。〔註95〕如《禮記・中庸》云：

> 天命之謂性，率性之謂道，修道之謂教。道也者，不可須臾離也；可離，非道也。是故君子戒慎乎其所不睹，恐懼乎其所不聞。莫見乎隱，莫顯乎微，故君子慎其獨也。喜怒哀樂之未發，謂之中；發而皆中節，謂之和。中也者，天下之大本也；和也者，天下之達道也。致中和，天地位焉，萬物育焉。〔註96〕

〔註91〕（明）洪應明：《菜根譚》（臺北：老古出版社，1993年，影印清光緒二年重刊本），頁37。

〔註92〕語出〈書繒卷後〉。（北宋）黃庭堅：《黃庭堅全集》（南昌：江西人民出版社，2011年9月），頁1569，冊下。

〔註93〕可參考王邦雄等著：《中國哲學史》（臺北：國立空中大學，1998年1月），頁71～74。

〔註94〕可參考勞思光《新編中國哲學史》。同註70，頁192～196，冊1。

〔註95〕中國哲學之特點在於人的主體性、內在道德性、實踐性，其路數是消融主客的對立而偏向實踐。故所開出的存有論，並非現象世界的存有論。中國哲學對待客體的存有，不是作為一絕對外在於我的存在，而是與人的主體道德實踐有關。其間之分辨，可參考牟宗三《中國哲學十九講》，同註62，頁69～85。

〔註96〕同註8，禮記疏卷52，頁1a～1b，冊5。

吾人之性，乃天之所命。若能順此性而行，即合於吾人所依循之道。所謂「誠者，天之道也」，〔註97〕蓋性既為天所命而為善，率性即循善，循善即修道，以達至誠之境。吾人之生命乃一率性修道的過程，因而本性之道是不可須臾離者。「喜怒哀樂之未發，謂之中」，率性修道而達於天命者，須隨時觀照內在主體喜怒哀樂的情緒變化，此為一自覺省察之工夫，是謂「慎其獨也」；「發而皆中節，謂之和」，喜怒哀樂情緒的發用皆須「中節」，中節與否，則有賴價值的判斷。將此體用擴而大之，則宇宙萬事萬物，各就其位，各得其分，遂達「中和」之境界，亦如《禮記・中庸》所云：「唯天下至誠，為能盡其性；能盡其性，則能盡人之性；能盡人之性，則能盡物之性；能盡物之性，則可以贊天地之化育；可以贊天地之化育，則可以與天地參矣。」〔註98〕此一德徹天人之境，實為儒家思想文化的終極關懷，對傳統中國人而言，雖未能至，心嚮往之。

　　圍棋不僅是藝術，也是哲理，「反覆爭棋的最後目的，是從中領悟建立圓滿調和的道」，〔註99〕圓滿調和的道，就是「中和之道」。近年來，大國手吳清源再三論證，二十一世紀的圍棋應該是「六合之棋」，構成六合之棋的理論基石，是中和精神的體現，其近作《中的精神》云：

> 陰陽思想的最高境界是陰和陽的中和，所以圍棋的目標也應該是中和。只有發揮出棋盤上所有棋子的效率那一手才是最佳的一手，那就是中和的意思。每一手必須是考慮全盤整體的平衡去下，這就是「六合之棋」。〔註100〕

吳清源髫齡渡日，在殘酷的「升降十番棋」中，〔註101〕將當世日本眾高手悉

〔註97〕語出《禮記・中庸》。同註8，禮記疏卷53，頁1b，冊5。

〔註98〕同註8，禮記疏卷53，頁3a，冊5。

〔註99〕沈君山先生語。見吳清源、田川五郎：《天才的棋譜——吳清源的世界》（臺北：故鄉出版社有限公司，1987年4月），頁3。

〔註100〕吳清源：《中的精神——圍棋之神吳清源自傳》（臺北：聯經出版事業，2004年5月），頁222。

〔註101〕吳清源先生云：「『升降十番棋』是江戶時代就有的十分刺激的比賽，其激烈程度絕不亞於眞刀實槍的對拼。德川幕府的時候，設立了『棋所』，並產生了本因坊家、井上家、安井家、林家四大圍棋門派。為了爭奪第一人的名人『棋所』，相互之間要下被稱為『升降棋』的比賽，因為名人棋所只能一個人獲得，所以比賽的火藥味很濃。當時還沒有出現針對黑棋先行之利的『貼目』規定，所以比賽是黑白交替，一人一盤黑棋一盤白棋，下十局棋。先手的黑棋稱為『得番』，白棋稱為『損番』。十番棋中如果被領先了四盤，就要被『降格』，就是說以後和同一位棋手下，就要失去平等對局的資格。也就是說，一旦被

數擊敗，取得空前的佳績，被目爲中國一代棋聖。古來許多以儒家文化論弈的學者，固然深通弈理，所論亦精微，畢竟是紙上談兵，只能見諸文字，未能留下實戰譜以供後人印證。吳氏則不然，晚年仍致力於圍棋的研究，以其長年浸潤儒道文化之深刻體認以及無數實戰之模擬嘗試，提出上述二十一世紀圍棋的宏觀論調，已成爲震撼世界棋壇之最新話題。吳清源云：

> 近來，我常常提到「二十一世紀之弈法」。……實際上，「二十一世紀之弈法」與專一重視中央（模樣）的「新佈局」的弈法不同，它講究確保每一手之均衡，使之與全局相協調。在我所喜歡的詞語中，「六合」是其中之一。這原本是中國的詞彙，意指「天地四方」（東南西北上下）。我認爲圍棋之每一子應與「六合」相契，亦即最理想的是每一子在各方面都應該協調，與它所處的位置相適切。也許有人會認爲圍棋盤是一平面，只要照顧好四方已足夠了，然而棋子（在棋盤上）既有「厚」也有「重」，所以應當目透紙背，仍以「六合」論及爲好。〔註102〕

他認爲二十一世紀圍棋的弈法，與過去「新佈局」重視中央的的觀念不同，〔註103〕它講究確保每一手的均衡，使之與全局相協調。「六合」意指「天地四方」，即東西南北上下，棋盤由過去的平面概念轉升成一宏觀立體之架構。

降格，那麼比起原先同等的棋手，地位就要矮一格。所以，這是事關一名棋手名譽的嚴酷比賽。」詳吳清源《中的精神——圍棋之神吳清源自傳》，同上註，頁99。十番棋自1939年至1956年爲止，十八年間，吳大國手所向無敵，將所有對手降級。其所面臨處境之艱難，絕非今日不需降級之貼目制平衡棋所能比擬。

〔註102〕吳清源：《吳清源二十一世紀圍棋戰術大公開》（臺北：漢湘文化，2003年10月），頁8。

〔註103〕1933年（昭和八年）的夏天，木谷實五段與吳清源五段二人在日本信州（長野縣）地獄谷溫泉的後樂館，以自由想像爲基礎，共同研究出新的布局構想。吳清源云：「木谷先生的想法和我稍有不同，我那時雖然剛昇上五段，但當時五段以上的棋士不多，因此還是常常持白子進攻。那時也沒有讓子，如果按照定型佈局，白子總是不利，於是我就多方思考，必得找出一種不同的攻勢才行。於是我就想，把以往要花二手確保角隅的戰法，改用一手來完成，所以開始就下星位或三三。當時我還不知道三三在本因坊門中視爲鬼門。木谷先生討厭被對手按頭，也想向中央擴張勢力而佈局，所以試了三連星（在直線上三個星下子的佈局）等。」「新布局」徹底顛覆過去的布局理論，掀起了圍棋革命的風潮。見吳清源、田川五郎：《天才的棋譜——吳清源的世界》（臺北：故鄉出版社有限公司，1987年4月），頁53～54。

圍棋的每一子應與「六合」相契，在各方面都應該協調，與它所處的位置相適切。天地東南西北，就是宇宙。如果天是中腹，地是邊角，那麼東南西北即整個棋盤。這種說法是將視野放諸全局，不過分計較一時一地的得失，惟有重視全部、整體，才能做出「大模樣」，進入圍棋最幽玄的境界。

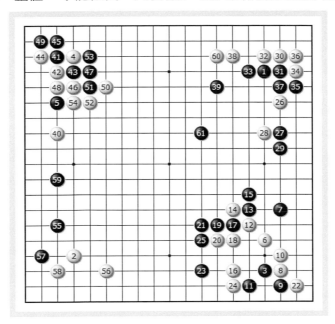

圖表三　吳清源解說「有力的一間夾」譜

資料來源：吳清源著：《吳清源二十一世紀圍棋戰術大公開》（臺北：漢湘文化，
　　　　　2003 年 10 月），頁 191～199。

　　自 1992 年起，吳清源在電視上開闢「二十一世紀的圍棋」講座，又在自宅開設「二十一世紀的圍棋研究會」，〔註104〕具體宣揚他對新世紀圍棋的新觀念和新著法，並於 2003 年出版《吳清源二十一世紀圍棋戰術大公開》，其中集結研究多年的新譜和實戰譜，俾印證他的「中和之論」、「六合之棋」。如〈有力的一間夾〉之譜（圖表三），黑 13 碰退後 17 斷，至白 24 止，黑送三子取外勢。白 30 右上進角至白 60 止獲實利，黑 61 在中央落子，維持全局均衡，此即吳清源「和諧」之一著，白再無染指中原模樣之餘地。另如〈肩沖小馬步〉之譜（圖表四），白 6 肩沖黑小馬步締，使其堅上加堅，不計較

〔註104〕事詳吳清源《中的精神——圍棋之神吳清源自傳》。同註100，頁 209～215。

－137－

角隅得失，且在中央預留伏筆。白 12 掛角至 16 的進行，符合棋的自然流向。白 30 拐後勢力雄厚，黑 31 只得解消。白緊接者以 32 衝、34 斷，一連串手筋奉送 34、36、38 三子，白 40 取得先手收氣，再 42、44 守角。子效發揮至極，勢力與實利兼顧，黑想獲勝談何容易。以上二例皆以全局均衡之觀點著眼，而不拘執於局部定石的變化，實為吳清源中和精神的體現。

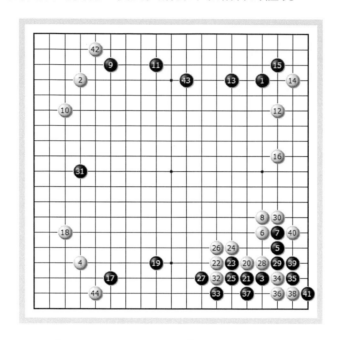

圖表四　吳清源解說「肩沖小馬步」譜

資料來源：吳清源著：《吳清源二十一世紀圍棋戰術大公開》（臺北：漢湘文化，
　　2003 年 10 月），頁 163～170。

　　吳清源棲遊於中、日兩種文化，過著勝負和信仰兼行的生活，一生都在各種衝突中找尋和諧。江崎誠致〈敬論吳清源的圍棋觀〉云：
　　《吳清源棋談》中有這樣一句話：「與其說圍棋是競爭和勝負，不
　　如說圍棋是和諧。」……總之，「和諧相依，方成棋局」。這就是吳
　　清源對圍棋的觀點，他偏重於用哲學的概念來解釋。我們也可以
　　說，圍棋是和對方共同製作的一件學術性的或者說藝術性的作
　　品。……「在廣闊的世界中謀求和諧」，這是吳清源的想法，也是
　　產生於這種謙虛、自由精神中的觀點。如果不拋開圍棋是勝負的既

成觀念，如果沒有在浩渺時空中遨游的胸懷，這是無論如何也考慮
不到的。〔註105〕

此一和諧，既是棋盤內的，順應棋的流勢；也包括棋盤外的，在人與人、人
與自然、民族與民族間。吳清源一直謀求棋道與人生之道的平衡與和諧，其
所謂「中和」之論，簡言之就是中庸和諧之意，這似乎有違弈棋爭勝負的本
旨。但是從弈棋的過程來看，黑白對壘固然是力的較量，卻也是力的平衡，
弈者每一著棋都力圖最大限度地擴大自己的勢力，並限制對方的發展，一人
一手輪著下，只要雙方棋力相埒，誰都不可能一下子取得絕對的優勢。李學
平先生云：「對弈中，制約與反制約無時不在發生。對於一方來說，既要擴大
地盤，又要鞏固陣地；既要攻擊對方，又要防止漏洞。這種內在矛盾不斷產
生，又不斷有意識地協調、折衷，選擇最佳的方案。」〔註106〕衝突的最終解
決是力量對比發生傾斜，不能再維持均衡，以一方勝利、一方失敗收場。然
而，當吾人仔細端視硝煙散去的棋盤，一幅靜止的畫面，正展示著內在和諧
之美。多少名局能流傳千古，令人嘆賞不已，實乃衝突與和諧兩者由對立到
相互轉化的完美結果。李學平又謂：「圍棋的運動過程重在衝突，而其終極意
義則指向和諧。」〔註107〕誠如其言，許多名手不僅力爭勝利，每一著手也務
求最善，以弈出精采完美之局為最高鵠的。如從天人合德的角度觀之，則吳
清源從《周易》與《中庸》所解悟的「中和之道」、所發明的「六合之棋」，
實已超越勝負之數，在棋局中展現宇宙人生之美善，而進入哲學的思辨與體
驗，可謂將圍棋中的儒家思想文化精神，發揮得淋漓盡致。

第三節　圍棋中的道家哲理

儒家思想文化的真正精神，在挺立道德主體，透過吾人的價值自覺、意
志之純化與貫徹，推己及人，進而化成天下。孔孟重心性，《中庸》、《易傳》
則開闡其形上價值根源，從實有層上通連天人之間的感應關係，建構一具有
普遍道德秩序的和諧世界。將此意義融攝於十九路棋局中，則如何體現聖智

〔註105〕語出胡廷楣〈吳清源：在傾斜的世界裡尋找和諧〉一文。收錄於胡廷楣著：
　　　　《境界——關於圍棋文化的思考》（上海：上海人民出版社，1999 年 10 月），
　　　　頁 332～333。
〔註106〕李學平：〈棋道〉，《圍棋雜誌》，第 35 卷第 6 期（1990 年 6 月），頁 107。
〔註107〕同上註。

仁義之德、超越勝負之旨而達於吳清源「中和」之境，對一般棋手而言，實談何容易！儒家要人遵守道德價值，既曰遵守，不免有所拘執，心靈粘著無法超拔，久之則陷溺於僵固腐化之中，此自是儒者之弊。棋盤上循規蹈矩，無異自縛手腳，棋藝亦難臻上乘；若能於儒家之外，契入道家玄思，主體超越一切價值與道通而爲一，主觀心境呈現無限妙用，乃可於枰中見天地之大美、企乎逍遙自在之境。以下分由老子、莊子學說印證弈理，並探討其藝術精神之轉化與延續。

一、體道通玄

老子是道家學派的創始者，有關其身世之謎和成書年代，學者聚訟不休，至今未成定論。王邦雄由義理傳承關係推斷，老子哲學當出於孔墨之後、孟莊之前。〔註108〕圍棋起源甚早，先於老子年代，但在魏晉以前，兩者似無交集。在相關文獻記載中，道家除了關尹有圍棋喻道之說，〔註109〕不見有以老子義理論弈者。此殆由於春秋戰國之世，孔孟二聖博弈小數之說已成定調；漢代獨尊儒術，百家退位，圍棋淪爲博徒賭具，難登大雅，雖有桓譚、馬融、班固等以兵法及聖德教化立說宣揚棋道，卻無法有效拉抬其社會地位，自不甚引人關注。再者，老子學說因「周文疲弊」而興，針對當時禮儀的僵化、政刑的肆虐、民生的困頓以及儒家的道德條規，提出痛切的批判和反省，故其作用主要落在政教的指導和個人精神之解脫

〔註108〕王邦雄云：「惟一可行之道，就在將全書（《道德經》）之義理規模與思想精神，作一整體的衡定，看在學術長流中，此一思想體系安放在那一階段，才是合理的可能。……老子自云正言若反，若非孔墨一大套正面有爲的學說成立在先，他諸多負面無爲的言論，豈非頓失其所指而告落空？而莊子一書，盡多是謬悠之說、荒唐之言、無端崖之詞，若其前無老子撐開的道家義理規模，則寓言重言卮言等隨說隨掃之非分解的表達方式，又何能爲人所接受了悟，而顯發道家的教義。故吾人雖乏更直接可靠的文獻，可資參證，然基於這一義理的推斷，仍將老子的哲學定在孔墨之後，莊子之前，而爲道家的開山。」王邦雄：《老子的哲學》（臺北：東大圖書公司，1991年4月），頁43。

〔註109〕《關尹子》云：「兩人射相遇，則巧拙見；兩人奕相遇，則勝負見；兩人道相遇，則無可示。無可示者，無巧無拙，無勝無負。」又云：「習射、習御、習琴、習奕，終無一事可一息得者。唯道無形無方，故可得之於一息。」然該書九篇已佚，今本爲南宋所傳。（東周）尹喜：《關尹子》（臺北：臺灣商務印書館，1965年5月），頁11。

上，原無心於藝術的探討。但由其修養工夫所達之人生境界觀之，實蘊含獨特的藝術精神。此一藝術精神當時隱而未顯，直至玄學興起以後，才獲得充分的發揮與釋放。

　　「道」是老子哲學論述之中心，據此展開其宇宙生成架構，《老子‧四十二章》云：

　　　道生一，一生二，二生三，三生萬物。萬物負陰而抱陽，沖氣以為

　　　和。〔註110〕

此中之「生」，是即體顯用之生，以其實現原理化成萬物的生。一是道之用，由一生二，由二而三，由三而萬物，每一物的存在，就在其負陰而抱陽的沖氣之和中。老子宇宙論的思考模式，正與圍棋對局的生成發展規律相貼合。「無，名天地之始；有，名萬物之母」，〔註111〕在象徵宇宙天地的棋盤中，未著子前是謂無，不論黑白孰先，第一子落下即是有，亦謂一，第二子落下是謂二，第三子是謂三，三生萬物，亦如老子所謂「天下萬物生於有，有生於無」。〔註112〕棋局中的「萬物」，即由象徵陰陽的黑白子所衍生無數變化之棋形。無與有，則是道的兩面向。《老子‧一章》云：

　　　故常無，欲以觀其妙；常有，欲觀其徼。此兩者同出而異名，同謂

　　　之玄。玄之又玄，眾妙之門。〔註113〕

此兩者表現道的雙重性，不可相離，無是道的本體，有是道生成萬物的作用。道既無而不滯於無，雖無而亦有；既有而不定於有，雖有而亦無。老子由此而說玄，玄就是無和有雙向的圓成作用，也是道的圓成作用。〔註114〕對天地萬物言，道是既超越而又內在的形上實體，不即亦不離萬物，而玄就體現在萬物有無相生的變化中。

　　圍棋由起手到終局的演變，符合老子的宇宙生成之說，無時無處不含藏著有與無的辯證關係，弈者可藉此體道通玄，元代晏天章、嚴德甫輯撰《玄

〔註110〕（魏）王弼注：《老子註》：（臺北：藝文印書館，1975 年 9 月），頁 89。

〔註111〕語出《老子‧一章》。同上註，頁 5。

〔註112〕語出《老子‧四十章》。同註110，頁 85。

〔註113〕《老子‧一章》。同註110，頁 6。

〔註114〕牟宗三云：「道有雙重性，一曰無，二曰有。無非死無，故由其妙用而顯向性之有。有非定有，故向而無向，而復渾化于無。……有與無，母與始，渾圓而為一，則謂之玄。」牟宗三：《才性與玄理》（臺北：臺灣學生書局，2002年 8 月），頁 136。

玄棋經》，乃取老子「玄之又玄，眾妙之門」之意而命名，〔註115〕良有以也。老子「無」與「有」之義，落在人身上則如何理解？按照牟宗三的說法，「無」不是存有論的概念，而是生活實踐的觀念，針對人的三層造作：自然生命的紛馳、心理的情緒、意念的造作，將之否定化除，而正面顯示一個境界。此「無」之境界就是「致虛極，守靜篤」，〔註116〕亦是荀子所謂「虛一而靜」的心境，〔註117〕使吾人的心靈不黏著於任何特定的方向，而生出無限妙用。苟能有此「虛一而靜」的心境工夫修養，則能照察萬物，不爲外在的紛雜所迷惑。「無」既是個虛一而靜有無限妙用的心境，無限妙用何由得見？是由「有」處見。「常有，欲以觀其徼」，有就是無限妙用、虛一而靜心境的徼向性，無限妙用之心是虛靜、無任何朕兆的，徼向性就代表端倪朕兆，就在此處說有。此完全是主觀地從無限心境的徼向性說有，而非客觀地由存在上講。無是本，無又要隨時起徼向的作用，凡是徼向都有一特定方向，若停在此徼向上，有就脫離了無。有不要脫離無，它發自無的無限的妙用，發出來又化掉而回到無，總是個圓圈在轉，此圓周之轉就是玄。無和有是道的雙重性，合在一起爲玄，玄才能恢復道的創造性。〔註118〕

至於「天下萬物生於有，有生於無」之生，牟氏以爲是「不生之生」。「不生之生」按王弼注解謂：「不塞其原，則物自生，何功之有？不禁其性，則物自濟，何爲之恃？」〔註119〕不禁制戕害物的本性，開暢其源流而不塞堵，它就能自生自長。人之於物，無不想操縱、把持，以致禁其性而塞其源，老子深感其弊，遂教人讓開一步，此即「不生之生」。如是境界義之實踐工夫，能

〔註115〕元代虞集《玄玄棋經·序》云：「宋故丞相元獻公之諸孫晏天章與其鄰人嚴德甫俱以善弈稱，對弈之暇，各出其家藏與凡耳目之所法、心手之所得、新聞異見、奇謀最畫，可以安危而決勝負者，輒圖以識之，分其局勢。既紀之以名目之殊，又敘之以法度之妙，要其爲譜訣，至詳且備，眞棊經之大成，刻梓以傳，命曰『玄玄集』。蓋其學之通玄，可以擬諸老子眾妙之門、楊雄大易之準。」同註18。

〔註116〕語出《老子·十六章》。同註110，頁29。

〔註117〕〈解蔽〉云：「未得道而求道者，謂之虛壹而靜。……知道察、知道行，體道者也。虛壹而靜，謂之大清明。」（清）王先謙：《荀子集解》（臺北：藝文印書館，1994年1月），卷15，頁7b～8a。

〔註118〕參考牟宗三〈道家玄理之性格〉。收錄於《中國哲學十九講》，同註62，頁87～103。

〔註119〕語出《老子·十章》。同註110，頁21。

做到這一步就合道、有道，做不到就不合道、無道。〔註120〕

　　牟氏精闢獨到的見解，適足以印證棋道。大凡生而為人，皆不免有種種造作：如感官形軀為欲望所驅，是謂「自然生命的紛馳」；喜怒哀樂之情隨外境而變化，是謂「心理的情緒」；各種觀念思維的固執，是謂「意念的造作」。弈者臨局之際，常思：對局環境是否安靜舒適？是為名還是利而戰？想到先前連敗給對手的屈辱而憤怒？持黑下「中國流」必勝？……凡此種種，皆屬上述三層造作，一般人怎能不受其苦？但若要提升藝境，必得降服個人的感官欲望之需，不為莫名情緒所干擾，又須擺脫各種執念的束縛，使主觀心境駐於「虛靜無為」而生無限妙用，從無的本體處觀有的徼向，再化除其「不生之生」之有而回歸無。從開局之著子對壘，到中盤大戰的劫爭交換、己空變敵空、死棋而復生，再至終盤域界分明而點空撤棋。如此周而復始、玄之又玄，皆可由棋中任何環節之有無相生而體證棋道，進而了悟宇宙人生之道。

二、反者道之動，弱者道之用

　　以上從形上境界的最高處論圍棋之玄妙，乃就道自身的超越性而言。然而透過天地萬物變化的現象，吾人可體察道的運行與發用，亦將有助於弈理的會通。首先在運行方面，老子云：「反者道之動。」〔註121〕「動」即運行，「反」則包含循環交變之義。老子屢屢強調「天地萬物相反相成」、「任何事物性質皆變至其反面」之理，如《老子・二章》云：

> 故有無相生，難易相成，長短相較，高下相傾，音聲相和，前後相
> 隨。〔註122〕

又《老子・十六章》云：

> 萬物竝作，吾以觀復。夫物芸芸，各復歸其根。〔註123〕

又《老子・二十二章》云：

> 曲則全，枉則直，窪則盈，敝則新。〔註124〕

又《老子・二十五章》云：

〔註120〕參考牟宗三〈道家玄理之性格〉。收錄於《中國哲學十九講》，同註62，頁104～108。
〔註121〕見《老子・四十章》。同註110，頁84。
〔註122〕同註110，頁7～8。
〔註123〕同註110，頁30。
〔註124〕同註110，頁44～45。

> 有物混成，先天地生，寂兮寥兮，獨立不改，周行而不殆，可以爲
> 天下母。吾不知其名，字之曰道，強爲之名曰大，大曰逝，逝曰遠，
> 遠曰反。〔註125〕

又《老子·三十六章》云：

> 將欲歙之，必固張之；將欲弱之，必固強之；將欲廢之，必固興之；
> 將欲奪之，必固與之。〔註126〕

又《老子·四十一章》云：

> 明道若昧，進道若退，夷道若纇，上德若谷，大白若辱，……大方
> 無隅，大器晚成，大音希聲，大象無形。〔註127〕

《老子·四十五章》則云：

> 大成若缺，其用不弊；大盈若沖，其用不窮。大直若屈，大巧若拙，
> 大辯若訥。〔註128〕

老子言「反」、言「復歸」，皆只爲「反者道之動」一語作譬解。總之，道的
內容即是「反」，天地萬物變逝無常，唯道爲常。老子既見道之爲反，則由觀
「反」以見道之用，而道之用在弱，故云：「弱者，道之用。」〔註129〕道在有
與無「不生之生」的玄中爲天地之始，在負陰抱陽的和諧中爲萬物之母。道
之所以能長久生養化成天地萬物，就在其「不自生」的虛的作用。弱即是虛，
虛即是弱，老子云：

> 道沖而用之，或不盈，淵兮似萬物之宗。〔註130〕

茲言道體是無，以虛爲用，用之而不盈，才能成爲萬物的宗主。《老子·五章》
云：

> 天地之間，其猶橐籥乎！虛而不屈，動而愈出。〔註131〕

天道的虛無妙用，如同風箱管樂，雖空虛而備眾妙。甫一發動，各種聲音由
其中空處源源不絕地湧出。是其體虛而不可見，其用則無窮也，正所謂「緜
緜若存，用之不勤」。〔註132〕又《老子·七章》云：

〔註125〕同註110，頁49～51。
〔註126〕同註110，頁71。
〔註127〕同註110，頁86～88。
〔註128〕同註110，頁93～94。
〔註129〕語出《老子·四十章》。同註110，頁85。
〔註130〕語出《老子·四章》。同註110，頁15。
〔註131〕同註110，頁13。
〔註132〕語出《老子·六章》。同註110，頁15。

　　天地所以能長且久者，以其不自生，故能長生。〔註133〕

又《老子·三十四章》云：

　　以其終不自爲大，故能成其大。〔註134〕

又《老子·五十一章》云：

　　生而不有，爲而不恃，長而不宰，是謂玄德。〔註135〕

《老子·七十三章》則云：

　　天之道，不爭而善勝，不言而善應，不召而自來，繟然而善謀。

　　〔註136〕

上引各章所云「不自生」、「不自爲大」、「生而不有」、「不爭」，即道用之虛、之弱，皆言道之不自限、不自執，以其實現原理內在於萬物。就在萬物的順遂生長中，表顯並成就其自身，且不據爲己有，不恃爲己功，不以特定的存在形式去決定萬物。老子就道之亦有亦無的渾圓爲一處說玄，而所謂「玄德」，就在其生爲、長成的「弱之用」。

　　老子既見道之用於天地萬物，遂使此用反射於經驗界中，欲生出一支配經驗界之力量，成爲人事實用之指導原則。他有感於周遭太多「不道」的情形，「果而不得已，果而勿強，物壯則老，是謂不道，不道早已」，〔註137〕物自求其生命壯大，偏離其本然素樸的陰陽之和，則必造成生命力的透支損耗，蓋所謂「強梁者不得其死」，〔註138〕故須凸顯此「弱之用」。如《老子·四十三章》云：

　　天下之至柔，馳騁天下之至堅。〔註139〕

又《老子·五十二章》云：

　　見小曰明，守柔曰強。〔註140〕

又《老子·七十六章》云：

　　故堅強者，死之徒；柔弱者，生之徒。〔註141〕

〔註133〕同註110，頁 16。
〔註134〕同註110，頁 69。
〔註135〕同註110，頁 105～106。
〔註136〕同註110，頁 105～106。
〔註137〕同註110，頁 147～148。
〔註138〕語出《老子·四十二章》。同註110，頁 91。
〔註139〕同註110，頁 92。
〔註140〕同註110，頁 107。
〔註141〕同註110，頁 150。

又《老子・七十八章》云：

> 弱之勝強，柔之勝剛，天下莫不知，莫能行。〔註142〕

又《老子・七十八章》云：

> 天下莫柔弱於水，而攻堅強者莫之能勝，其無以易之。〔註143〕

柔與弱何故能生支配力？仍宜就「反」的觀念來了解。萬物運行的過程中，時時皆「反」，吾人若欲勉強鬥力，則不論所擁有之力量如何龐大，其結果必是由盛而衰；倘自守於柔弱而不鬥力，唯靜觀盛者轉衰，而自身無所謂衰。宇宙萬物皆為有限之存在，故欲求強則終有窮盡之時，不求強則無由受挫。

在棋局對戰中，經常可見「弱之勝強，柔之勝剛」之用。《棋經十三篇・審局》云：「弱而不伏者愈屈，躁而求勝者多敗。」〔註144〕意謂以弱遇強則當守，剛者易躁而多敗。以大國手吳清源的棋為例，其棋風自由自在、華麗快速，如行雲流水，柔軟靈動，隨機應變；無物不穿，無孔不入，無跡可尋。1935年秋季升段賽前，吳先生備戰方針無它，就是通讀一遍《老子》，〔註145〕足見道家學說對他影響之深遠。爾後他與日本當代最強棋士進行殘酷的「升降十番賽」，取得無敵的戰績。日本眾高手戰鬥力皆屬一流，但威猛太過，不免失之於物壯強梁；所以吳清源「若水」、「幾於道」的行棋遇之，往往能以靜制動、以牝勝牡、以柔克剛，使群雄束手無策。擂爭十番棋，不單是吳清源個人棋士生涯的全面勝利，進而言之，它更是中華固有文化精蘊的展露與發揚。

在吳清源的對局中，經常展現上述老子「以柔克剛」之道，即在面臨對手剛猛的直線式攻擊時，利用棄子巧妙轉身而搶得先機。如1943年2月與藤澤庫之助（後改名為藤澤朋齋）進行第一次「十番棋」之第二局（圖表五），藤澤庫之助持黑，吳清源持白。局面由白24夾開始戰鬥，黑25反夾成為互攻，黑33鎮向中央出頭同時攻擊白子，緊接著黑35衝白形急所，相當嚴屬。白36氣合之扳，吳清源已有棄子之打算。果然黑39衝斷吃二白子，黑49又將右上白子分斷，白50打吃後，白52順勢衝出至白56虎，捨棄上方七子奪取右上黑角，形成華麗的轉換。其後戰事延伸至左上方，白66逼，黑67搜

〔註142〕同註110，頁153。

〔註143〕同註110，頁152。

〔註144〕收錄於《中國歷代圍棋棋譜》。同註3，頁26，冊1。

〔註145〕吳清源：《天外有天》（臺北：獨家出版社，1988年3月），頁96。

根，雙方互攻之際往中央竄出。黑 77、79 雖嚴厲，但次序不佳，黑 81 奪白眼位時，白 82 索興不理打吃黑 77 一子。黑 83 斷再吃白六子獲大利，但白 88 提取後中央變得極為厚實，導致細微的局面，黑棋先著之利已蕩然無存，最後白棋獲得中盤勝。本局白棋在上方奉送十三顆子讓對手吃，巧妙化解黑棋的強勁攻擊而佔據要津，見似吃虧，實則獲利，猶如太極拳之借力使力，待對手已氣竭力盡，自己仍持盈保泰、毫無損傷，正如《棋經十三篇‧洞微》所云：「凡棋有益之而損者，有損之而益者。」〔註146〕亦出於老子「故物或損之而益，或益之而損」之理。〔註147〕

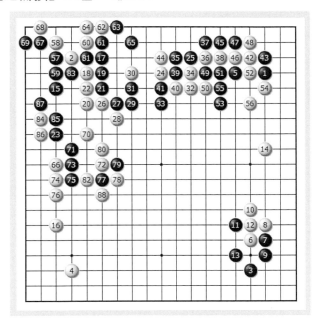

圖表五　吳清源持白對藤澤庫之助之譜

資料來源：吳清源：《人生十八局──現在我將這樣下》（臺北：聯經出版事業股份有限公司，2006 年 4 月），頁 231～239。

在一般的爭鬥中，柔弱者理當敗，但老子「守柔」的前提就在於「不爭」，故能以弱勝強、以柔克剛。不爭之義，老子亦多所言矣，如《老子‧八章》云：

〔註146〕收錄於《中國歷代圍棋棋譜》。同註3，頁30，冊1。
〔註147〕語出《老子‧四十二章》。同註110，頁90。

上善若水。水善利萬物而不爭，處眾人之所惡，故幾於道。〔註148〕

又《老子‧六十六章》云：

江河之所以能爲百谷王者，以其善下之，故能爲百谷王。……是以
聖人處上而民不重，處前而民不害，是以天下樂推而不厭。以其不
爭，故天下莫能與之爭。〔註149〕

水性爲弱，卻滴能穿石，可見其勝堅之實。老子觀察其「善下」、「善利萬物
而不爭之性」，故用以爲喻。將茲理轉用於人事，《老子‧六十八章》云：

善爲士者不武，善戰者不怒，善勝敵者不與，善用人者爲之下，是
謂不爭之德，是謂用人之力。〔註150〕

又《老子‧八十一章》云：

天之道利而不害，聖人之道爲而不爭。〔註151〕

聖人處世之道在「爲而不爭」，「故天下不能與之爭」；用於戰事，則有「不爭
之德」：是謂「不武」、「不怒」、「不與」、「爲之下」。以之運用於弈道，如《棋
經十三篇‧度情》云：「不爭而自保者多勝，務殺而不顧者多敗。」〔註152〕
又〈合戰〉云：「善勝敵者不爭，善陣者不戰，善戰者不敗，善敗者不亂。」
〔註153〕其理一也。清代國手徐星友，即屬平淡不爭一派，其理論所宗見於棋
評者，如清代翁嵩年《兼山堂弈譜‧序》：「蓋如此則得，如彼則失；如此則
勝，如彼則負。察之毫釐，權其銖兩，一歸於沖和恬淡、渾淪融洽。用虛不
如用實也，用巧不如用拙也。其棄也，乃所以爲取也；其退也，乃所以爲進
也。制於有形，不若制於無形；臻於有用之用，未若極於無用之用。」〔註154〕
此中論旨，多取老子「不爭」之義，告誡弈者勿躁率易動、沾滯局促；要和
平中正，深細綿密，自處於不敗之地，靜以待動，就能不戰屈人。

　　乾隆年間國手施襄夏回憶往日學弈遭遇瓶頸，苦無良策突破，後與前輩
梁魏今同遊峴山，見山泉瀠漾紆迴，梁魏今藉機開導云：

子之弈工矣，盍會心於此乎？行乎當行，止乎當止，任其自然而與

〔註148〕同註110，頁16。
〔註149〕同註110，頁137～138。
〔註150〕同註110，頁140。
〔註151〕同註110，頁157。
〔註152〕收錄於《中國歷代圍棋棋譜》。同註3，頁27，冊1。
〔註153〕收錄於《中國歷代圍棋棋譜》。同註3，頁21～22，冊1。
〔註154〕收錄於《中國歷代圍棋棋譜》。同註3，頁4755～4756，冊11。

物無競，乃弈之道也。子銳意深求，則過猶不及，故三載未脫一先耳。〔註155〕

梁魏今以泉水為喻，說明弈之道在「行乎當行，止乎當止，任其自然而與物無競」，即老子「水善利萬物而不爭」之義，施襄夏聽後茅塞頓開，「因悟化機流行，無所跡象，百工造極，咸出自然」，〔註156〕藝遂大進，終成一代棋聖。弈棋當如行雲流水，行於當行，止於所不可不止，自臻平淡自然之境。清代徐敦祺《弈萃官子・敘》亦云：「蓋弈之義理無窮，千百變而至萬萬變。生生死死，恠恠奇奇，然變化固多，而造極登峰，終究歸諸平淡，不外規矩準繩。」〔註157〕徐星友嘗評棋聖黃龍士之藝「寄纖穠於澹泊之中，寓神俊於形骸之外」〔註158〕，即謂黃氏之棋萬變不離其宗、登峰造極而歸諸平淡。

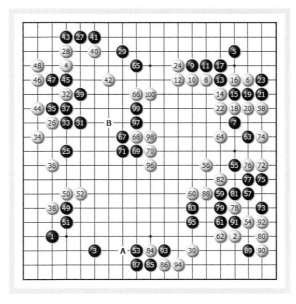

圖表六　高川格持白對橋本宇太郎之譜

資料來源：高川格：《高川格名局選》（臺北：世界文物出版社，1991 年 1 月），
　　　　　頁 88〜97。

〔註155〕語見施襄夏《弈理指歸・自序》。收錄於《中國歷代圍棋棋譜》，同註 3，頁
　　　　9617，冊 22。
〔註156〕同註 3，頁 9617，冊 22。
〔註157〕收錄於《中國歷代圍棋棋譜》。同註 3，頁 5517，冊 13。
〔註158〕語見黃龍士對張繼芳之局。收錄於《中國歷代圍棋棋譜》，同註 3，頁 4862，
　　　　冊 11。

　　如是棋風，揆諸近代棋手，唯日本二十二世本因坊高川格爲典型。平和不嗜攻殺，極有韌性，曾創下本因坊九連霸偉業，有「流水不爭先」之美譽。〔註159〕吳清源讚云：「高川格拿白子的勝率很高，輸棋其內容也佳，他最爲利用五目半的貼目，難以具體說明其祕訣，簡單地說是『緩慢進行，衝拿黑子者的精神弱點』。進入中盤之前若即若離緊跟黑子走，盤面黑好，但扣除貼目數成爲細棋。此時，拿黑子者會悲觀起來，自然會想『局面嚴重，不想辦法是貼不出五目半』，一急躁著手就會亂，會弈出過強手或無理棋，高川格機會來臨利用黑子的失著大舉反擊，判斷形勢有利時以正確的細算，以極冷靜的態度先到達勝利的終站。」〔註160〕如圖表六所示，1952 年 8 月第七屆本因坊決賽第二局，高川格持白挑戰持黑的頭銜擁有者橋本宇太郎。右上角黑 7二間高夾開始，白棄掉 6、16 兩子，從外部封鎖黑棋，柔緩自然，形態優美。折衝的結果，黑雖得空二十多目，但白 24 拐，中腹厚實無比。雙方接續於左邊戰鬥，黑失策讓白 48 渡過，致左上黑數子成無根飄浮之棋。白五十二挺頭見似過緩，實爲儲蓄力量的佳著，留有 A 位之絕好點與 B 位之攻擊。白 54尖角後，右邊形成模樣深谷，黑不得已於 55 打入，白 56 鎮絕好，黑棋兩邊處理，左支右絀，至白 100 止，中腹自然成空，優勢確定。後段白棋穩健收官，最後以三目半獲勝。縱觀全局，白棋步調舒緩自在，不妄攻，不嗜殺，如流水般進行，實爲高川格的傑作。在當今實施貼目的平衡棋時代，高川格利用貼目取勝是棋壇的佼佼者。其迂迴平明的作風，常令嗜殺好戰的棋士臣服，而能躋身昭和一流棋士之林。他雖然是日本人，卻深諳老子之道，其棋藝充分詮釋了「柔能克剛」、「流水不爭」的眞諦。

三、用志不分，乃凝於神

　　道家建立的最高概念是道，其目的是要人在精神上與之通而爲一，如莊

〔註159〕村上明〈高川格的人和棋〉云：「高川格的棋風調和、自然的思想是其本質，他的座右銘是『流水不爭先』。……晚年的秀榮以弈出重視中央厚實的著手聞名，他（高川格）說『我擺秀榮的棋越研究越有興趣，從表面上看來是流水般的進行，但隱藏著無比的威力』，他受到秀榮的影響很大。」收錄於高川格：《高川格名局選》（臺北：世界文物出版社，1991 年 1 月），頁 285〜286。

〔註160〕吳清源：《吳清源名局細解》（臺北：世界文物出版社，1992 年 1 月），頁 6〜7。

子所云：「夫體道者，天下之君子所繫焉。」〔註161〕形成宗道的人生觀，以安頓現實的生活。此通過主體無爲功夫所見證之道，乃最高藝術精神之展現。老莊思想當下所成就的人生，實際是藝術的人生，中國的純藝術精神，實由此思想體系所導出。〔註162〕老子著書之旨，原不爲論美學、藝術，而在建立人生形上的最高依據，針對周文疲弊所引發的政治與社會動亂提出拯濟之方，故此一藝術精神，直至莊子而始爲顯著。

　　在先秦的哲學家中，莊子的性格最具有美學意味，他擅用生動的寓言故事，說明藝術境界高低之別和創作者主體的自由能動之性，「庖丁解牛」乃其最著之例，《莊子‧養生主》云：

　　　　庖丁爲文惠君解牛，手之所觸，肩之所倚，足之所履，膝之所踦，砉然嚮然，奏刀騞然，莫不中音。合於桑林之舞，乃中經首之會。文惠君曰：「譆，善哉！技蓋至此乎？」庖丁釋刀對曰：「臣之所好者道也，進乎技矣。始臣之解牛之時，所見无非牛者。三年之後，未嘗見全牛也。方今之時，臣以神遇而不以目視，官知止而神欲行。依乎天理，批大郤，導大窾，因其固然，技經肯綮之未嘗，而況大軱乎！……彼節者有閒，而刀刃者無厚，以无厚入有閒，恢恢乎其遊刃必有餘地矣，是以十九年而刀刃若新發於硎。」〔註163〕

庖丁在文惠君面前解牛，毫不費力，遊刃有餘。刀刃進出牛體之際，發出古代《桑林》、《經首》舞樂般的美妙聲音，彷彿一場音樂演奏會。君王驚異之餘提出疑問，他回答「所好者道也，進乎技矣」，並以三段式學習進程解釋何以能到達如是境界：「始臣之解牛之時，所見無非牛者」、「三年之後，未嘗見全牛也」、「方今之時，臣以神遇而不以目視」。前兩個階段，按前述牟宗三的觀點而論，庖丁因個別感官欲念、心理情緒、意念等種種可能造作之干擾，無法消融自己與牛之間的主客對立關係，故仍停留在「技」的層面；第三個階段，庖丁在十九年後，已能掌握自然之道（「依乎天理」、「因其固然」），消融人與牛間的主客對立和自己的造作，解牛時「以神遇而不以目視」，無需藉助感官功能，但憑綜合智慧與經驗所產生的靈覺反應，此所以超越了「技」

〔註161〕語見《莊子‧知北遊》。郭慶藩輯：《莊子集釋》（臺北：華正書局，1989年8月），頁755。

〔註162〕徐復觀：《中國藝術精神》（臺北：臺灣學生書局，1988年1月），頁47。

〔註163〕同註161，頁117～119。

的有形層面，而進入不可思議的「道」境。

又如〈達生〉中之「痀僂者承蜩」，其文云：

仲尼適楚，出於林中，見痀僂者承蜩，猶掇之也。仲尼曰：「子巧乎！
有道邪？」曰：「我有道也。五六月累丸二而不墜，則失者錙銖；累
三而不墜，則失者十一；累五而不墜，猶掇之也。吾處身也，若厥
株拘；吾執臂也，若槁木之枝；雖天地之大，萬物之多，而唯蜩翼
之知。吾不反不側，不以萬物易蜩之翼，何爲而不得！」孔子顧謂
弟子曰：「用志不分，乃凝於神，其痀僂丈人之謂乎！」〔註164〕

痀僂丈人以竿黏蟬，就好像用手拿東西般容易。他自述艱苦的訓練過程：「累
丸二而不墜，則失者錙銖；累三而不墜，則失者十一；累五而不墜，猶掇之
也」，一如庖丁解牛十九年功夫境界之昇進。此外，類似的故事如〈達生〉中
之「津人操舟若神」、「呂梁丈夫蹈水」、「梓慶削木爲鐻」、「工倕旋而蓋規矩」，
〔註165〕〈田子方〉中之「列御寇爲伯昏无人射」、〔註166〕〈知北遊〉中之「大
馬之捶鉤者」等，〔註167〕皆爲「技進乎道」的表現。值得注意者，莊子在這
些寓言故事中，多次使用「神」的概念，如「臣以神遇而不以目視」、「用志
不分，乃凝於神」、「津人操舟若神」、「器之所以疑神者」等。〔註168〕此一「神」
的概念，泛指在技藝上所達到的神化境界，亦即道的境界。自戰國以後，它
一直被作爲美學概念來應用，而成爲中國古典美學體系中的重要範疇。〔註169〕

自曹魏實施九品中正制以後，由人物才性之品第，延伸至各藝術領域。
圍棋也不例外，出現了將棋藝分爲九品的理論，並運用了莊子「神」的概念。

〔註164〕同註161，頁639～641。

〔註165〕以上四則寓言，俱見於《莊子・達生》。同註161，頁641～662。

〔註166〕同註161，頁724～725。

〔註167〕同註161，頁760～761。

〔註168〕語見《莊子・達生》。同註161，頁659。

〔註169〕朱自清評云：「《莊子》也是一部『韻致深醇』的哲理詩，卻以『豐富』見
長。那豐富的神話或寓言，那豐富的比喻或辭藻，給了後世文學廣大的影
響；特別是那些故事裏表現著的對藝術或技藝的欣賞，以及從那中間提出
的『神』的意念，影響後來文學和藝術、創造和批評都極其重大。比起儒
家，道家對於我們的文學和藝術的影響的確廣些。那『神』的意念和通
過了《莊子》影響的那『妙』的意念，比起『溫柔敦厚』那教條來，應用
的地方也許還要多些罷？」可見莊子「神」的概念對中國美學之重大影響。
朱自清：《朱自清古典論文集》（上海：上海古籍出版社，2009年4月），上
冊，頁129。

魏邯鄲淳《藝經·棋品》云：

> 夫圍棋之品有九，一曰入神，二曰坐照，三曰具體，四曰通幽，五
> 曰用智，六曰小巧，七曰鬥力，八曰若愚，九曰守拙。〔註170〕

《藝經》已亡佚，後人輯本所據爲何以及邯鄲淳是否有針對各品意義作詳細解說皆無從窺知，吾人可藉助《棋經十三篇·品格》元代晏天章、嚴德甫注、清代鄧元鏸注引《石室仙機》和他自己的補注理解九品之義，其文云：

> 一曰入神：神游局內，妙而不可知，故曰入神。《石室仙機》曰：「變
> 化不測而能先知，精義入神，不戰而屈人之棋，無與之敵者，厥品
> 上上。」

> 二曰坐照：不勞神思，而萬意灼然在目，故曰坐照。《石室仙機》曰：
> 「入神饒半先，則不勉而中，不思而得。坐照者，至虛善應，亞近
> 入神，厥品上中。」補曰：「智力相等，各先一局，曰分先。半先者，
> 蓋分先之後，又受先一局，凡三局中受兩局先也。」

> 三曰具體：人各有長，未免一偏，能兼眾人之長，故曰具體。如遇
> 戰則戰勝，取勢則勢高，攻則攻，守則守是也。《石室仙機》曰：「入
> 神者饒一先。臨局之際，造形則悟，具入神之體而微者也，厥品上
> 下。」補曰：「此謂對局而長受人饒一先也。」

> 四曰通幽：通，有研窮精究之功；幽，有元遠深奧之妙。蓋其心虛
> 靈洞徹，能深知其意而造其妙也，故曰通幽。《石室仙機》曰：「受
> 高者兩先。臨局之際，見形阻能善應變，或戰或否，意在通幽，厥
> 品中上。」補曰：「此指受二子者而言也。」

> 五曰用智：智，知也。未至於神，未能灼見棋意，而其妙著不能深
> 知，故必用智深算而入於妙。《石室仙機》曰：「受饒三子。未能通
> 幽，戰則用智，以致其功，厥品中中。」

> 六曰小巧：雖不能大有佈置，而縱橫各有巧妙勝人，故曰小巧。《石
> 室仙機》曰：「受饒四子。不務遠圖，好施小巧，厥品中下。」

> 七曰鬥力：此野戰棋也。《石室仙機》曰：「受饒五子。動則必戰，

〔註170〕收錄於（明）陶宗儀編：《說郛》（國家圖書館善本書室藏清順治丁亥四年兩浙督學李際期刊本），續集，卷120，頁1a。

與敵相抗，不用其智而專鬥力，厥品下上。」

八曰若愚：觀其布置雖如愚，然而實，其勢不可犯。所謂始如處女，
敵人開戶后如脫兔，敵不敢拒是也。

九曰守拙：凡慕有善於巧者，勿與之鬥巧。但守我之拙，則彼巧無
所施，此之謂守拙。〔註171〕

以上乃後人的增字解釋，雖能清楚區判棋力差別，使人易於理解，卻不免流
於直截淺露，缺乏形象思維的美感體驗，與六朝品評方式頗有差異；又詮釋
的觀點太偏於局差和勝負的計較，忽略了棋中人物才性色彩的關連。

　　若能儘量以魏晉士人的立場看待《棋品》，則會發現它不只是客觀棋力的
高下或純粹數的計算正誤而已，更重要的是棋品即人品，兩者間是一直觀投
射的體用關係，其中存有超越勝負的意味。不妨以劉劭《人物志》作一對照，
《人物志・九徵篇》中言才性人格五等，由「間雜」而至「中庸」，由「無恆」
而至「聖人」；〔註172〕《棋品》則分九等，由「守拙」而至「入神」。兩作的
品級數目不同，但同樣是由器入道、由凡入聖、由形下而形上，最後終歸於
聖、神。「聖」原來屬於倫理道德的範疇，但劉劭在《人物志・八觀篇》中云：

何謂觀其聰明，以知所達？夫仁者德之基也，義者德之節也，禮者德
之文也，信者德之固也，智者德之帥也。夫智出於明，明之於人，猶
晝之待白日、夜之待燭火。其明益盛者，所見及遠，及遠之明難。是
故守業勤學，未必及材；材藝精巧，未必及理；理義辯給，未必及智；
智能經事，未必及道；道思玄遠，然後乃周。是謂學不及材，材不及
理，理不及智，智不及道。道也者，回覆變通。是故別而論之，各自
獨行，則仁爲勝；合而俱用，則明爲將。故以明將仁，則無不懷；以
明將義，則無不勝；以明將理，則無不通。然則苟無聰明，無以能遂。
故好聲而實不充則恢，好辯而理不至則煩，好法而思不深則刻，好術

〔註171〕見清代鄧元鏸《弈潛齋集譜》。收錄於《中國歷代圍棋棋譜》同註3，頁9531
　　　　～9532，冊22。
〔註172〕《人物志・九徵》云：「是故兼德而至，謂之中庸，中庸也者，聖人之目也。
　　　　具體而微，謂之德行，德行也者，大雅之稱也。一至，謂之偏材，偏材，小
　　　　雅之質也。一徵，謂之依似，依似，亂德之類也。一至一違，謂之間雜，間
　　　　雜，無恆之人也。無恆、依似、皆風人末流。末流之質，不可勝論，是以略
　　　　而不概也。」（魏）劉劭：《人物志》（臺北：金楓出版有限公司，1986年12
　　　　月），頁36～37。

而計不足則偏。是故鈞材而好學，明者爲師。比力而爭，智者爲雄。

等德而齊達者稱聖。聖之爲稱，明智之極名也。〔註173〕

智是德之帥，而出於明；明益盛者，所見及遠，及遠之明方能見道。所以「聖」不再是德美之極名，而爲「明智之極名」。以智帥德，以明將仁，方能爲聖。人因質性之殊而有所限定，化偏去蔽，則智明而道周；若不能化偏去蔽，不免以性犯明，自必流於九偏之情。〔註174〕所以牟宗三認爲劉邵只能指出聖人能此，卻不知其何以能此；《人物志》可開出「心智領域」和「智悟之境界」，而開不出超越的「德性領域」與「道德宗教之境界」。〔註175〕

移之以論〈棋品〉，此一美學、藝術最高表現的智悟之境即「入神」。邯鄲淳援此作爲圍棋的品流之一，〔註176〕應是混融人物才性美的品鑒和具體的智悟，而脫褪其利害功能，進入玄遠幽深的道境。故弈棋勝負之數已落下乘，非魏晉名士所取，他們寄望將才性生命所呈現的風姿和神采，透過智悟進行質能轉換而企乎道境。而這種智悟後的風神，也體現在當時名士的言辯行止和所有藝術活動中。牟宗三以爲：「智悟益助其風神，風神益顯其智悟。智悟不融於風神，則非具體品鑒的智悟，而乃淺薄之世智與抽象而乾枯之知解。此種人必庸俗不足觀。反之，風神不益之以智悟，則風神不成其爲風神，乃沉墮而爲空皮囊。此種人必俗惡而不堪。是故藝術境界與智悟境界乃成爲魏晉人雅俗貴賤之價值標準。」〔註177〕以牟氏所云價值標準衡之，若忽略魏晉人士化偏去蔽的智悟之用，而一味只論其棋力高下、對弈輸贏，不免淪爲抽

〔註173〕同上註，頁107～108。

〔註174〕《人物志・材理》云：「四家之明既異，而有九偏之情。以性犯明，各有得失：剛略之人，不能理微，故其論大體則弘博而高遠，歷纖理則宕往而疏越。抗厲之人，不能迴撓，論法直則括處而公正，說變通則否戾而不入。堅勁之人，好攻其事實，指機理則穎灼而徹盡，涉大道則徑露而單持。辯給之人，辭煩而意銳，推人事則精識而窮理，即大義則恢愕而不周。浮沉之人，不能沉思，序疏數則豁達而傲博，立事要則熸炎而不定。淺解之人，不能深難，聽辯說則擬鍔而愉悅，審精理則掉轉而無根。寬恕之人，不能速捷，論仁義則弘詳而長雅，趨時務則遲緩而不及。溫柔之人，力不休彊，味道理則順適而和暢，擬疑難則濡懦而不盡。好奇之人，橫逸而求異，造權譎則倜儻而瑰壯，案清道則詭常而恢迂。此所謂性有九偏，各從其心之所可以爲理。」同註172，頁59。

〔註175〕參考牟宗三《才性與玄理》。同註114，頁62～66。

〔註176〕邯鄲淳所列之九品論棋，未必是第評棋力高下，或謂是弈者所需之九種品格，何云波即主此說。何云波：《圍棋與中國文化》（北京：人民出版社，2001年11月），頁286～288。

〔註177〕參考牟宗三《才性與玄理》。同註114，頁6。

象而乾枯之知解；割裂了棋品和人物才性的關係，也就墮入晏天章、鄧元鏸之流的坑井中，以淺薄的世智揣解〈棋品〉之義。

「神」是莊子描述的藝術極境，也是〈棋品〉標示的首要等級，後世弈論家多承其意，如施襄夏《弈理指歸・自序》云：

> 毋論戰守取捨，成竹在胸，舉念觸機，會心自遠。仁者見仁，知者
> 見知。受八、九子者，即可得其步驟；而細玩熟思，漸至六、七以
> 上，則得形；四、五以上，得意；二、三以上，漸至會神；一先以
> 上，入室而無難矣。此徹上徹下之至理也。〔註178〕

此參照〈棋品〉之義，按受子的多寡列出等級，從步驟而後得形，得形而後得意，得意而後會神，與莊子「庖丁解牛」之「所見無非牛者」、「未嘗見全牛也」、「以神遇不以目視」三段式證道論述相彷。又如明代袁福徵《坐隱先生訂棋譜・題辭》云：

> 藝安能累人？凡藝極精者，神也。況翰墨之爲藝乎？先生之局戲，
> 蓋化藝而爲道矣。〔註179〕

又佚名《坐隱先生訂棋譜・序》云：

> 會天地之精，通萬物之變，效人心之靈，則藝亦道也、器亦神也。
> 〔註180〕

弈技極精而入神，「化藝而爲道」；會通天地萬物之理後，則「藝亦道、器亦神」，皆「技進乎道」之意。又清代胡鴻澤《摘星譜・胡鼎序》云：

> 若夫思運於一枰之上，神遊乎六合之外，指與棋忘而心與機化。昭
> 文之鼓琴也、師曠之枝筴也、惠子之據梧也，亦若是而已矣。吾師
> 軏於弈也，萬感俱消，與大道適，理有即弈而寓者焉；用志不分，
> 乃凝於神，弈有因譜而精者焉。〔註181〕

此段全取莊子意。能「神遊乎六合之外」者，一如莊子描述之至人、神人、聖人，〈逍遙遊〉云：「若夫乘天地之正，而御六氣之辯，以遊无窮者。」〔註182〕又云：「藐姑射之山，有神人居焉。……乘雲氣，御飛龍，而遊乎四海之外。」〔註183〕

〔註178〕收錄於《中國歷代圍棋棋譜》。同註3，頁9617，冊22。
〔註179〕收錄於《中國歷代圍棋棋譜》。同註3，頁632，冊2。
〔註180〕收錄於《中國歷代圍棋棋譜》。同註3，頁623，冊2。
〔註181〕（清）胡鴻澤：《摘星譜》（北京：中國書店，1987年4月），頁5a。
〔註182〕同註161，頁17。
〔註183〕同註161，頁28。

這類人「無己」、「無功」、「無名」，〔註184〕超脫死生、壽夭、貧富、貴賤、得
失、毀譽種種計較，而能遊心於道。次一等之人，如〈齊物論〉中所舉的昭
文、師曠、惠子，〔註185〕其藝「亦若是而已矣」。遊心於道的弈者，能「指與
棋忘而心與機化」，如痀僂承蜩之「用志不分，乃凝於神」，而「與大道適」，
同於天地自然之造化，棋藝也就至臻「入神」之境。

四、心齋坐忘到坐隱觀化

　　道家所推崇的最高境界之人，即莊子所謂的真人、至人、神人及聖人。
這些人大抵無己、無名、無功，能「與天為徒」、〔註186〕「與造物者遊」，〔註
187〕就其修養境界而言，〈大宗師〉中莊子借女偊之口道出其進程：首先要「外
天下」，排除對世事的思慮；其次是「外物」，拋棄對物的分別心；再來是「外
生」，即將死生置之度外。人的修養達到了「外生」的階段，就能「朝徹」，
如同朝陽之晨那般清明澄澈；「朝徹」就能「見獨」，而後能「無古今」、「入
於不死不生」，以企乎「攖寧」之道境。〔註188〕若將此一修養境界落實於功夫
義上，則莊子有「心齋」、「坐忘」之說。

　　「心齋」之說，見於〈人間世〉，其文云：

> 若一志，无聽之以耳而聽之以心，无聽之以心而聽之以氣！聽止於耳，
> 心止於符。氣也者，虛而待物者也。唯道集虛。虛者，心齋也。〔註189〕

〔註184〕《莊子·齊物論》云：「至人无己，神人无功，聖人无名。」同註161，頁17。

〔註185〕《莊子·逍遙遊》云：「昭文之鼓琴也、師曠之枝策也、惠子之據梧也，三子
　　　　之知幾乎?皆其盛者也，故載之末年。唯其好之也，以異於彼，其好之也，欲
　　　　以明之。彼非所明而明之，故以堅白之昧終。」三人刻意有所為，是非有所
　　　　彰，故於道有所虧。同註161，頁74～75。

〔註186〕《莊子·大宗師》云：「古之真人，其狀義而不朋，若不足而不承……故其
　　　　好之也一，其弗好之也一。其一也一，其不一也一。其一與天為徒，其不一
　　　　與人為徒。同註161，頁234。

〔註187〕《莊子·天下篇》云：「彼（莊周）其充實不可以已，上與造物者遊，而下與
　　　　外死生无終始為友。其於本也，弘大而辟，深閎而肆；其於宗也，可謂稠適
　　　　而上遂矣。」同註161，頁1099。

〔註188〕《莊子·大宗師》云：「吾猶守而告之，參日而後能外天下；已外天下矣，吾又守
　　　　之，七日而後能外物；已外物矣，吾又守之，九日而後能外生；已外生矣，而後
　　　　能朝徹；朝徹，而後能見獨；見獨，而後能无古今；无古今，而後能入於不死不
　　　　生。殺生者不死，生生者不生。其為物，無不將也，無不迎也；無不毀也，無不
　　　　成也。其名為攖寧。攖寧也者，攖而後成者也。」同註161，頁252～253。

〔註189〕同註161，頁147。

「心齋」乃一空虛的心境,「氣」則是對此空虛心境的形容。自然有物象,人有感官欲望,物象牽引物欲,人的生命就在物象流轉和物欲爭逐中流落迷失。人與物接,須通過感官,所以不能用耳去聽,而得用心去聽。因為耳的功能僅止於聽,聽到就被牽引走了。至於心知的功能,僅能符應物象。物象為心知所執取,構成心象,所謂「與接為構,日與心鬥」。〔註190〕感官知覺和心知功能僅能把握有限的事物,若要超越自己,唯有不知耳目之所宜,不用心聽,而用氣聽,氣就是虛而待物。「唯道集虛」,道是無限的,只有用空虛的心境直觀才能把握它。「坐忘」之義,見於〈大宗師〉,其文云:

> 墮肢體,黜聰明,離形去知,同於大通,此謂坐忘。〔註191〕

墮肢體就是離形,即無聽之以耳,從人的感官物欲中解脫出來;黜聰明就是去知,亦即無聽之以心,超越人的種種是非得失的思慮與計較;而聽之以氣的虛而待物,乃能「同於大通」,升登坐忘之境。總而言之,不外乎前論「無己」、「無功」、「無名」,或者「外天下」、「外物」、「外生」之義。

莊子「心齋」、「坐忘」之說,凸顯了道家思想的旨趣和精神,若欲作更宏觀、清晰的了解,則可藉助於理論意義之設準。勞思光從「自我」之哲學基本問題出發,設為四分之說:(一)形軀我 —— 以生理及心理欲求為內容。(二)認知我 —— 以知覺理解及推理活動為內容。(三)情意我 —— 以生命力及生命感為內容。(四)德性我 —— 以價值自覺為內容。〔註192〕其論道家所肯定之自我境界,乃在「情意我」,而「形軀我」、「認知我」及「德性我」三者,不論老、莊,皆在否定之列。〔註193〕勞氏由是而論自覺心對「世界」之態度問題:「德性我」在一事象上實現價值,故為「化成世界」之態度,以儒家為代表;「認知我」掌握經驗事物之規律而表現力量,故為「征服世界」之態度,以希臘傳統為代表。至於道家,乃抱持「觀賞世界」之態度,此態度表現在老子是「無為」;而莊子以自我不作為一經驗存在而參與經驗事物之活動,則可「自全其生」,安然觀賞世界。自我觀賞流變之世界,既無所求,亦無所執,形軀固不為累,知識是非亦不繫於心,只是順物自然,觀賞自得,

---

〔註190〕《莊子・齊物論》云:「大知閑閑,小知閒閒;大言炎炎,小言詹詹。其寐也魂交,其覺也形開,與接為構,日以心鬥。」同註161,頁51。
〔註191〕同註161,頁284。
〔註192〕見勞思光《新編中國哲學史》。同註70,頁148~149,冊1。
〔註193〕同註70,頁249~277,冊1。

此所以為「情意我」之自由境界。〔註194〕所以藝術審美是道家人生觀中的重要內容。老子云：「天下皆知美之為美，斯惡已。」〔註195〕美與惡是相對的，美破裂的後果是「惡」，所以要否決它。他主張「致虛極，守靜篤」、〔註196〕「滌除玄覽」，〔註197〕以歸返純樸的人生，追求絕對的、本質根源的、不會破滅的大美。莊子亦常言美，〈知北遊〉云：

> 天地有大美而不言，四時有明法而不議，萬物有成理而不說。聖人者，原天地之美而達萬物之理，是故至人无為，大聖不作，觀於天地之謂也。〔註198〕

又〈田子方〉云：

> 夫得是，至美至樂也。得至美而遊乎至樂，謂之至人。〔註199〕

聖人和至人能推原天地的大美、至美而達到至樂。道的本身即是大美、至美，所以由道自身而來之樂，謂之至樂。莊子要人超越世俗感官之樂，以求得根源之美而來的人生根源之樂。落在工夫實踐上，則繼承發展了老子「滌除玄覽」之說，透過「心齋」、「坐忘」使人的精神獲得自由解放，成就藝術審美的人生。

　　這種藝術審美的、觀賞世界的、精神獨與天地往來的人生，必然走向隱逸一途。老子與莊子的所有行為及理念，可謂中國隱逸精神的始作俑者，〔註200〕律動在共同的生存脈搏上，尤其在黑暗動盪的時代，適為世人苦難中心靈之所寄。魏晉南北朝政局變動混亂，隱逸成風，避世高蹈者甚多，或棲遯山林，或縱情詩酒，或養生丹藥，無非是想解脫現實生活的痛苦，尋求「另一」精神世界的安慰。對許多隱者而言，可以體道通玄的圍棋，正是「另一」精神世界之絕佳媒介。圍棋在東晉有「坐隱」之稱，與當時的隱逸風氣有關，《世說新語‧巧藝》云：

> 王中郎以圍棋是坐隱，支公以圍棋為手談。〔註201〕

〔註194〕同註70，頁277～279，冊1。

〔註195〕語見《老子‧二章》。同註110，頁7。

〔註196〕語見《老子‧十六章》。同註110，頁29。

〔註197〕語見《老子‧十章》。同註110，頁19。

〔註198〕同註161，頁735。

〔註199〕同註161，頁714。

〔註200〕參考楊乃喬：〈文人：士大夫、文官、隱逸與琴棋書畫〉，《人文中國學報》，第7期（2000年7月），頁63～66。

〔註201〕徐震堮著：《世說新語校箋》（臺北：文史哲出版社，1989年9月），卷下，頁387。

由坐忘而坐隱，從玄談到手談，昭示著魏晉士人風神超邁之人品器度。當時世家大族的知識分子一方面要保持自己的權位，但又想避開權力鬥爭的牽連；另一方面爲自己放蕩縱欲的生活尋找掩飾的藉口，卻又要假鳴清高，以求安身保命。基於如此心態，他們巧妙地把仕與隱的矛盾統一起來，注重精神上的超然無累，並不在乎行跡出處，於是產生了「朝隱」式的生命型態。只要能物我兩忘，即使身處廟堂之上，亦猶棲遁於山澤之中。〔註202〕於是圍棋也成爲朝隱者追求心神超逸的絕好工具，對弈中可忘卻現世的煩憂，爲自己創造另一生存的時空，王坦之美稱圍棋爲「坐隱」，即淵源於此。自茲以後，弈棋遂成爲士人隱逸生活的方式之一。如《西遊記》第十回記樵夫詩云：

> 閒觀縹緲白雲飛，獨坐茅庵掩竹扉。無事訓兒開卷讀，有時對客把棋圍。喜來策杖歌芳徑，興到攜琴上翠微。草履麻縧粗布被，心寬強似著羅衣。〔註203〕

是詩道出了隱逸之士的僑然自得和樂天知命。人生一世，草木一秋，歲月苦短，命運無常。蓋世之功名、帝王之霸業，溯游於歷史長河中，不啻雲煙過眼，何況那蝸牛角上生死而搏者。明代唐寅〈閒中歌〉云：「眼前富貴一枰棋，身後功名半張紙。」〔註204〕圍棋實提供一體悟人生的途徑。當士人了達盈虧得失、興衰榮辱，非一己之力所能掌控時，便寄望如仙人般置身世外，將人生當作一盤棋，期能大徹大悟。

「坐隱」的弈者，多爲逃避現實，故隱於棋局之中。可是在棋局之中，卻往往「不隱」，而是逞能使詐、大砍大殺，無法忘懷得失，離老子「清靜無爲」之教、莊子「心齋坐忘」之義遠矣。反而是一旁的觀棋者，有時更能掌握道家藝術審美的旨趣，不必留心文韜武略，無須執著勝負輸贏，看淡得失，

〔註202〕郭象《莊子注‧逍遙遊》「淖約若處子」句下注云：「夫聖人雖在廟堂之上，然其心无異於山林之中，世豈識之哉。」（西晉）郭象註：《莊子》（臺北：藝文印書館，2000年12月），卷1，頁22。

〔註203〕（明）吳承恩：《西遊記》（臺北：黎明文化事業股份有限公司，1984年6月），第10回，頁96。

〔註204〕〈閒中歌〉云：「人生七十古來有，處世誰能得長久？光陰眞是過隙駒，綠鬢看看成皓首。積金到斗都是閒，幾人買斷鬼門關？不將尊酒送歌舞，徒把鉛錄燒金丹。白日昇天無此理，畢竟有生還有死。眼前富貴一枰棋，身後功名半張紙。古稀彭祖壽最多，八百歲後還如何？請君與我舞且歌，生死壽夭皆由他。」（明）唐寅：《唐伯虎全集》（臺北：水牛出版社，1987年4月），頁29。

徹悟人生，勝亦可喜，敗亦忘憂，推原天地之大美，獲嘗體道的至樂。蘇軾
〈觀棋并引〉云：

> 予素不解棋。嘗獨游廬山白鶴觀，觀中人皆闔戶晝寢，獨聞棋聲於
> 古松流水之間，意欣然喜之。自爾欲學，然終不解也。兒子過乃粗
> 能者，儋守張中日從之戲，予亦隅坐，竟日不以爲厭也。

> 五老峰前，白鶴遺址，長松蔭亭，風日清美。我時獨游，不逢一士。
> 誰歟棋者？戶外屨二。不聞人聲，時聞落子。紋枰坐對，誰究此味？
> 空鉤意釣，豈在魴鯉？小兒近道，剝啄信指。勝固欣然，敗亦可喜，
> 優哉游哉，聊復爾耳。〔註205〕

北宋紹聖四年（西元 1097 年），六十二歲的蘇軾被貶至海南儋州，儋守張中
對之執禮甚恭，與其子蘇過皆喜弈棋而成莫逆。張中無日不來，來則與過一
枰相對，興味盎然，蘇軾則澹無一事，蕭然清坐，竟日倚枰觀弈。他雖不懂
棋，倒因此想起十餘年前獨遊廬山白鶴觀，觀中人闔門晝寢，只聽得棋聲起
落於古松流水之間。〔註206〕如此境界，令之印象深刻，覺得這玩意兒十分可
愛，有意想學，卻始終學不來。如今，隅坐一旁，悟出「勝固欣然，敗亦可
喜」之棋道哲理，更體現他個人疏放曠達、超塵拔俗的人生觀。元祐臣僚，
幾乎無人不遭謫逐，而遠竄海外者，卻只蘇軾一人，才名相累，竟是如此苛
酷。然而東坡不失爲東坡，處此千死萬難的蠻荒絕境，他依然安之若素，當
下自足，從觀棋中了悟世情，快意優游。可見下圍棋趣味無窮，不僅局中人
沈迷其間，就連旁觀者也樂而忘返。

俗諺云：「當局者迷，旁觀者清。」〔註207〕當局之所以迷，乃是執著於

〔註205〕（清）王文誥輯注：《蘇軾詩集》（北京：中華書局，1982 年 2 月），卷 42，
　　　　頁 2310～2311，冊 7。

〔註206〕蘇軾〈書司空圖詩〉云：「司空圖表聖自論其詩，以爲得味於味外。『綠樹連
　　　　村暗，黃花入麥稀』，此句最善。又云『棋聲花院靜，幡影石壇高。』吾嘗游
　　　　五老峰，入白鶴院，松陰滿庭，不見一人，惟聞棋聲，然後知此句之工也，
　　　　但恨其寒儉有僧態。」見《蘇軾文集》（北京：中華書局，1992 年 9 月），卷
　　　　67，頁 2119。

〔註207〕此語初見於《宋書·王微傳》，文曰：「吾雖無人鑒，要是早知弟，前言何嘗不
　　　　以止足爲貴。且持盈畏滿，自是家門舊風，何爲一旦落漠至此？當局苦迷，將
　　　　不然邪！」（南梁）沈約：《宋書》（北京：中華書局，1993 年 10 月），卷 62，
　　　　頁 1666。又《舊唐書·元行沖傳》云：「當局稱迷，傍觀見審，累朝銓定，是
　　　　故周詳，何所爲疑，不爲申列？」（後晉）劉昫：《舊唐書》（北京：中華書局，
　　　　1991 年 12 月），卷 102，頁 3179。

棋枰局部之得失，在利欲鬥進之下，往往失去平常心；﹝註208﹞旁觀之所以清，則其不爲眼前個人利害所動，而能凝神觀照全局，默默進行一場審美活動。十八世紀德國哲學家康德（Immanuel Kant, 1724～1804），把藝術的起源，歸之於人類的遊戲本能。其理性批判哲學中，主張無利害說（Intereselogic），將美的觀念從道德和功利中獨立出來。﹝註209﹞在遊戲中所獲得的快感，不以實際的利益爲目的，此爲唯心主義一派的基本美學主張，亦道出了藝術最純粹的本質。觀棋者由於沒有勝負利害的包袱，往往比當局者更能抱持著「無所爲而爲」和「爲藝術而藝術」的態度，其精神自然更加自由解放。精神的自由解放，就是莊子「遊」的觀念，徐復觀先生《中國藝術精神》一書對此論之甚詳，以爲這是藝術精神的最高體現。﹝註210﹞所以觀棋之樂，並不亞於對弈之樂。不惟東坡如此，許多文人雅士似也了悟此理，而樂於袖手旁觀。自東坡〈觀棋〉名篇傳世之後，在文人士大夫中逐漸形成觀棋之風，至明清尤盛，清代大才子紀昀自號「觀弈道人」，歷來圍棋詩中以「觀棋」爲題者著實不少，﹝註211﹞應都與此有關。

綜上所論，從莊子的心齋坐忘而至魏晉的坐隱手談，再由坐隱手談而至觀棋乘化，在此演變的進程中，可看出道家哲理及其藝術精神在圍棋中由線至面、由個別至群體的擴張與延伸，不僅突破儒家美學的封限使弈境大幅開拓，亦使其文化內涵更爲豐富。

第四節　圍棋中的兵家戰術

兵家思想起源甚早，春秋晚期大軍事家孫武所著之兵法奇書《孫子》，約成於二千五百年前，﹝註212﹞是中外現存最早的軍事理論著作，建構了一

﹝註208﹞1965 年，二十三歲的林海峰在名人賽中挑戰聲勢如日中天的坂田榮男，第一局完敗，和老師吳清源檢討敗因。吳大國手贈以「平常心」三字，其後林海峰以四勝二負擊敗對手，獲得頭銜，成爲史上最年輕的名人。見黃天才：《林海峰圍棋之路──從叛逆少年到名人本因坊》（臺北：聯經出版事業股份有限公司，2006 年 10 月），頁 131～132。

﹝註209﹞（德）康德著，宗白華譯：《北京：商務印書館，1987 年 2 月》，頁 40～41。

﹝註210﹞同註 162，頁 45～70。

﹝註211﹞僅就《古今圖書集成》收錄計，四十一首圍棋詩中，以「觀棋」爲題者有十三首。見該書〈藝術典・弈棋部〉，同註46，卷 800，頁 8375。

﹝註212﹞《史記・孫子吳起列傳》云：「孫子武者，齊人也。以兵法見於吳王闔廬，闔廬曰：『子之十三篇，吾盡觀之矣。』」瀧川龜太郎：《史記會注考證》（臺北：

套完整的戰爭哲學體系。有學者認爲《老子》思想源出兵家，尤多言兵之處，其辯證法實沾漑於《孫子》，可貴者乃在將《孫子》的軍事辯證法提升到政治哲學和形上的辯證層次。〔註213〕兩者相較之下，《老子》重形上「道」的詮解；《孫子》則雖重道，卻多形下「術」的運用。吾人可藉老子學說之義，從弈中體道通玄，此前節已論之；然而在實戰黑白世界攻殺鬥爭的過程，亦可強烈感受各種兵家戰術的辯證運用。

　　圍棋與兵法之間的關連極爲密切，歷來許多軍事戰略家喜好弈棋，信非偶然。他們紋枰對坐、從容手談的舉動，爲圍棋增添了濃厚的兵家文化色彩。如史載蜀延熙七年（西元244年），魏將曹爽、夏侯玄等率兵十萬多人，進攻漢中，時漢中兵力不足，費禕由成都率眾往援。〔註214〕光祿大夫來敏至費禕處告別，求共對弈。《三國志‧蜀書‧費禕傳》云：

> 于時羽檄交馳，人馬擐甲，嚴駕已訖。禕與敏留意對戲，色無厭倦。
>
> 敏曰：「向聊觀試君耳，君信可人，必能辦賊者也。」禕至，敵遂退，
>
> 封成鄉侯。〔註215〕

來敏以圍棋觀察人物志性、成敗消息，爲弈史首見之特例。而費禕在兵戎緊迫之際尚能優游枰間，從容論兵，指揮若定，如此冷靜的自制力和達觀的心境，正是魏晉名士風流的高度展現。又《三國志‧吳書‧陸遜傳》云：

> 嘉禾五年，權北征，使遜與諸葛瑾攻襄陽。遜遣親人韓扁齎表奉

洪氏出版社，1986年9月），卷65，頁864。又《史記‧伍子胥列傳》云：「闔廬立三年，乃興師，與伍胥、伯嚭伐楚，……將軍孫武曰：『民勞未可，且待之。』乃歸。」，卷66，頁872。故學者以爲孫子見吳王闔廬在闔廬三年（西元前512年），所著《孫子》約成於西元前五百一十八至五百一十二年。可參考吳仁傑注：《新譯孫子讀本》（臺北：三民書局，2007年1月），頁3～7。或何炳棣：〈中國思想史上一項基本性的翻案——《老子》辯證思維源於《孫子兵法》的論證〉《中央研究院近代史研究所演講集二——有關《孫子》《老子》的三篇考證》，（2002年8月），頁2。

〔註213〕何炳棣〈中國思想史上一項基本性的翻案——《老子》辯證思維源於《孫子兵法》的論證〉一文，運用《老子》、《孫子》、早期儒家、早期墨家多邊互證之結果，推翻前人以《老子》代表我國最早、最富原創性的辯證法思想之說，證實《孫子》爲《老子》之祖。同上註，頁1～35。

〔註214〕《三國志‧蜀書王平傳》云：「七年春，魏大將軍曹爽率步騎十餘萬向漢川，前鋒已在駱谷。時漢中守兵不滿三萬，諸將大驚。……涪諸軍及大將軍費禕自成都相繼而至，魏軍退還。」（西晉）陳壽：《三國志》（臺北：宏業書局，1976年6月），卷43，頁1050。

〔註215〕同上註，卷44，頁1061。

報。還，遇敵於沔水，鈔邏得扁。瑾聞之甚懼，書與遜云：「大駕
已旋，賊得韓扁，具知吾闊。且水乾，宜當急去。」遜未答，方
催人種葑豆，與諸將弈棋射戲如常。瑾曰：「伯言多智略，其當有
以。」〔註216〕

不讓費禕專美，吳國陸遜面對軍情危急，一樣表現出鎮定自若、成竹在胸的
大將風度。此外，東晉名相謝安亦有類似之例，「淝水之戰」攸關晉室存亡，
他在從容手談間大破敵軍之事永流青史。〔註217〕南宋抗金名將宗澤超然對
弈，談笑間應策退敵，亦為人傳誦〔註218〕。其兵機之譎詭與棋道之玄妙融為
一體，實深不可測，

一、兵家戰例雛形之作──三賦兩論與敦煌《碁經》

　　古今許多學者認為圍棋起源於兵法，〔註219〕或以兵法詮釋圍棋，《隋書·
經籍志》將圍棋著作列入兵家之部即見一斑。〔註220〕唐太宗〈五言詠碁〉有
「翫此孫吳意」之句，〔註221〕晚唐杜荀鶴亦謂弈棋「用心如用兵」，〔註222〕
北宋國手劉仲甫則云：「碁者，意同於用兵，故敘此四篇，粗合孫吳之法。」
〔註223〕或如明代謝肇淛所贊云：「信兵法之上乘、韜鈐之祕軌也。」〔註224〕
又明代許穀《石室仙機·序》云：「聞石室中嘗有仙人對奕，顧其法無可攷見，
而奕譜之設與兵法同。古之論奕者多引兵家以為喻，以其有像於軍戎戰陣之

〔註216〕同註214，卷58，頁1351。
〔註217〕見本論文第肆章第三節引《晉書》所載。
〔註218〕《宋史·宗澤傳》云：「金人自鄭抵白沙，去汴京密邇，都人震恐。僚屬入問
　　　　計，澤方對客圍碁，笑曰：『何事張皇，劉衍等在外必能禦敵。』乃選精銳數
　　　　千，使繞出敵後，伏其歸路。金人方與衍戰，伏兵起，前後夾擊之，金人果
　　　　敗。」同註84，卷360，頁11282。
〔註219〕詳參本論文第貳章第一節〈圍棋起源諸說〉。
〔註220〕（唐）魏徵：《隋書》（北京：中華書局，1991年12月），卷34，頁1016～
　　　　1017。
〔註221〕（唐）佚名編：《翰林學士集》（臺北：新文豐出版公司，1989年7月，叢書
　　　　集成續編影印唐卷子本），頁423，冊113。
〔註222〕語見〈觀碁〉詩。（唐）杜荀鶴：《杜荀鶴文集》（上海：上海古籍出版社，1994
　　　　年，宋蜀刻本唐人集叢刊），卷3，頁15a。
〔註223〕語見劉仲甫〈碁法四篇〉（又稱〈棋訣〉）。收錄於《玄玄棋經》，同註18，頁
　　　　12b。
〔註224〕語見所著《五雜組》。收錄於歷代學人：《筆記小說大觀》（臺北：新興書局，
　　　　1975年9月），8編，卷6，頁3629～3630，冊6。

紀。諦觀其取與進退、攻刦放舍，變化萬狀，莫不有法存焉。」〔註225〕南宋
高似孫謂圍棋有「五賦三論」，〔註226〕是中國早期重要的弈理著作，其中以兵
法論弈的就有東漢馬融〈圍棋賦〉、西晉曹攄〈圍棋賦〉、南梁武帝〈圍棋賦〉、
東漢桓譚《桓子新論・言體》及魏應瑒〈弈勢〉等「三賦兩論」。首先提出圍
棋和兵法相類的是桓譚，其《桓子新論・言體》云：

> 世有圍棊之戲，或言是兵法之類也。及爲之，上者遠棊疏張，置以
> 會圍，因而伐之，成多得道之勝；中者則務相絕遮要，以爭便求利，
> 故勝負狐疑，須計數而定；下者則守邊隅，趨作罫目，以自生于小
> 地。然亦必不如察薛公言黥布之反也。上計云：取吳楚，并齊魯及
> 燕趙者，此廣地道之謂也；其中計云：取吳楚，并韓魏，塞成皋，
> 據敖倉，此趨遮要爭利者也；下計云：取吳下蔡，據長沙以臨越，
> 此守邊隅趨作罫目者也。〔註227〕

其中以軍事攻防形勢爲喻，將棋手劃分上、中、下三等，意取《史記》載黥
布造反時薛公向漢高祖分析之三種戰略，〈黥布列傳〉云：「何謂上計？……
東取吳，西取楚，并齊取魯，傳檄燕趙，固守其所，山東非漢之有也。何謂
中計？東取吳，西取楚，并韓取魏，據敖庾之粟，塞成皋之口。勝敗之數，
未可知也。何謂下計？東取吳，西取下蔡，歸重於越，身歸長沙，陛下安枕
而臥，漢無事矣。」〔註228〕分別以之比論於圍棋：上者善於籠括全局，「此
廣地道之謂也」；中者憑力戰以求勝負，「此趨遮要爭利者也」；下者守地求
活，「此守邊隅趨作罫目者也」。此兵法爲喻的三等說，洵爲後世品級論棋之
濫觴。

　　稍晚有馬融作〈圍棋賦〉，亦以兵法的角度論述圍棋的義旨，文云：

> 略觀圍棋兮，法用于兵。三尺之局兮，爲戰鬪場。陳聚士卒兮，兩
> 敵相當。拙者無功兮，弱者先亡。自有中和兮，請說其方。先據四
> 道兮，守角依旁。緣邊遮列兮，往往相望。……守規不固兮，爲所
> 唐突。深入貪地兮，殺亡士卒。狂攘相救兮，先後并沒。上下雜逐

〔註225〕收錄於《中國歷代圍棋棋譜》。同註3，頁2226，冊6。
〔註226〕高似孫云：「棋之賦五，棋之論三，有能造悟其一，當所向無敵，況盡得其理
　　　　乎？」（南宋）高似孫：《緯略》（臺北：廣文書局，1970年12月），卷2，頁
　　　　16a。
〔註227〕同註1，卷13，頁7b，總頁540，冊1《全後漢文》。
〔註228〕同註212，卷91，頁1062。

兮，四面隔閉。……誘敵先行兮，往往一室。捐碁委食兮，遺三將
七。馳逐爽問兮，轉相同密。商度地道兮，碁相連結。蔓延連閣兮，
如火不滅。扶疏布散兮，左右流溢。浸淫不振兮，敵人懼慄。迨役
蹴踏兮，惆悵自失。計功相除兮，以時早記。事留變生兮，拾碁欲
疾。營惑窘乏兮，無令詐出。深念遠慮兮，勝乃可必。〔註229〕

作者採用形象語言描述種種著法，抒發自己在三尺之局戰場上縱橫馳騁的愉
悅。談到布局要略、中盤攻防的取勝之道和失敗教訓，有不少精闢的見解，
論布局，如「先據四道兮，保角依旁」，符合「先角，次邊、後中央」之理。
論中盤攻防，如「守規不固兮，爲所唐突；深入貪地兮，殺亡士卒」，己陣防
守要嚴密，否則易被敵方破空；反之，破敵陣不宜深入，作不活則送子成空，
符合「入界宜緩」之理。論交換取捨，如「捐碁委食兮，遺三將七」，將作用
或價值不大的棋子送給對手吃，換取更大的利益，符合「棄子爭先」之理。
由此可見，漢代的圍棋已具備高明的戰術素養。

曹魏時期，「建安七子」之一的應瑒作〈弈勢〉，文云：

蓋碁弈之制，所由來尚矣。有像軍戎戰陣之紀，旌旗既列，權慮蜂
起，絡繹雨集，魚鱗鴈峙，奮維闓翼，固衛邊鄙，寇動北壘，備在
南尾。或飾遁僞旋，卓犖軒列，羸師延敵，一乘虛絕，歸不得合，
兩見擒滅，淮陰之謨，拔旗之勢也。或匡設無常，尋變應危，寇動
北壘，備在南麾，中碁既捷，四表自虧，亞夫之智、耿弇之奇也。
或假道四布，周爰繁昌，雲合星羅，侵逼郊場，師弱眾寡，臨據孤
亡，披掃彊禦，廣略士土疆，昆陽之威、官渡之方也。挑誘既戰，
見欺敵對，紛拏相救，不量進退，群聚俱隕，力行唐突，瞋目恚憤，
覆局崩潰，項將之咎、楚懷之悖也。時或失謬，收奔攝北，還自保
固，完聚補塞，見可而進，先負後剋，燕昭之賢、齊頃之德也。長
驅馳逐，見利忘害，輕敵寡備，所喪彌大，臨疑猶豫，算慮不詳，
苟貪少獲，不知所亡，當斷不斷，還爲所謀，項羽之失、吳王之尤
也。持碁相守，莫敢先動，由楚漢之兵，相拒索爭也。〔註230〕

作者先言弈棋有如軍戎戰陣對壘，而後發揮豐富的想像力，連用著名軍事戰
役之例來形容對弈中敵我形勢的強弱消長，可謂別出心裁，共分爲六段：

〔註229〕同註1，卷18，頁4a，總頁566，冊1《全後漢文》。
〔註230〕同註1，卷42，頁6a～6b，總頁701，冊1《全後漢文》。

　　（一）「或飾遁僞旋，卓犖軒列，羸師延敵，一乘虛絕，歸不得合，兩見擒滅，淮陰之謨，拔旗之勢也」，即淮陰侯的「背水之戰」。韓信攻打趙國時，在井陘關的隘道誘引趙國大軍，背水作戰。暗派二千騎兵衝入敵營拔旗，換插漢軍旗，使趙軍士氣潰散，再前後夾攻，於是大破趙軍。〔註231〕

　　（二）「或匡設無常，尋變應危，寇動北壘，備在南麾，中基既捷，四表自虧，亞夫之智、耿弇之奇也」，意指西漢周亞夫的「平吳之役」及東漢耿弇的「平齊之役」。漢景帝時，吳、楚等地叛亂，條侯周亞夫用計，讓梁國士兵抗敵，堅守壁壘，不予救援，卻暗遣騎兵斷絕吳、楚糧道，待敵困乏再大破之。〔註232〕漢光武帝時，耿弇率軍東征齊王張步，以圍魏求趙之計得濟南、歷下，再以聲東擊西、調虎離山之計得臨淄，大破張步，收復齊地。漢光武帝稱讚耿弇「有志者事竟成」、其功難於韓信。〔註233〕

　　（三）「或假道四布，周爰繁昌，雲合星羅，侵逼郊場，師弱眾寡，臨據孤亡，披掃彊禦，廣略土疆，昆陽之威、官渡之方也」，是指漢光武帝劉秀的「昆陽之戰」和曹操的「官渡之戰」。地皇四年（西元23年），王莽部將王邑、王尋以四十萬大軍攻昆陽，漢軍僅九千人，劉秀說服諸將固守，自引十三騎夜出城，調遣一萬七千精兵由城外反攻，復以三千人搗敵要害，最後以寡擊眾，大破王邑主力而告捷。〔註234〕「官渡之戰」是三國時期曹操統一北方的重要關鍵戰役，亦是以少勝多之例。建安五年（西元200年），曹操軍與袁紹軍相持於官渡，展開戰略決勝。曹操奇襲袁軍在烏巢的糧倉，繼而擊潰袁軍主力，主將張郃、高覽降曹後，袁紹僅剩八百殘卒逃回北方。〔註235〕

　　（四）「挑誘既戰，見欺敵對，紛拏相救，不量進退，群聚俱隕，力行唐突，瞋目恚憤，覆局崩潰，項將之咎、楚懷之悖也」，此謂武信君項梁敗軍定陶、楚懷王為秦相張儀所欺之事。秦末楚將梁起事，連破秦軍於東阿、城陽、濮陽、定陶，有驕傲之意，不聽謀士宋義之勸，益發輕敵，後為秦將章邯擊敗而殺之。〔註236〕秦惠王欲伐齊國，齊國與楚國從親，秦相張儀

〔註231〕事見《史記・淮陰侯列傳》。同註212，卷92，頁1066～1067。
〔註232〕事見《史記・絳侯周勃世家》。同註212，卷57，頁822。
〔註233〕事見《後漢書・耿弇列傳》。（南朝宋）范曄：《後漢書》（北京：中華書局，1993年3月），卷19，頁708～712。
〔註234〕事見《後漢書・光武帝紀》。同上註，卷1上，頁5～8。
〔註235〕事見《三國志・魏書武帝紀》。同註214，卷1，頁12～13。
〔註236〕事見《史記・項羽本紀》。同註212，卷7，頁143。

利誘楚懷王與齊斷交，懷王貪而信之。後知為張儀所欺，怒而發兵伐秦，結果被敵斬首八萬，大將屈句被擄，並失漢中之地。〔註237〕

（五）「時或失謬，收奔攝北，還自保固，完聚補塞，見可而進，先負後剋，燕昭之賢、齊頃之德也」，是指燕昭王的偉略和齊頃王的德政。燕王噲禪位相國子之，朝政大亂，太子平起而反之，立為燕昭王。昭王欲令燕國強大，禮賢下士，後聯合五國攻齊，上將軍樂毅率兵攻破七十餘城，成就了燕國最輝煌的時期。〔註238〕齊頃公在位時，晉國來犯，齊國兵敗，自己差點被俘，幸得大臣逢丑父相救才逃走。回國後頃公減輕賦稅，慰問孤苦，傾府庫錢糧救濟貧窮，並禮遇諸侯，使百姓親附。〔註239〕

（六）「長驅馳逐，見利忘害，輕敵寡備，所喪彌大，臨疑猶豫，算慮不詳，苟貪少獲，不知所亡，當斷不斷，還為所謀，項羽之失、吳王之尤也」，則泛指項羽婦人之仁，不知收攬人心，不善謀略，只會以武力征天下，終不免為劉邦所敗。〔註240〕吳王夫差打敗越王句踐後，誤信太宰嚭的讒言，不聽伍子胥之諫，赦免越國的結果，是反為越王句踐所滅。〔註241〕

以上六段，分別演繹棋勢的種種變化：第一段乃聲東擊西之意，即將敵子分斷攻擊，佯攻一方，趁勢包圍另一方。第二段謂中盤中腹之戰取勝，可損及對手邊角佔地的實利。第三段意在發動奇襲，攻擊對手的孤子而張勢，趁機割取而獲利。第四段意謂對手布陣引誘時，切忌逞強好勇，輕率打入。第五段諭示弈者要秉持耐性，先戰失利，仍可後來居上，反敗為勝。第六段是謂貪圖局部小利，將坐失先機，淪為被動，讓對手予取予求。六段所言，皆實戰攻防要略，並探及弈者的心理素質與反應，非深通弈理者不能道也，對後世弈論甚具啟發意義。

西晉曹攄論弈，亦以兵法比擬，其〈圍棋賦〉云：

　　于是二敵交行，星羅宿列，雲會中區，網布四裔，合圍促陣，交相侵伐，用兵之象，六軍之際也。張甄設伏，挑敵誘寇，縱敗先鋒，要勝後復。尋道為場，頻戰累鬭。夫保角依邊，處山營也；隔道相望，夾水兵也。二鬭共生，皆目并也；持棊合口，連理形

〔註237〕事見《史記・屈原賈生列傳》。同註212，卷84，頁1010。
〔註238〕事見《史記・燕召公世家》。同註212，卷34，頁584。
〔註239〕事見《史記・齊太公世家》。同註212，卷32，頁558～559。
〔註240〕事見《史記・項羽本紀》。同註212，卷7，頁146～158。
〔註241〕事見《史記・越王句踐世家》。同註212，卷41，頁666～668。

也。覽斯戲以廣思，儀群方之妙理；訝奇變之可嘉，思孫吳與白

起。〔註242〕

弈棋如兩軍交兵，要思兵家孫武、吳起、白起等運籌帷幄之計。布陣設伏，是爲誘敵攻擊。先期作戰失利受挫，勿輕易放棄，要挑選於己方有利的戰場，然後百戰不殆，堅決意志取得最後勝利。「夫保角依邊，處山營也；隔道相望，夾水兵也」，這是兵法曉諭的「背山臨水」之道。〔註243〕就弈棋而言，作戰時己方棋子依靠在邊角較爲有利，因爲邊角容易做活安定，此「處山營也」；奪取敵人根據，將之驅趕至中腹攻擊，因爲中腹做活不如邊角容易，此「夾水兵也」。「二鬮共生，皆目并也；持綦合口，連理形也」，則是以比目魚和連理枝形容黑白「雙活」，〔註244〕表示弈者在競爭中妥協，戰局以和平收場。茲文顯示作者棋藝精熟，頗能洞悉死活問題及掌握作戰要領。又如梁武帝〈圍棋賦〉云：

爾乃建將軍，布將士，列兩陣，驅雙軌，……今一綦之出手，思九事而爲防：敵謀斷而計屈，欲侵地而無方。不失行而致寇，不助彼而爲強。不讓他以增地，不失子而云亡。落重圍而計窮，欲佻巧而行促，劇疏勒之迍邅，甚白登之困辱。……或有少綦，已有活形，失不爲悴，得不爲榮。若其苦戰，未必能平，用折雄威，致損令名。故城有所不攻，地有所不爭，東西馳走，左右周章，善有翻覆，多致敗亡。雖蓄銳以將取，必居謙自牧，譬猛獸之將擊，亦俛耳而固伏。若局勢已勝，不宜過輕，禍起於所忽，功墜於垂成。〔註245〕

本篇以兵法論弈棋之道，側重在防守和弈者的心理素質。大意是要識破對手的計策，不讓敵子入侵，不助長敵人的攻勢，不隨意讓對手吃子而圍大空。若陷入敵陣被攻，則應輕靈騰挪，儘速突離重圍。不可貪吃對手的棋

〔註242〕同註1，卷107，頁6b，總頁2074，冊2《全晉文》。

〔註243〕《孫子·行軍》云：「凡處軍、相敵：絕山依谷，視生處高，戰隆無登，此處山之軍也。……凡軍喜高而惡下，貴陽而賤陰，養生而處實，軍無百疾，是謂必勝。丘陵隄防，必處其陽而右背之，此兵之利、地之助也。上雨水沫至，欲者涉待其定也。」（清）孫星衍等注：《孫子十家注》（臺北：廣文書局，1978年7月），卷9，頁1a～6b。

〔註244〕「雙活」是圍棋術語，又稱「共活」或「公活」。指黑白雙方的棋子互相包圍，終局時，每一方均無法將對方的棋子提掉的情形。

〔註245〕同註1，卷1，頁7b，總頁2951，冊3《全梁文》。

子，己方有孤棋求活即可，切莫強行作戰。「城有所不攻，地有所不爭」、「雖
蓄銳以將取，必居謙白牧」、「禍起於所忽，功墜於垂成」，總之，弈棋要謙
卑不爭、穩紮穩打、步步爲營；切忌大意貪功、輕視敵手。「失不爲悴，得
不爲榮」，唯以平常心應對，謹慎防守，才能獲得最後勝利。

北周敦煌寫本《碁經》是我國最早的棋經，〔註246〕也是總結唐以前的
棋藝理論專著。作者好用兵家觀點闡釋行棋戰術，如其文云：

> 貪多則敗，怯則少功。喻兩將相謀，有便而取。……或意在東南，
> 或詐行西北。似晉君之伐虢，更有所規；若諸葛之行丘，多能好
> 詐。……或誘征而浪出，或因征而反亡，或倚死而營生，或帶危
> 而求劫。交軍兩競，停戰審觀。弱者枚之，贏者先擊；強者自備，
> 尚修家業；弱者須侵，侵而有益。已活之輩，不假重營；若死之
> 徒，無勞措手。兩生勿斷，俱死莫連，連而無益，斷即輸先。……
> 若發手覓籌者，輕敵多敗，此謂王孫龜鏡秦師亡類。夫謂下子慎
> 勿過深入，使子沒於敵人之手，深入無救，必敗。若敗，深入傍
> 敵，其死交手，此謂秦塞叔送三子，知亡於崤之類。〔註247〕

「貪多則敗，怯則少功。喻兩將相謀，有便而取」，弈棋如兩軍將帥鬥智，
不可貪功和怯戰，要能冷靜審視全局。「交軍兩競，停戰審觀。弱者枚之，
贏者先擊；強者自備，尚修家業；弱者須侵，侵而有益」，先發制人，容易
掌握主動而勝利；侵入敵陣之前，須先補強自己的弱點。「已活之輩，不假
重營；若死之徒，無勞措手。兩生勿斷，俱死莫連，連而無益，斷即輸先」，
活棋勿攻，死棋勿補，不做無效率的攻擊，不做無益的連結和切斷。論聲
東擊西，引晉獻公假道虞而伐虢、〔註248〕諸葛亮用兵如神之事；論輕敵多

〔註246〕成恩元〈敦煌寫本《碁經》初探——圍棋經典著作的新發現〉一文指出：敦
　　　　煌《碁經》是藏於甘肅敦煌石窟中的手寫卷子，西元1899年由道士王圓籙發
　　　　現，後來落入英人斯坦因（Marc Aurel Stein, 1862～1943）之手，流落大英博
　　　　物館。直至1960年，中國社科院才取得其顯微膠片。據成氏的研究，證明該
　　　　作的年代爲北周，是中國最早的棋經。詳參成恩元：《敦煌碁經箋證》（成都：
　　　　蜀蓉棋藝出版社，1990年4月），頁8～28。
〔註247〕同上註，頁305～312。
〔註248〕《史記・晉世家》：云：「十九年，獻公曰：『始吾先君莊伯、武公之誅晉亂，
　　　　而虢常助晉伐我，又匿晉亡公子。果爲亂，弗誅，後遺子孫憂。』乃使荀息
　　　　以屈產之乘，假道於虞。虞假道，遂伐虢，取其下陽，以歸。」同註212，
　　　　卷39，頁624。

敗，引王孫滿觀秦師過周北門之例；〔註249〕論深入無救，則引蹇叔哭秦師攻晉必敗之典。〔註250〕綜觀全篇，敦煌《碁經》論理平淺，少涉高深，只適爲入門指導的教科書。

　　以上列舉漢魏六朝時期與兵法有關之六篇弈論，多以歷史上著名的軍事戰役比附圍棋，或泛論兵法和弈理相通之處，未能明確凸顯圍棋戰術的獨特性。在此一階段，圍棋中的兵法戰術理論系統尚未成形。

二、兵法辯證大成之作——《棋經十三篇》

　　北宋仁宗皇祐年間（西元 1049 至 1053 年），圍棋理論研究出現重大的突破性進展，張靖所撰之《棋經十三篇》，鑄融《孫子》思想的精髓，成爲以兵法印證弈理最精深、成熟之作。該書〈序〉云：「春秋而下，代有其人，則弈棊之道，從來尚矣。今取勝敗之要，分爲十三篇，有與兵法合者，亦附于中云爾。」〔註251〕表明其內容與兵法的密切關係。由其體例觀之，全書分爲十三篇，與《孫子》的篇數相同，明顯是刻意的仿擬，分別爲〈論局〉、〈得算〉、〈權輿〉、〈合戰〉、〈虛實〉、〈自知〉、〈審局〉、〈度情〉、〈斜正〉、〈洞微〉、〈名數〉、〈品格〉、〈雜說〉等。《孫子》十三篇則是〈計〉、〈作戰〉、〈謀攻〉、〈形〉、〈勢〉、〈虛實〉、〈軍爭〉、〈九變〉、〈行軍〉、〈地形〉、〈九地〉、〈火攻〉、〈用間〉等。除了前者的〈論局〉、〈權輿〉、〈名數〉三篇和後者的〈行軍〉、〈地形〉、〈九地〉、〈火攻〉、〈用間〉等後五篇，由於各自作戰方式的獨特性較無交集之外，其餘各篇之間，頗多相通之處。

〔註249〕《左傳・僖公三十三年》云：「晉（衍字）秦師過周北門，左右免冑而下，超乘者三百乘。王孫滿尚幼，觀之，言於王曰：『秦師輕而無禮，必敗。輕則寡謀，無禮則脫；入險而脫，又不能謀，能無敗乎？』」同註8，春秋疏卷17，頁 13b～14a，冊 6。

〔註250〕《左傳・僖公三十二年》云：「杞子自鄭使告于秦，曰：『鄭人使我掌其北門之管，若潛師以來，國可得也。』穆公訪諸蹇叔。蹇叔曰：『勞師以襲遠，非所聞也。師勞力竭，遠主備之，無乃不可乎？師之所爲，鄭必知之；勤而無所，必有悖心。且行千里，其誰不知？』公辭焉。召孟明、西乞、白乙，使出師於東門之外。蹇叔哭之，曰：『孟子，吾見師之出，而不見其入也！』公使謂之曰：『爾何知？中壽，爾墓之木拱矣。』蹇叔之子與師，哭而送之，曰：『晉人禦師必於殽，殽有二陵焉：其南陵，夏后皋之墓也；其北陵，文王之所辟風雨也。必死是間，余收爾骨焉。』秦師遂東。」同註8，春秋疏卷17，頁 11b～12b，冊 6。

〔註251〕收錄於《中國歷代圍棋棋譜》。同註3，頁 13，冊 1。

（一）多算勝，少算不勝

在弈棋的攻防過程中，從頭至尾，都須經過縝密的算計方能落子。《棋經十三篇·得算》首先即強調「算」的重要性，其文云：

> 棊者，以正合其勢，以權制其敵，故計定於內而勢成於外。戰未合而算勝者，得算多也；算不勝者，得算少也；戰已合而不知勝負者，無算也。兵法曰多算勝少算不勝，而況於無算乎？由此觀之，勝負見矣。〔註252〕

圍棋的算，營於方罫之間，從序盤至終局，從審時度勢的概算，到攻殺收氣、官子爭奪的細算，皆須有充分的計畫，並創造勝利的條件，勝利的條件越多，越容易取勝。戰鬥尚未開始就預計勝利，是因為勝利的條件具足；預計無法取勝，則是勝利條件不足的緣故；展開戰鬥之後無法判斷勝負，是因為沒有計畫、不知勝利的條件為何。在真正的軍事戰爭中，「算」亦極為重要，算多算少是決定勝敗的關鍵，《孫子·計》云：「夫未戰而廟算勝者，得算多也；未戰而廟算不勝者，得算少也。多算勝，少算不勝，而況於無算乎！吾以此觀之，勝負見矣。」〔註253〕可見無論打仗或弈棋，取勝之道都在於「算多」，即要籌畫周詳、勝利條件充足。只要算得比對手精確，算得比對手周密，算到對手算不到的地方，就一定能打敗對手。

（二）知彼知己，百戰不殆

兩軍交鋒，黑白互攻，勝敗關鍵在於「算」，然而算的先導和前提在於「知」。不僅要知己，也要知彼，算才會精確而無誤；反之，若昧於知、知不足、無知，則不論如何算都無濟於戰。先知而後戰，乃作戰指揮的普遍要求，兵法屢言之，《孫子·謀攻》云：「知彼知己，百戰不殆；不知彼而知己，一勝一負；不知彼，不知己，每戰必殆。」〔註254〕論「知勝之道」，〈謀攻〉則云：「知可以戰與不可以戰者勝，識眾寡之用者勝，上下同欲者勝，以虞待不虞者勝，將能而君不御者勝。」〔註255〕茲五者大義，《棋經十三篇·自知》襲取其三，文云：

> 夫智者見於未萌，愚者暗於成事。故知己之害而圖彼之利者勝，知

〔註252〕收錄於《中國歷代圍棋棋譜》。同註3，頁17～18，冊1。
〔註253〕同註243，卷1，頁15b。
〔註254〕同註243，卷3，頁14b～15b。
〔註255〕同註243，卷3，頁12b～14a。

可以戰不可以戰者勝，識眾寡之用者勝，以虞待不虞者勝，以逸
待勞者勝，不戰而屈人者勝。〔註256〕

此篇雖名為「自知」，實則如孫武所言，兼含「知彼」和「知己」兩層意義。
弈棋勝利的一方，必得通曉敵我的情勢，才能做到「知己之害而圖彼之利」、
「知可以戰不可以戰」、「識眾寡之用」、「以虞待不虞」、「以逸待勞」、「不戰
而屈人」。知彼與知己不可偏廢，知己不易，知彼更難，孫子強調「故策之而
知得失之計，作之而知動靜之理，形之而知死生之地，角之而知有餘不足之
處」，〔註257〕在策之、作之、形之、角之前，即能精確判敵我雙方的得失、動
靜、死生、虛實的情況。欲「勝兵先勝而後求戰」，〔註258〕就應未戰而先知，
所謂「明君賢將，所以動而勝人，成功出於眾者，先知也」。〔註259〕唯有先知，
方能先勝於敵，「立於不敗之地，而不失敵之敗也」。〔註260〕

以弈棋而論，「智者見於未萌」即先知之意。能先知，且立足於知彼知
己的基礎上，積極地調動、牽制及支配敵人，方易於掌握先機、爭取主動，
正是孫武所謂「先為不可勝」、〔註261〕「先處戰地而待敵者佚」、〔註262〕
「善戰者，致人而不致於人」。〔註263〕圍棋對戰中，先、後手的判斷十分
緊要，通常先手的一方握有主動權，並佔有優勢，正如《棋經十三篇・審
局》云：

夫奕棋布置，務相接連，自始至終，著著求先。〔註264〕

所謂「先發制人，後發制於人」，〔註265〕下棋儘可能從頭到尾都掌握主動、
保持先著之利，才容易制服對手，不受制於對手。又〈合戰〉云：

寧輸數子，勿失一先。有先而後，有後而先。〔註266〕

為了爭得先手搶佔大場或急所，局部手拔送子給對方吃，此種情形在高手
的實戰中屢見不鮮。但著著先手，也要注意自己的弱點，否則一不小心主

〔註256〕同註3，頁23～24，冊1。
〔註257〕語出《孫子・虛實》。同註243，卷6，頁12b～13b。
〔註258〕語出《孫子・形》。同註243，卷4，頁6a。
〔註259〕語出《孫子・用間》。同註243，卷13，頁1b。
〔註260〕語出《孫子・形》。同註243，卷4，頁5b。
〔註261〕語出《孫子・形》。同註243，卷4，頁1a。
〔註262〕語出《孫子・虛實》。同註243，卷6，頁1a。
〔註263〕語出《孫子・虛實》。同註243，卷6，頁2a。
〔註264〕同註3，頁26，冊1。
〔註265〕語出《漢書・項籍傳》。同註73，卷31，頁1796。
〔註266〕同註3，頁21，冊1。

動權就被敵方奪走，此乃「先而後」之義。另一方面，也有弈者甘落後手，亦少亦趨，白補缺漏，待戰機成熟或敵勢疲殆之際，反客為主，後發先至，化不利為有利。《孫子・軍爭》云：「軍爭之難者，以迂為直，以患為利。故迂其途而誘之以利，後人發，先人至。」〔註267〕適可詮解「後而先」之義也。

（三）始以正合，終以奇勝

「奇正」是兵家必勝戰術之一，《孫子・勢》云：「可使必受敵而無敗者，奇正是也。」〔註268〕又云：「凡戰者，以正合，以奇勝。……戰勢不過奇正，奇正之變，不可勝窮也。奇正相生，如循環之無端，孰能窮之？」〔註269〕用兵的常法為正，變法為奇，兩者既相連繫又相轉化，正中有奇，奇中有正，循環無窮，而制勝的重點在於出奇。蓋謂「兵者，詭道也」，〔註270〕當用各種詭變的手段應對敵人，「能而示之不能，用而示之不用，近而示之遠，遠而示之近。亂而取之，實而備之，強而避之，怒而撓之，卑而驕之，佚而勞之，親而離之」，〔註271〕無非就是為了「攻其無備，出其不意」，〔註272〕發動奇襲而取得戰果。

「奇正」亦是圍棋戰術的常則，與兵法相合，《棋經十三篇・合戰》云：

> 夫棊始以正合，終以奇勝。必也四顧其地，牢不可破，方可出人不意，掩人不備。凡敵無事而自補者，有侵絕之意也；棄小而不就者，有圖大之心也。〔註273〕

此論出奇制勝之道，以固守為先。即須「四顧其地，牢不可破」，待己方陣地穩固無憂之後，才可發動襲擊，「出人不意，掩人不備」，下在對手想不到的地方。反之，站在防守的立場，須警覺並洞悉敵方出奇之策：如敵子安泰仍補全加強，就得留意它是否有反侵略手段；兩軍糾纏時，對方見勢小而手拔棄子，則必有圖大之謀。

兩軍對陣，各擁形勢；用兵之術，有奇有正。奇正之變，必導致形勢

〔註267〕同註243，卷7，頁 1b～2a。
〔註268〕同註243，卷5，頁 2a。
〔註269〕同註243，卷5，頁 2b～4b。
〔註270〕語出《孫子・計》。同註243，卷1，頁 9b。
〔註271〕語出《孫子・計》。同註243，卷1，頁 9b～13b。
〔註272〕語出《孫子・計》。同註243，卷1，頁 14a。
〔註273〕同註3，頁 22，冊 1。

之變，前引孫武「戰勢不過奇正」之語，即謂此也。《孫子》有〈形〉與〈勢〉兩篇，多言形勢之要。「若決積水於千仞之谿者，形也」，〔註274〕其所謂形，乃指軍事力量的集結；「激水之疾，至於漂石者，勢也」，〔註275〕其所謂勢，則是在實力的基礎上由於指揮得宜而造成有利的態勢。若謂形是「運動的物質」，那麼勢就是「物質的運動」。形是勢的根本，沒有形，則無勢的產生；勢是形的體現，沒有勢，則無形之所用。弈棋積子即成形，由形而構成勢。形爲體，勢爲用，弈者要能積形造勢、體用合一才好。《棋經十三篇》雖未以「形勢」名篇，但不乏與形勢有關之論，如「與其戀子以求生，不若棄之而取勢」、〔註276〕「我眾彼寡務張其勢」、〔註277〕「夫奕棋緒多則勢分，勢分則難救」、〔註278〕「局勢已贏專精求生，局勢已弱銳意侵綽」、〔註279〕「兩勢相違先蹙其外，勢孤援寡則勿走」、〔註280〕「因敗而思者其勢進，戰勝而驕者其勢敗」，〔註281〕分別探討取勢、張勢、勢的強弱及心理因素對勢的影響等問題。此外，奇正與形勢的關係，方爲其本根之論，〈得算〉云：

> 棊者，以正合其勢，以權制其敵，故計定於內而勢成於外。〔註282〕

此段胎息孫武「計利以聽，乃爲之勢，以佐其外。勢者，因利而制權也」之語。〔註283〕圍棋在序盤階段，雙方以「利」爲最大考量，輪流佔據角、邊最有利的大場或攻防要津，累子而成各自的形勢，處於一對峙而平衡的狀態，即所謂「以正合其勢」。「勢者，因利而制權也」，作戰要依據於己有利的形勢而採取臨機應變的行動，「權」有權變之意，也就是思奇謀、出奇兵，體現於圍棋，即「以權制其敵」。

　　以實戰印證「奇正」之理，如清代國手范西屏與施襄夏「當湖十局」之四（圖表七），范持黑棋，施持白棋。右上角「雙飛燕」定式至黑30跳，

〔註274〕語出《孫子·形》。同註243，卷4，頁8b。
〔註275〕語出《孫子·勢》。同註243，卷5，頁4b。
〔註276〕語見《棋經十三篇·合戰》。同註3，頁21，冊1。
〔註277〕語見《棋經十三篇·合戰》。同註3，頁21，冊1。
〔註278〕語見《棋經十三篇·虛實》。同註3，頁23，冊1。
〔註279〕語見《棋經十三篇·審局》。同註3，頁25～26，冊1。
〔註280〕語見《棋經十三篇·審局》。同註3，頁25～26，冊1。
〔註281〕語見《棋經十三篇·度情》。同註3，頁27，冊1。
〔註282〕同註3，頁17～18，冊1。
〔註283〕語出《孫子·計》。同註243，卷1，頁9a。

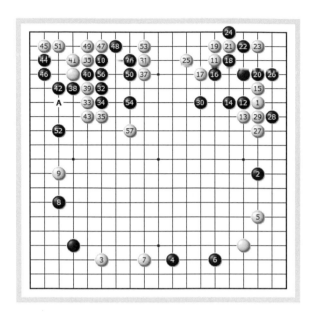

圖表七　范西屏、施襄夏當湖十局之四（上）

資料來源：陳祖德：《當湖十局細解》（臺北：理藝文化事業有限公司，1989 年 7
　　　月），頁 53～64。

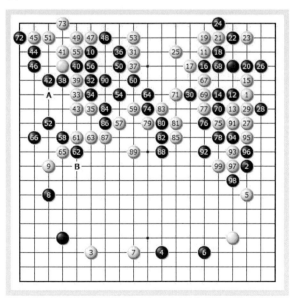

圖表八　范西屏、施襄夏當湖十局之四（下）

資料來源：同前譜。

黑白皆布陣堂皇，局勢平穩，是謂「以正合其勢」。白 31 拆安定兼夾攻黑10 掛角之孤子，按棋理之「正」，黑應捨棄之，於 A 位雙掛進行轉換較好；不料黑逕於 32 位跳出，然後 38 位跨斷強行作戰，是欲「以奇勝」、「以權制敵」。但在跨斷前未先於白 53 位扳之交換，角上互攻之後，被白 53 立奪根，白再 57 飛佔中央攻防點，上方黑棋只好逃出陷入被動，可見黑的奇襲戰術並未成功，原欲制敵，反爲敵所制。又如圖表八所示，棋局進行至黑66 補活，白按「正理」，宜於 B 位抱吃黑 62 之子，則全局厚實，可穩居優勢。然而白發動奇兵，於 67 打吃後，69 衝出，71 夾黑 30 一子，阻止上方黑棋的連絡；白再 83 斷，黑只好 90 做活，至白 99 愚形出頭，中央黑子支離破碎，難以處理，敗局已定。白棋出奇制敵，最後以七子半之多獲勝。

　　奇正互補相生，勢成於外而計定於內，因利而制權，以權制其敵。非唯運用於軍事戰爭，亦可驗證於棋枰之上，參研古今高手名局，即可心領神會，得其彷彿。前引范西屏、施襄夏之名局，即爲顯例之一。

（四）欲強外先攻內，欲實東先擊西

　　對成功的軍事戰略家而言，「知」是必備的條件和能力，在尚未發動戰爭之前，不僅要先知先計，而且要知彼知己，才能百戰不殆，這是孫武諄諄告誡的眞理。有關軍事方面的「知」範圍很廣，但其中最重要者，是敵我雙方兵力虛實和強弱對比，如何探明究竟，然後抑強扶弱、避實擊虛，則成爲戰爭決勝的關鍵。

　　孫武十分重視虛實、強弱之知，數致其意，所謂「實而備之，強而避之」，〔註284〕盡可能避開敵軍的堅實、強勁之處，但也不是一避了之，而是於避中反擊，所謂「避其銳氣，擊其惰歸」，〔註285〕針對敵軍空虛、鬆懈處發難，造成虛實關係朝有利於我軍的方向轉化。如《孫子·勢》云：「兵之所加，如破投卵者，虛實是也。」〔註286〕又〈虛實〉云：「兵之形，避實而擊虛。」〔註287〕十三篇中，「避實擊虛」是其一貫的主張，此一主張亦廣泛運用到棋戰之中，如《棋經十三篇·虛實》云：

〔註284〕語出《孫子·計》。同註243，卷1，頁11b。
〔註285〕語出《孫子·軍爭》。同註243，卷7，頁13b。
〔註286〕同註243，卷5，頁2b。
〔註287〕同註243，卷6，頁15a。

投棊勿逼，逼則使彼實而我虛，虛則易攻，實則難破。〔註288〕

卜棋勿過於靠近對方的厚勢，否則容遭到攻擊，更助長對方的勢力，而且使自己的棋子變弱，這樣很難取勝。如1988年日本「本因坊」決賽第五局（圖表九），武宮正樹持黑對大竹英雄持白，黑 27 一間高掛起導致「大雪崩」內拐定式，至白44時，黑長考五個多小時後，以45至67築厚中央，白順勢於上邊圍成大空。白68開始處理，但形態薄弱，白76不佳，應 A 跳棋形較暢，少一路跳則太靠近黑棋厚壁，即犯了「逼則使彼實而我虛」的大忌。黑77凌空一鎮絕好，藉攻擊白子將下方模樣圍成實空，白無暇亦無力再侵入，最後黑棋不計點勝。

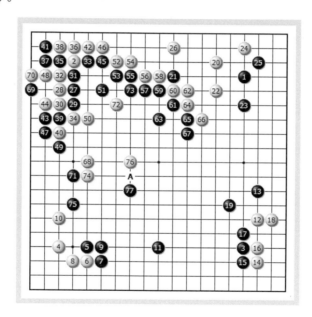

圖表九　武宮正樹持黑對大竹英雄之譜

資料來源：武宮正樹：《宇宙流傑作選》（臺北：世界文物出版社，1990年5月），頁183～190。

在一局棋的進行中，棋勢虛實、強弱的變化，總是彼此消長、互為因果，所以高手弈棋，常有〈審局〉所謂的「不走之走，不下之下」。〔註289〕此二句按嚴德甫、晏天章注云：「如欲走棊，因攻彼棊而走，我棊雖似不走，其

〔註288〕同註3，頁23，冊1。
〔註289〕同註3，頁25，冊1。

實走也。……如欲下一著補虛，因侵他虛而我虛自實，雖似不補，其實補也。」
〔註290〕簡言之，處理弱棋不要單純地行動，而是利用攻擊手段巧妙地逃出；
並且藉由攻擊對方的弱棋，順勢補強自己的弱棋。此理亦如〈洞微〉所云：

　　　欲強外先攻內，欲實東先擊西。〔註291〕

「攻彼顧我」、「聲東擊西」，是善弈者慣用的手段，對戰中經常出現「著在此
而意在彼」的情形，無非是想避實擊虛、抑強扶弱，一舉扭轉戰局。如日本
第二十三期「王座」戰第三次予選賽（圖表十），由石井邦生持黑對加藤正夫
持白。

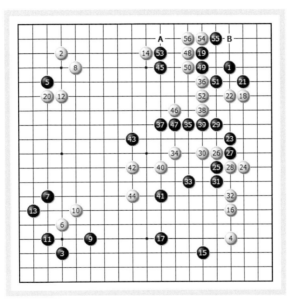

圖表十　加藤正夫持白對石井邦生之譜

資料來源：加藤正夫：《棋風集 —— 加藤正夫攻擊的戰略》（新竹：理藝出版社，
　　　1990 年 7 月），頁 148～155。

　　白 26 扭斷至 34 白刃相見雖嚴屬，卻製造自己兩塊弱棋，黑 35 跳緩手，
應於白 38 位尖對右上兩白子壓迫攻擊。白 36 飛，衝右上黑角薄味，其實是
引誘黑 37 跳出，白 38 覷補強自己後，白 40 順勢尖，再 42、44 逸出與左下
兩白子呼應，於是由弱轉強，暫無被攻的危險，此乃前述「不走之走」、「欲

〔註290〕同註3，頁 25，冊 1。
〔註291〕同註3，頁 31，冊 1。

強外先攻內」之例。白 48 衝擊右上黑角，至 54、56 扳黏，留下 A 之渡過與
B 尖碰作劫的手段，騰挪處理成功，此即「不下之下」與「欲實東先擊西」之
證明。原本右方十字扭斷後，黑棋有對白棋進行雙擊的機會，卻一下子被白
棋機敏化解，反而中央一隊黑子隱然不安，可能成為被攻擊的對象，至此大
勢已傾向白方。

由以上兩實戰例觀之，以攻代守、反守為攻是弈棋的致勝之道，它能轉
換對戰雙方虛實與強弱的態勢。不過，其中方向和時機的掌握頗難，需要很
高的棋力才能辦得到。

（五）不爭而自保者勝，不戰而屈人者勝

《棋經十三篇》雖論棋勢之奇正，但通篇所主則在「正」而非「奇」，嚴
德甫、晏天章〈得算〉注云：

> 棋無詭謀，故合勢必以正；棋有變通，故制敵必以權。正而得勢，
> 奕者之本心；權而制敵，弈者之不得已也。如周武王之取天下，應
> 天順人，同心同德，以正合勢矣；而牧野之戰，翦伐大商，豈其本
> 心哉？蓋除暴救民，有不得已而然耳。〔註 292〕

此以武王興師伐紂為喻，說明弈棋要用正兵，權變以制敵，乃不得已而用之。
然而既要權變，又謂「棋無詭謀」，不是自相矛盾嗎？考孫武所謂之「詭道」，
是「奇」的戰術運用，可以克敵制勝，此前已論之。奇與正相生相成、循環
互用，弈棋亦復如是。不過《棋經十三篇》中論詭謀或詐謀，卻非其所謂「奇」
或「權」之義。〈斜正〉云：

> 或曰：「棋以變詐為務、劫殺為名，豈非詭道耶？」曰：「不然。……
> 兵本不尚詐謀，言詭行者乃戰國縱橫之說。棋雖小道，實與兵合，
> 故棋之品繁而弈之者不一。得品之下者，舉無思慮，動則變詐，以
> 手影其勢，或發言泄其機；得品之上者則異於是，皆沉思而遠慮，
> 因形而用權，神遊局內，意在子先，圖勝於無朕，滅行於未然，豈
> 假言辭喋喋、手勢翩翩者哉？傳曰：『正而不譎。』其是之謂歟。」
> 〔註 293〕

此將棋分為上、下兩品，按嚴、晏二氏之說，上品之棋以正，是王者之棋；

〔註 292〕同註 3，頁 18，冊 1。
〔註 293〕同註 3，頁 28～29，冊 1。

下品之棋以詐，是戰國之棋。〔註294〕〈度情〉亦云：「行遠而正者吉，機淺而詐者凶。」〔註295〕其所謂「變詐」，以棋盤外而言，是用語言和手勢干擾或激怒對手；以盤上而言，「舉無思慮，動則變詐」，意謂落子缺乏深謀遠慮，而用騙招、詐著讓對手誤入圈套。此騙詐之著是謂「套手」，〔註296〕予人詭譎、深不可測之感。一般運用套手者，爲期待對方產生錯覺而失誤，從中獲取大利；如果對方未應錯，以正著破解，則運用者本身反招不利，而易爲自己的套手所反套。故套手是旁門左道而非正道，不合棋理，不算是「奇」；「奇」必合乎棋理，而能與「正」相輔相成。此兩者頗有差異，卻易於混淆，實不可不辨也。

戰爭是以功利爲目的的特殊社會活動，它雖能推動人類文明的發展，卻也帶來深重的苦難。孫武根據歷史的教訓和親身的體驗著成兵法，把「安國保民」作爲終極的和平戰略目標。「兵者，國之大事。死生之地、存亡之道，不可不察也」，〔註297〕戰爭既不可避免，就必須重視之、愼用之。戰爭不是國君、將帥逞威洩憤的手段，也不是爲了獲致戰果，一味窮兵黷武、四處攻城掠地，而是要確保國家的安全和百姓的生命。

職是之故，《孫子》全書貫串著重戰、愼戰的戰略思想，如〈謀攻〉云：「凡用兵之法，全國爲上，破國次之；全軍爲上，破軍次之；⋯⋯是故百戰百勝，非善之善者也；不戰而屈人之兵，善之善者也。⋯⋯故上兵伐謀，其次伐交，其次伐兵，其下攻城。⋯⋯故善用兵者，屈人之兵而非戰也，拔人之城而非攻也，毀人之國而非久也。」〔註298〕又〈形〉云：「善守者，藏於九地之下；善攻者，動於九天之上，故能自保而全勝也。」〔註299〕〈九變〉亦云：「軍有所不擊，城有所不攻，地有所不爭。⋯⋯故用兵之法，無恃其不來，恃吾有以待也；無恃其不攻，恃吾有所不可攻也。」〔註300〕綜上所論，可見戰爭是非不得已而用之，其最高指導原則在於、「伐謀」、「不戰而屈人」、「自保而全勝」、「不爭」、「有以待」等，而這些戰略原則對《棋經十三篇》理論

〔註294〕見《棋經十三篇・斜正》注語。同註3，頁29，冊1。
〔註295〕同註3，頁28，冊1。
〔註296〕相關內容，可參考林海峰：《互先套手的破解與應用》（臺南：大孚書局，1984年10月），頁1～224。
〔註297〕語出《孫子・計》。同註243，卷1，頁1a。
〔註298〕同註243，卷3，頁1a～6b。
〔註299〕同註243，卷4，頁3a。
〔註300〕同註243，卷8，頁2b～7a。

的形成，有著深刻的啓發與影響。如論「伐謀」，〈自知〉云：

> 大智者見於未萌，愚者暗於成事。故知己之害而圖彼之利者勝，知可以戰不可以戰者勝。〔註301〕

如論「不爭」，〈合戰〉云：

> 善勝敵者不爭，善陳者不戰，善戰者不敗，善敗者不亂。〔註302〕

又〈度情〉云：

> 持重而廉者多得，輕易而貪者多喪；不爭而自保者多勝，務殺而不顧者多敗。〔註303〕

如論「有以待」，〈自知〉云：

> 以虞待不虞者勝。〔註304〕

又〈雜說〉云：

> 是以安而不泰，存而不驕。安而泰則危，存而驕則亡。〔註305〕

如論「不戰而屈人」，〈自知〉云：

> 以逸待勞者勝，不戰而屈人者勝。〔註306〕

凡此種種，皆演繹《孫子》重戰、慎戰及不戰的軍事指導原則。總之，弈棋惟有自愼自重、不爭不貪、自保而全勝，方爲常勝之軍、王者之師、上品之棋也。透過兩作之比較，亦可見兵法和弈理密合、兵家與弈家同心，彼此交光互射，映照出高度的人生智慧，以之接物應世，自必受益無窮。

　　長期以來，中國古代各思想學派促進並推動了圍棋文化的發展，本章由主要的儒家、道家及兵家分予探討之，從中可見其相互滲透和影響的關係，亦顯示圍棋之道涵濡廣大，足以納容百家。不過值得注意者，倘若吾人的理解，只停留在各思想流派與圍棋之關係或對圍棋的影響上，則仍是在皮相打轉，不免有矮人看戲之譏，無法登堂入室，眞正了解其深厚之內涵。然而撇除各家思想的要素，單就圍棋本身的理路而言，它其實自成一套邏輯辯證系統。《棋經十三篇》的出現，象徵此系統的高度完備與成熟，近年來，已有學者指出它是繼《周易》、《老子》、《孫子》之後高水平的哲

〔註301〕同註3，頁23～24，冊1。
〔註302〕同註3，頁21～22，冊1。
〔註303〕同註3，頁27，冊1。
〔註304〕同註3，頁24，冊1。
〔註305〕同註3，頁40，冊1。
〔註306〕同註3，頁24，冊1。

學著作，〔註307〕而有「圍棋辯證法」的提出。此辯證法分爲客觀的「棋道辯證法」和主觀的「棋家辯證法」，兩者交互爲用，具有獨特性和豐富性，比之於易家、道家及兵家辯證法毫不遜色，既迥異於三家而又涵容三家。它爲人類提供了別家別派所沒有的內涵，是其得以存在的價值，也是弈道亙古常新的活水源頭、圍棋文化富於創造性和生命力的光輝所在。吾人有理由相信，在未來中國哲學史上，圍棋辯證法應佔有一席之地，而益發受到重視。〔註308〕

〔註307〕此說出於《棋經十三篇校注》的作者李毓珍。見陳長榮：〈論圍棋文化與中國智慧〉，《蘇州大學學報（哲學社會科學版）》，第 2 期（1990 年），頁 9。
〔註308〕有關「圍棋辯證法」之說，可參詳陳長榮〈論圍棋文化與中國智慧〉。同上註，頁 9～12。